KiWi
1670

Das Buch

Alles scheint gut und wohlgeordnet im Leben von Kurt – ein schönes Haus, eine liebe Frau, eine hübsche Tochter. Doch als die siebzehnjährige Marie sichtlich verliebt aus dem Ferienlager zurückkommt, trübt nicht nur väterliche Eifersucht die letzten Sommertage. Denn Kurt erkennt im Angebeteten der Tochter den eigenen Sohn, dem er eigentlich hätte nie begegnen sollen. So jedenfalls hatte es die geheimnisvolle Vera nach einem rauschhaften Seitensprung vor langer Zeit arrangiert. Und schon hat Kurt alle Mühe, der aus den Fugen geratenen Wirklichkeit und seinem Gefühlsmix aus Inzest-Angst und lustvollen Erinnerungen, schlechtem Gewissen und Eifersucht wieder Herr zu werden. Klaus Modick erweist sich einmal mehr als der sensible Seismograph der kleinen und kleinsten Erschütterungen im familiären Beziehungskosmos. Er erzählt dabei mit viel Witz und Hintersinn, wie unsere Geschichten im Kopf in die Geschichten unseres wirklichen Lebens eindringen und die Verhältnisse zum Tanzen bringen.

Der Autor

Klaus Modick, geboren 1951, studierte in Hamburg Germanistik, Geschichte und Pädagogik, promovierte mit einer Arbeit über Lion Feuchtwanger und arbeitete danach u. a. als Lehrbeauftragter und Werbetexter. Seit 1984 ist er freier Schriftsteller und Übersetzer und lebt nach diversen Auslandsaufenthalten und Dozenturen wieder in seiner Geburtsstadt Oldenburg. Für sein umfangreiches Werk wurde er mit zahlreichen Preisen ausgezeichnet, u. a. mit dem Nicolas-Born-Preis, dem Bettina-von-Arnim-Preis und dem Rheingau Literatur Preis. Zudem war er Stipendiat der Villa Massimo sowie der Villa Aurora. Zu seinen erfolgreichsten Romanen zählen »Der kretische Gast« (2003), »Sunset« (2011), »Konzert ohne Dichter« (2015) und »Keyserlings Geheimnis« (2018).

KLAUS
MODICK

September Song

ROMAN

Kiepenheuer
& Witsch

Verlag Kiepenheuer & Witsch, FSC® N001512

1. Auflage 2019

Umschlaggestaltung: Barbara Thoben, Köln
Umschlagmotiv: © plainpicture/Sally Mundy
Gesetzt aus der Minion
Satz: Buch-Werkstatt GmbH, Bad Aibling
Druck und Bindung: CPI books GmbH, Leck
ISBN 978-3-462-05295-4

Zu einer glücklichen Ehe gehören
meistens mehr als zwei Personen.

OSCAR WILDE

I

Wäre sie nicht meine Tochter gewesen, hätte ich mich glatt in sie verliebt. Unsterblich. Und auf den ersten Blick.

Sie stand unter der Bahnsteiguhr im Abschnitt C, wandte mir den Rücken zu, bückte sich plötzlich und verstaute irgend etwas in ihrer Leinentasche. Zischend schlossen sich die Türen des Zugs, während der Septemberregen auf Eisen und Glas trommelte. Als sie sich wieder aufrichtete und das hochgerutschte T-Shirt über die Hüften zog, fuhr der ICE fast lautlos ab. Sie drehte sich in meine Richtung, und der Luftstrom wehte ihr die Haare vors Gesicht. Über meinem Kopf ratterte die Anzeigetafel. Sie sah suchend den Bahnsteig entlang und schob sich dabei die Haare mit den Fingerspitzen der linken Hand aus der Stirn. Die Geste erinnerte mich an irgend etwas Vergessenes. Das Gesicht gebräunt, die dunkelblonden Haare strähnig ausgebleicht. Echos von Sonne und Salz im Rauschen des Schauers auf dem Bahnhofsdach. Echos ferner Tage, in denen Liebe noch Leidenschaft gewesen und … Dumpf muckte mein Zahn.

Weil ich nicht zu spät kommen wollte, war ich viel zu früh am Dammtor gewesen. In der Tiefgarage unter dem Congress Centrum hatte ich nach einigem Suchen einen freien Platz erspäht. Als ich rückwärts einparkte, öffnete sich plötzlich die Tür des neben mir stehenden Wagens. Ich trat auf die Bremse und konnte den Zusammenprall zwischen meinem

Rücklicht und der aufschwenkenden Tür noch um ein paar Millimeter vermeiden.

»Blindfisch«, knurrte ich, »Vollidiot«, vollführte eine entsprechend wischende Geste mit der Hand vor der Stirn, brach diese aber sogleich ab, als die dank meiner Geistesgegenwart verschonte Wagentür geöffnet wurde und den Blick auf formvollendete Weiblichkeit freigab. Ich drehte die Seitenscheibe herunter und flötete, da hätten wir zwei ja echt Glück gehabt, was sie mit einem flüchtigen Seitenblick quittierte, der wortlos sprach: Mach mich nicht an, du alter Sack, die Tür verschloß, den Kopf in den Nacken warf und sich hochhackig dem Fahrstuhl entgegenschwang.

»Moment mal!« rief ich ihr nach. »Ich hätte Sie fast gerammt beziehungsweise Sie mich natürlich. So geht's ja nun auch nicht!«

Aber da schlossen sich hinter ihrem hübschen Hintern schon die Fahrstuhltüren. Wie Arme … Mit der flachen Hand schlug ich aufs Lenkrad. Kavalier am Steuer? Sah ich denn wirklich schon so aus, als daß ich mir mit derart senioraler Betulichkeit einen Flirt herbeijammern mußte? Beim nächsten Mal kracht's aber, dachte ich, da wirst du gebumst, und setzte so abrupt zurück, daß die Stoßstange gegen die Betonwand knirschte und der Motor absoff.

Draußen blies mir warmer Wind ins Gesicht, fuhr mit böigen Stößen durch die Kronen der Platanen, riß erstes Laub von den Zweigen und wirbelte ein Abendblatt übers Straßenpflaster. Über der runden Wölbung des Bahnhofsdachs ballte es sich dunkelgrau und schwarz zusammen. Von Westen grummelte Donner über die Alster. Die Skulptur einer Jugendstilschönheit über dem Eingang schien mich streng anzublicken. Vermutlich mißbilligte sie in sandsteinstarrer

Geschlechtersolidarität meine Phantasien aus der Tiefgarage. Schon zuckte ein fast weißer Blitz über den Himmel, und die Gewitterwolken entluden sich in einem Platzregen. Ich setzte mich in Trab, und obwohl es nur noch dreißig Meter waren, kam ich durchnäßt und völlig außer Atem in der Bahnhofshalle an.

Bis zur Ankunft des Zuges waren noch zehn Minuten Zeit. Trotz der Regendusche schwitzte ich, bestellte mir an einem Stehcafé eine Cola mit Eis und trank einen tiefen Zug. Zahnschmerz durchzuckte mein Hirn wie eben der Blitz den Himmel. Ich fuhr mit der Zunge über die Stelle, und der Schmerz verebbte zu einem wunden Pochen. Ich zündete mir eine Zigarette an, inhalierte tief und stieß den Rauch in Richtung des hin und her hastenden Passantenstroms. Ein vages Schwindelgefühl überkam mich, waberte vom Kopf in den Bauch und wieder zurück. Der Sprint, mit dem ich vor dem Regen geflohen war, steckte mir vermutlich noch in der Brust. Ich sog erneut an der Zigarette. Vielleicht war es auch langsam an der Zeit, das Rauchen aufzugeben?

Ich ging zur Treppe, die zum Bahnsteig führt, und sah nach oben. Die Treppe kam mir ungewöhnlich steil und lang vor. Die Rolltreppe war natürlich defekt. Ich zertrat den Zigarettenstummel, nahm die Treppe mit jeweils zwei Stufen pro Schritt in Angriff, spürte das Blut hinter den Schläfen pochen, und als ich den Absatz auf halber Höhe erreicht hatte, stach mir der Zahnschmerz wie eine Nadel bis in die Stirn. Mit der linken Hand hielt ich mich am Geländer fest, mit der rechten massierte ich mir Stirn und Augenbrauen. Wieder verschwand der Schmerz, aber es war, als zöge er sich wie ein lauerndes Monster nur in eine Höhle zurück, aus der es jederzeit ausbrechen würde. Zahnarzt also. Noch heute abend

Termin machen. Stufe für Stufe gemächlichen Schritts die zweite Treppenhälfte hinauf. Mal tief durchatmen.

Ich war pünktlich. Der Zug war es nicht. Die Anzeigetafel avisierte bereits eine vergleichsweise kundenfreundliche Verspätung von zirka fünf Minuten, die nun jedoch per Lautsprecherdurchsage um weitere fünf auf zehn Minuten überboten wurde. Statt um 16.40 Uhr würde der ICE aus Freiburg also um 16.50 Uhr ankommen. Ich schlenderte vom Treppenabsatz in die Gegenrichtung, wo die Treppe wieder hinabführte. Der Zeiger der Uhr ruckte eine weitere Minute der Fünfzig entgegen. Hier treppauf, dort treppab. Fünfzig also. In ein paar Monaten drohte mein fünfzigster Geburtstag. Mir fiel die Lebenstreppe ein, die als gerahmte und verglaste Stickerei im Wohnzimmer meiner Großmutter über dem durchgesessenen Sofa gehangen hatte. Auf jeder Stufe saßen, standen oder lagen allegorische Figuren, die das jeweilige Lebensalter symbolisierten. Der fünfzigjährige Mann stand genau in der Mitte auf einer Plattform zwischen Auf- und Abstieg. Gemäß dieser Symmetrie blieben mir weitere fünfzig Jahre. Immerhin. Allerdings treppab. Treppab ging alles schneller. Vielleicht auch leichter? Der große Zeiger schnitt zuckend wieder eine Minute weg. Trudi lag mir schon seit Wochen in den Ohren, Vorbereitungen für eine Geburtstagsfeier zu treffen. Mir war aber durchaus nicht feierlich zumute. Vielmehr kam ich mir immer häufiger wie Franz Gans vor, jener Knecht Oma Ducks aus den Mickymaus-Heften meiner Kindheit, dessen Lebensmotto lautete: Appetit gut, aber immer müde. Ich schlenderte zurück zum vorderen Aufgang beziehungsweise Abgang. Alles eine Frage der Perspektive. Auf der Lebenstreppe meiner Oma war fünfzig der Gipfelpunkt des Lebens. Schmeichelhaft. Der Geburtstag war vielleicht das geeignete Datum, mit dem Rauchen aufzuhören? Silvester, als guter Vorsatz fürs neue Jahr, hatte es nie geklappt. Alles reine Willenssache vermutlich. Ich zündete mir noch eine Zigarette an. Wie lautete doch gleich der Text auf Omas Stickerei? 50 Jahre Kippen drehen? 50 Jahre Schlange stehen? 50 Jahre Stillstand? Der Zeiger torkelte der 46 entgegen. Unsinn, stillestehen. Stille? Als Gipfelpunkt? Ja, Stille. Plötzlich hatte ich den Text der ganzen Lebenstreppe im Kopf, aufgeglüht wie ein Blitz oder wie Zahnschmerzen. Zehn Jahre ein Kind, 20 Jahre ein Jüngling, 30 Jahre ein Mann, der Zahn rumorte unterirdisch, 40 Jahre gut getan, 50 Jahre stillestehen, tatsächlich, stillestehen, welch ein Unsinn, 60 Jahre niedergehen, 70 Jahre ein Greis, 80 Jahre nicht mehr so weis, 90 Jahre der Kinder Spott, 100 Jahre …

»Auf Gleis drei«, schnarrte es aus den Lautsprechern, »erhält Einfahrt der verspätete ICE aus Freiburg zur Weiterfahrt bis Hamburg-Altona.«

Der Zug schob sich wie eine gigantische Schlange aus Metall, Glas und Kunststoff in den Bahnhof, die Türen öffneten sich, und bei diesem letzten Halt vor der Endstation stiegen nur noch wenige Reisende aus. Ich blickte den Bahnsteig hinauf und hinab, konnte Marie aber nicht entdecken. Ob sie vielleicht schon am Hauptbahnhof ausgestiegen war? Bei unserem Telefongespräch heute morgen hatten wir uns aber ausdrücklich am Dammtor verabredet. Oder ob sie bis Altona durchfahren wollte, weil das eigentlich dichter an unserer Wohnung war? Im Abschnitt C unter der Uhr, die bereits an der 52 nagte, stand aber diese wunderbare, junge Frau, strich sich die Haare aus dem Gesicht, wie damals …

Und also hatte ich meine Tochter erst auf den zweiten Blick erkannt und ging ihr entgegen.

»Marie!«

»Papa!« Strahlendes Lächeln, beneidenswert gesunde Zähne. Die kieferorthopädische Behandlung hatte allerdings auch ein kleines Vermögen verschlungen.

Umarmung unter gegenseitiger Vermeidung übertriebenen Körperkontakts, Küßchen auf beide Wangen, trocken und spitz auf den Mund.

»Ich hätte dich fast nicht wiedererkannt«, sagte ich.

»Ich dich schon«, sagte sie.

»Schön, daß du wieder da bist«, sagte ich und hob ihre Reisetasche auf. Sie war bleischwer. Hatte sie etwa Muscheln, Sand und Steine mitgeschleppt? Aus dem Alter mußte sie doch eigentlich heraus sein. Als wir die Treppe hinter uns hatten und durch die Halle zum Ausgang gingen, nahm ich die Tasche aus der rechten in die linke Hand.

»Die kann ich auch selber tragen«, schlug Marie vor.

»Unsinn, ist doch ganz leicht«, wehrte ich ab. »Sind wohl Souvenirs drin, was?«

»Souvenirs?« Sie sah mich mit einem Gesichtsausdruck an, den ich an ihr nie zuvor gesehen hatte. Spöttisch? Mitleidig? »Nö«, sagte sie, »da ist nicht viel mehr drin, als ich mitgenommen habe.«

»Ist ja auch wirklich nicht schwer«, log ich noch einmal und schwitzte in der dampfenden Schwüle, die das abgezogene Gewitter hinterlassen hatte. Und trat in eine Pfütze. »War's Wetter gut da unten?«

»Super«, sagte sie. »Nie Regen. Knallheiß. Voll cool.«

»Du bist ja auch unheimlich braun geworden«, sagte ich. »Wahrscheinlich hab' ich dich deshalb nicht sofort erkannt.«

Durch die Katakomben der Tiefgarage wehte ein kühler

Luftzug. Es roch nach Benzin, Reifenabrieb, Urin und fauligem Obst.

»Da wären wir«, sagte ich, als wir am Auto angekommen waren, und wollte die Tasche in den Kofferraum heben. Aber die Stoßstange klebte an der Wand, so daß ich den Wagen erst ein Stück vorziehen mußte.

»Mensch, Papa«, staunte Marie, »da hast du dir ja 'ne Riesenbeule eingefangen. Wie ist das denn passiert?«

»Beule? Wieso Beule? Ach so, die Stoßstange. Keine Ahnung. Die hat irgend jemand reingefahren. Wahrscheinlich beim Parken. Und sich dann klammheimlich verdrückt. Rücksichtslos. So, Klappe zu ...«

Wieder blickte sie mich so von der Seite an. So sehr seltsam. Skeptisch? Verächtlich? Während ich den Parkschein in den Schrankenautomaten an der Ausfahrt schob, drehte sie die Seitenscheibe herunter, knipste das Radio an, surfte mit dem Suchlauf durch die Stationen, verschmähte die Musikfetzen mit Kommentaren wie Müll, Schrott und Deppentechno und schaltete wieder ab.

»Im Camp hatten wir super Musik«, sagte sie sehnsüchtig, fast schmelzend.

»So? Was denn zum Beispiel?«

»Echt geil ...«

»Verstehe«, sagte ich. »Wenn wir zu Hause sind, erzählst du uns ja bestimmt alles.«

»Logisch. Was gibt's denn zu essen?«

»Keine Ahnung.« Ich zuckte mit den Schultern. »Aber Mama wird schon was Gutes kochen. War das Essen im Ferienlager gut?«

»Ferienlager?« Sie lachte. »War schon okay, der Campfraß. Gefrühstückt haben wir meistens nachmittags.«

»Wieso das denn?«

»Weil's abends immer spät wurde.«

»Ach so …«

»Jaaa«, sagte sie gedehnt, lächelte und schwieg. Um niedliches Zeug zu brabbeln, war sie natürlich zu alt, aber offensichtlich war sie immer noch zu jung, um vernünftige Antworten auf deutliche Fragen zu liefern.

Stockend wie unsere Konversation quälte sich der Feierabendverkehr über die Elbchaussee stadtauswärts. Marie summte vor sich hin, vermutlich eine Melodie der supergeilen Campmusik. Ich schielte hinter meiner Sonnenbrille zu ihr hinüber. Der Fahrtwind blies ihr die Haare ins Gesicht, und wieder machte sie diese leicht abwesende, anmutige Handbewegung, mit der sie die Haare zurückschob und die in mir an etwas Vergangenes rührte. Hatte sie diese Geste von Trudi geerbt? Die hatte damals auch so lange Haare gehabt. Lange Haare, lange her. Dreißig lange Jahre. Obwohl im Rückblick die Jahre doch bedenklich zusammenschnurrten und, je älter man wurde, immer schneller vergingen und kürzer wurden. Marie summte und lächelte immer noch vor sich hin, als schwelgte sie in irgendeiner angenehmen Vorstellung oder Erinnerung. Und plötzlich wußte ich, was für ein fremder Gesichtsausdruck das war, der über ihren Zügen lag wie ein unsichtbarer Schleier: Sie sah erwachsen aus. Wie war das möglich? Sie war doch nur drei Wochen weg gewesen? War als knapp siebzehnjähriger Teenager ins Jugendlager nach Südfrankreich gefahren – und kam als Erwachsene zurück?

»Hast du im Camp nette Leute kennengelernt?« fragte ich und bemühte mich um lässigste Beiläufigkeit.

Wieder sah sie mich merkwürdig an. Ironisch? Mißtrauisch? »Klar«, nickte sie, »total nette Typen. Coole Clique. Super.«

»Typen?« echote ich.

»Leute halt«, sagte sie und starrte angestrengt aus dem Fenster.

Da wußte ich es. Aber mit sechzehn? Na gut, mal eben siebzehn. Und sah sowieso zwei, drei Jahre älter aus. Die ausgebleichten Haarsträhnen tanzten im Wind. Früher oder später mußte es ja passieren. In meinem Alter ging man frisch geduscht und putzmunter zum Arzt und kam mit Prostata- oder Brustkrebs wieder nach Hause. In Maries Alter fuhr man als unschuldiges Mädchen ins Ferienlager und kam als Frau zurück. Erwachsen eben. So etwas passierte halt über Nacht. War früher auch nicht anders. Erstaunlich nur, daß man es ihr gleich ansah. Voll nette Typen also … Ich verzog das Gesicht zu etwas, was wie ein souveränes Lächeln wirken sollte, aber offenbar nur als Grimasse bei Marie ankam.

»Ist was?« fragte sie.

»Was soll sein?« sagte ich. »Das heißt, um ehrlich zu sein, ich hab' Zahnschmerzen.«

Als wir in die Einfahrt einbogen, stand Trudi vor der Haustür. Sie breitete die Arme aus, und Marie lief mit wehenden Haaren auf sie zu. Wäre sie nicht meine Tochter, dachte ich wieder, könnte ich mich glatt in sie verlieben. Unsterblich. Aber ich war nun mal ihr sterblicher Vater.

Dann trug ich ihr mit Zahnschmerzen die Tasche hinterher.

II

Trudis hausgemachte Kartoffelpizza mit marinierten Tomatenstückchen und Mozzarella war Maries Leibgericht. Der Heißhunger, mit dem sie über das Essen herfiel, ließ jedoch fast darauf schließen, daß sie die vergangenen vier Wochen nicht in einem Ferienlager, sondern in einem Gulag verbracht hatte. Zwar sei die Verpflegung »total klasse bis okay« gewesen, wegen des offenbar gründlich unkonventionellen Tagesrhythmus sei man jedoch eher selten dazu gekommen, das Angebot auch wahrzunehmen.

»Wenn wir mit Frühstücken fertig waren«, präzisierte sie kauend und schluckend, »war das Mittagessen längst vorbei. Zum Abendessen hatten wir dann natürlich keinen Hunger, und nachts gab's nur noch die Reste und Snacks und so.«

Während sie sich unter Trudis wohlwollenden Blicken eine dritte Ladung Kartoffelpizza auf den Teller schaufelte und allerlei Belanglosigkeiten über Sonne, Strand und Mittelmeer ausplauderte, fragte ich mich nach der Bedeutung dieses »und so«. Und da schoß mir das berühmte »Food or Sex«-Experiment durch den Kopf, das der amerikanische Verhaltensforscher Harry Mawkins in den zwanziger Jahren durchgeführt hatte: Er sperrte sechs männliche Kaninchen in einen Käfig mit zwei Ausgängen, deren erster zu einem Kaninchenweibchen führte, während hinter dem zweiten Nahrung aufgestellt war. Beide Ausgänge waren jedoch mit elektrisch geladenen Bodenplatten versehen, so daß die Kaninchen sie nur unter der beträchtlichen Unannehmlichkeit elektrischer Schläge passieren konnten.

»Willst du auch Eis zum Nachtisch?« riß Trudi mich aus meiner verhaltensforschenden Grübelei, und ich nickte abwesend.

Nachdem die Tiere über zweiundsiebzig Stunden vor diesem Hindernis zurückgeschreckt waren und Hunger wie Liebesentzug erduldet hatten, ging schließlich von den sechs Männchen eins den schmerzlichen Weg zum Weibchen, während fünf über die elektrischen Platten dem Futter zustrebten. Daraufhin ordnete Mawkins den Versuch umgekehrt an, indem er auf die gleiche Art sechs Weibchen in Verwahrung nahm. Von denen gingen nach drei entbehrungsreichen Tagen fünf den Weg zur Minne, zum Männchen, aber nur eine ging den Weg zur Nahrung. Aufschlußreich, dachte ich, wirklich sehr aufschlußreich, stöhnte und griff mir an die linke Wange. Das Eis hatte den Zahn touchiert und das lauernde Monster aufgescheucht.

»Was ist los?« fragte Trudi.

»Papa hat Zahnschmerzen«, wußte Marie. »Im Camp ist das auch einem passiert. Weisheitszahn. Mußte nach Marseille in 'ne Klinik. Ein Mädchen hat sich den Arm gebrochen. Ist beim Tanzen irgendwie ausgerutscht. Und Durchfall und Kotzerei hatte jeder mal. Mann, echt schrill.«

»Solange du dir kein Aids eingefangen hast, ist ja alles in Ordnung«, rutschte mir leider heraus – zum Auf-die-Zunge-Beißen war es zu spät. Mutter und Tochter starrten mich empört an. Die Familienähnlichkeit der beiden, die von sämtlichen Großeltern stets und strikt behauptet wurde, die ich aber nie recht entdecken konnte, war in dieser gemeinsamen Empörung offensichtlich. Es hätte mich auch nicht gewundert, wenn Maries makellose Bräune jetzt in Giftgrün umgeschlagen wäre. »Tja, äh …«, stammelte ich, »muß jetzt wohl erst mal telefonieren, 'nen Zahnarzttermin verabreden. Tschuldigung …«

Die Sprechstundenhilfe ließ sich dazu herab, mir wegen der akuten Schmerzen einen Termin am nächsten Morgen, gleich um 8.30 Uhr, einzuräumen. Inzwischen war die Küchentür geschlossen worden. Die Damen wollten also unter sich sein. Auch gut. Da konnte ich mir ohne Legitimationsprobleme das Champions-League-Spiel des HSV ansehen. Die angebrochene Flasche Côtes du Rhône und mein Glas standen allerdings noch auf dem Küchentisch. Vor der Tür verharrte ich einen Moment lauschend und hörte durchs Klappern von Geschirr Maries Stimme, verstand aber nicht, was sie sagte. Als ich eintrat, hörte sie sofort zu reden auf und starrte aus dem Fenster in die Dämmerung hinaus. Trudi zwinkerte mir irgendwie konspirativ zu und sagte, ob ich denn nicht das Fußballspiel im Fernsehen …

»Ja, klar.« Ich griff nach Glas und Flasche, nahm eine Tüte Kartoffelchips aus dem Schrank und trollte mich. Als ich die Glotze anstellte, hörte ich, wie die Küchentür wieder zugezogen wurde. Vermutlich gab Marie nun Details über die beziehungsweise *den* »voll netten Typen« preis, und vermutlich würde Trudi diese Details später in einer für das Alter bearbeiteten, wenn nicht zensierten Fassung an mich weitergeben.

Schon schoß Juventus Turin ein Tor, und es stand 0:1. Das war zu erwarten gewesen. Früher oder später mußte es ja so kommen. Meine Zähne nahmen Wein und Chips klaglos entgegen. Yeboah köpfte den Ausgleich. Marie hatte Ähnlichkeit mit Trudi. Mit mir nicht. Hatte ich sie deshalb auf dem Bahnhof für eine andere halten können? Die Italiener schossen das 1:2. Verschwitzte junge Männer, die sich gegenseitig besprangen und abküßten. Voll nette Typen. Und meine kleine Marie war jetzt … Wie sagte man das eigentlich? Keine Jungfrau mehr?

Dann war Halbzeit. Um das sogenannte Expertengespräch zwischen dem jugendfrisch grinsenden Moderator und einem senilen Ex-Trainer nicht ertragen zu müssen, drückte ich auf der Fernbedienung die Stumm-Taste. Ich rauchte und sah den graublauen Schwaden nach, die träge im Lampenlicht verwirbelten. Halbzeit beim Fußballspiel war wohl so etwas Ähnliches wie die Plattform des Fünfzigjährigen auf der Lebenstreppe. Allerdings mit dem Unterschied, daß es keine Expertengespräche gab und nach der Pause auch nicht wieder aufwärtsgehen konnte.

Trudi kam ins Wohnzimmer, kündigte an, ins Bett gehen und weiter an ihrem Buch lesen zu wollen. Im übrigen müsse sie so früh wie immer aufstehen. Sie gab mir einen Kuß auf die Wange.

»Und was ist mit Marie?« fragte ich.

»Erzähl ich dir später.« Trudi lächelte verlegen.

»Nein, ich meine, was macht die denn jetzt?«

»Sie duscht und geht dann auch ins Bett. Sie ist hundemüde.«

»Das kann ich mir denken«, sagte ich.

Trudi schüttelte den Kopf. »Wenn du so zu ihr bist«, sagte sie leise, »verlierst du deine Tochter.«

»Hab' ich doch schon verloren.«

»Sei nicht albern«, sagte sie und wandte sich zur Tür. »Marie weiß, was sie tut. Und sie macht es richtig.«

»Dabei gibt's ja auch nicht viel falsch zu machen«, sagte ich, aber Trudi tat, als hätte sie das nicht mehr gehört.

Und vielleicht hatte sie es auch wirklich nicht mehr gehört, weil ich beim Erscheinen der Mannschaften auf dem Platz den Ton wieder angeschaltet hatte. Die Flasche Rotwein war leer. Ich holte Nachschub aus der Küche, und als ich wieder auf dem Sofa saß, stand es schon 1:3. Der HSV machte heute nicht mal das Falsche richtig. Ich überlegte, ob ich abschalten und ebenfalls ins Bett gehen sollte, als Marie ins Zimmer kam. Sie trug den schwarzen Seidenbademantel, den sie letztes Jahr auf nachdrücklichen Wunsch zum Geburtstag bekommen und nicht einmal, wie bei derlei Geschenken sonst üblich, umgetauscht hatte, und um den Kopf ein turbanartig verschlungenes Handtuch.

»Papa?«

Ich sah sie fragend an. »Mmh …?«

Sie beugte sich zu mir herunter, roch sehr frisch und klar, hielt mit der linken Hand den Bademantel unterm Kinn zusammengerafft und hauchte mir einen Kuß auf die Stirn. Dann hustete sie und fächerte mit der Hand durch die Rauschschwaden meiner Zigarette.

»Entschuldigung«, sagte ich, »tut mir leid«, und erwischte aus den Augenwinkeln den Anschlußtreffer der Hamburger. Vielleicht wurde das ja doch noch was?

»Ich wollte nur gute Nacht sagen«, sagte sie. »Und mich noch mal bei dir bedanken.«

»Bedanken? Wofür denn?«

»Daß du mich vom Bahnhof abgeholt hast. Und daß ihr mir diese Reise geschenkt habt.«

»Klar«, sagte ich. »Und schlaf gut.«

Sie verschwand und hinterließ eine Duftwolke, in der etwas Süßes und zugleich Herbes schwamm, als vermischten sich Willkommen und Abschied, Kindheit und Erwachsensein. Nur vom Alter war in diesem Duft keine Spur. Ich steckte mir noch eine Zigarette an, drückte sie aber nach zwei Zügen gleich wieder aus, weil ich den Geruch nicht zerstören wollte, der in mir einen kitzelnden Erinnerungsreiz auslöste. Aber an was? Der HSV erzielte das 3:3. Alles würde gut werden. Sie hatte sich bei mir bedankt. Nicht, daß sie sonst alles für selbstverständlich hin und geschenkt nahm. Sie wußte die Dinge zu schätzen und hatte, weil sie mit ihrem Taschengeld nie ganz auskam, auch einigermaßen klare Vorstellungen vom Wert des Geldes. Ihr Dank und der Duft gingen vage Verbindungen in meiner Vorstellung ein. Oder in meiner Erinnerung. Dabei gibt's nicht viel falsch zu machen, hatte ich zu Trudi gesagt. Freundlich war es nicht gemeint, und außerdem stimmte es nicht. Auch ich hatte dabei viel falsch gemacht. Die Liebe wollte gelernt sein. Wenn in Diskotheken, auf Parties in heimischen Kellern oder Tanzabenden im Jugendclub der Kirchengemeinde der Discjockey statt *My Generation* oder *Satisfaction* langsamere Takte anschlug, *Michelle, As Tears Go By* oder gar das unweigerlich hosenspannende *Je t'aime, moi non plus,* wenn das Licht gedimmt wurde, die sogenannte Schwofrunde begann und die Schöne, um die ich eben noch mit wildem Gliederzucken geworben hatte, dann in meinen Armen auf der Tanzfläche blieb, begann ein Pressen und Schieben, Drücken und Tasten, das, je nach Gegenseitigkeitsgrad, in zaghafte Küsse mündete, um auf durchgesessenen Sofas, in frühlingsmilden Parks oder in zugigen, schummrigen Hauseingängen in Knutscherei und Fummelei zu enden. Man hatte damals keine Freundinnen beziehungsweise Freunde, von Beziehungen zu schweigen, sondern man »ging zusammen«, um nach einigen Tagen, manchmal auch Wochen, nicht mehr zusammen zu gehen.

Verhältnisse, die Monatsfrist oder mehr erreichten, galten als »in festen Händen« – Abwerbung sinnlos. Mit Uschi war ich gegangen und mit Dagmar, mit Annette und mit Birgit, mit Hilke und mit Hilde. Geschwoft, gefummelt und geknutscht hatte ich mit so vielen, daß ich mich schon damals nicht mehr an die Namen hätte erinnern können. Aber *ES* war immer noch nicht passiert. Allerdings ging nun der HSV mit 4:3 in Führung. Unglaublich eigentlich, aber es interessierte mich jetzt nur noch sehr am Rande, weil der Erinnerungsreiz etwas versprach, von dem ich kaum noch wußte, daß ich es wußte. Ich war damals schon fast 18, würde *forever young* bleiben, kam mir dennoch erwachsener als alle Erwachsenen vor und hegte die Befürchtung, der letzte männliche Bewohner dieser Stadt und dieses Alters zu sein, dem immer noch als unsichtbarer und dennoch schwer lastender Schatten das Manko der Unschuld anhing. Meine Freunde protzten längst mit saftigen Anekdoten, oder sie hielten sich mit vielsagendem Schweigen und stillem, kenntnisreichem Lächeln bedeckt. Die Anti-Baby-Pille war in aller Munde – außer in den Mündern der Mädchen, mit denen ich ging, denen ich als Lockmittel sogar schmachtende Liebesgedichte schrieb und die mich auch durchaus nicht nur zu lyrischen Ergüssen brachten. Doch all diese manuellen und mündlichen Manipulationen konnten bestenfalls Vorahnungen der Offenbarung sein, die da doch endlich kommen mußte. Sie kommt an einem Samstag im Herbst, während der HSV sich anschickte, das Spiel nach Haus zu schaukeln. Meine Eltern sind übers Wochenende verreist, ich bin allein zu Haus und gehe selbstverständlich abends in die Disko. Sie sitzt am Tresen vor der Tanzfläche. Ich kenne sie flüchtig, weil sie eine Freundin Hilkes ist, mit der ich eine Zeitlang beziehungsweise kurz gegangen bin. Wir unterhalten uns miteinander. Ich wußte nicht mehr, über was. Sie hat sehr große blaue Augen, ein herbes Gesicht, lange blonde Haare. Sie ist fast zwei Jahre älter als ich. Wir tanzen nicht miteinander. Ich wußte nicht mehr, warum nicht. Wir trinken Cola. Auch an die Musik, die an diesem Abend gespielt wurde und die mir sonst als Gedächtnisstütze stets zu Diensten war, hatte ich keine Erinnerung. Wir verlassen die Disko früh, gegen 22 Uhr. Das wußte ich merkwürdigerweise noch genau – vielleicht weil ich ahnte, daß meine Stunde geschlagen hatte. Wir halten uns nicht an den Händen *like lovers do.* Wir gehen wortlos durch die dunklen Straßen. Wir setzen uns nicht auf eine Bank im Park. Wir küssen uns nicht. In meinem Zimmer zieht sie sich schweigend aus. Ihr sehr schlanker Körper weiß im Licht der Straßenlaterne, das durchs Fenster bricht. Das dunkle Dreieck ihres Schoßes. Sie sieht mich fragend an. Ich weiß nicht, was ich tun soll. Willst du Musik hören? frage ich. Sie schüttelt ernst den Kopf und legt einen Finger auf meine Lippen. Sie öffnet den Knopf meiner Jeans. Sie zieht den Reißverschluß auf. Sie legt sich bäuchlings auf mein Bett. Sie drückt ihr Gesicht ins Kissen. Ich liege neben ihr. Auf ihr. Unter ihr. Und in ihrem Duft. Da war sie, die Erinnerung, die Maries Duschduft in mir ausgelöst hatte. Aber Marie war meine Tochter, und ihr Duft galt einem anderen. Mir aber hilft auch der Duft beim Überschreiten der Schwelle. Es ist warm und fest, feucht und weich. Ich spüre ihren Bewegungen nach. Sie gibt keinen Laut von sich. Es dauert nicht lange. Sie stöhnt ganz leise. Gut, flüsterte sie, das ist gut. Ja, sage ich, ja ja ja. Es geht viel zu schnell. Schließlich küssen wir uns. Wir ahnten wohl nicht, in wie großer Gesellschaft wir uns in der Zweisamkeit befanden, in der wir uns miteinander allein glaubten. Viele waren bei uns, von denen ich noch nichts wußte – meine zukünftigen Geliebten und irgendwann dann eben auch Trudi; ein oder zwei, von denen nur sie wußte, der oder die, mit denen sie schon geschlafen hatte, und manche, von denen sie noch nichts wußte – ihre zukünftigen Liebhaber. Der Morgen faßt bleich ins Zimmer. Sie steht auf. Sie zieht sich an. Sie sagt: Danke. Sie geht. Wieso hat *sie* danke gesagt? Am nächsten Morgen im Sportunterricht – Elfmeter. Ausgleich in letzter Minute. Zum Kotzen. Am nächsten Morgen im Sportunterricht also das Gefühl, man müsse es mir ansehen. Meine Haut, mein Körper scheinen zu rufen: Seht her, ich habe es endlich geschafft. Und Abpfiff. So war das. Oder jedenfalls so ähnlich. Aber warum um alles in der Welt hatte *sie* »danke« gesagt? *Ich* hätte es zu ihr sagen müssen. Oder besser noch, wir hätten beide geschwiegen.

Unentschieden also. Damit ließ sich immerhin leben. Ich stellte den Fernseher aus und trank mein Glas leer, ging ins Bad und weckte beim Zähneputzen den Zahnschmerz. Mein Gesicht im Spiegel. Ich drehte den Kopf nach links. Die grauen Strähnen an der Seite waren nicht weniger geworden. Ich drehte den Kopf nach rechts, schielte mich mißmutig an. Eher mehr. Marie war ins Blaue gefahren und kam schöner als zuvor zurück. Und ich reiste unaufhaltsam ins Graue.

Leise legte ich mich zu Trudi, die längst das Licht gelöscht hatte und selig durch Träume schnorchelte. Der durch die Bäume im Garten und durch die Jalousie doppelt gefilterte Mond schien schneebleich auf die Laken und ihr Gesicht. Der weiche Ansatz eines Doppelkinns, der sich seit einiger Zeit an ihrem Profil zeigte, war jetzt nichts als eine Verwehung des Zwielichts. Als wir uns kennenlernten, hatten wir uns gegenseitig für etwas gehalten, was wir nicht waren. Nun kannten wir uns seit dreißig Jahren, hatten uns zwischendurch für eine Weile aus den Augen und Händen verloren, hatten uns wiedergefunden, waren seit siebzehn Jahren verheiratet und versuchten immer noch herauszufinden, wer und was wir eigentlich waren. Damals, auf der Abitur-Klassenfahrt nach Frankreich, hatte sie mich für einen Franzosen gehalten und ich sie für eine Französin. Bis wir miteinander zu reden begannen. Da waren wir dann enttäuscht und hatten uns trotzdem ineinander verliebt. Vorhin auf dem Bahnhof hatte ich auf den ersten Blick Marie auch für eine gehalten, die sie nicht war. Sie hatte sich die Haare aus dem Gesicht gestrichen wie … ja, wie wer denn eigentlich? Vielleicht verliebte man sich immer in das, was die Person nicht ausmachte, sondern was man in sie hineinsah oder in das, woran sie einen erinnerte? Und nun war unsere Tochter als eine andere aus Frankreich zurückgekommen. Gesund, aber gewissermaßen nicht mehr ganz unversehrt. Ob der voll nette Typ, der für diese Veränderung verantwortlich war, womöglich Franzose sein sollte? Oder hatte Marie ihn dafür gehalten? Oder für irgend etwas anderes, was er nicht war?

III

Die zahnärztliche *Gemeinschaftspraxis Beate Decker & Dr. med. dent. Detlev Schwarz* segelt aus naheliegenden Gründen in Patientenkreisen unter dem Kürzel Black & Decker. Üblicherweise lasse ich mich von der sachlich-spröden, aber sehr präzisen und feinfühligen Beate Decker behandeln, die jedoch auf einem Fortbildungskurs in Sachen Implantologie weilte, weshalb sich diesmal ihr Partner Dr. Schwarz mit der Trümmerlandschaft meiner Zähne zu befassen hatte.

Nachdem ich mein Leid geklagt hatte und das unvermeidbare Röntgenbild geschossen worden war, eröffnete mir der sonnenbankbraune Schwarz, daß sich die Wurzel unter einem bereits überkronten Zahn entzündet habe. Zudem sei diese Krone eine Altlast der primitivsten Art, sozusagen Steinzeit, und seit wann ich denn überhaupt dies Fossil mit mir herumschleppte?

»Sportunfall«, sagte ich. »Handballspiel. Noch in der Schulzeit. Über dreißig Jahre her …«

»Kein Wunder also«, nickte der smarte Doktor, »der Zahn der Zeit. Und Handball ist sowieso die Härte. Schlimmer als Boxen. Na ja, in Ihrem Alter spielt man dann eben Golf. Aber natürlich alles kein Problem«, er setzte die Betäubungsspritze ans Zahnfleisch, »das piekt jetzt ein bißchen«, und stach zu. Ich zuckte zusammen. Derlei erledigte seine Partnerin sonst sehr viel sanfter, obwohl oder weil sie im Gegensatz zu Dr. Schwarz nicht promoviert war.

Der eilte nun federnden Schritts in ein anderes Behandlungszimmer, um die Zeit nicht honorarfrei verstreichen zu lassen, während der die Spritze ihre Wirkung entfaltete. Golf kam überhaupt nicht in Frage. Aus Altersgründen schon gar nicht. Mit meinem Tennisniveau war ich nach wie vor halbwegs zufrieden, aller Kurzatmigkeit zum Trotz. Mein Unterkiefer fühlte sich wie aufgeblasen an. Aufgeblasen und innen hohl. Hohl und scheintot. Scheintot und …

»Wirkt's schon?« Die adrette Sprechstundenhilfe steckte den Kopf zur Tür herein. Von nebenan das Sirren des Bohrers. Ich nickte. »Der Doktor kommt gleich«, säuselte sie so begütigend, als spräche sie zu einem Kind. Merkwürdigerweise empfand ich ihren Singsang als Trost.

Gleich bedeutete mehr als zehn Minuten, aber dann machte Schwarz sich mit einem entschlossenen »Na-dann-wollen-wir-mal« ans Werk. »Münder«, sagte er, »sind für Zähne ein Übel«, setzte eine Zange an die Altlast meiner Jugend, »der Gaumen ist fürs Gebiß eine Pesthöhle«, zog kräftig, sagte, »na bitte«, legte Zange und Krone ab und griff zum Bohrer. »Münder sind wie alte Städte. Besoffene pinkeln da nachts an Fundamente. Die Besoffenen sind die Streptokokken mit ihren Säuren, die Fundamente die Zahnhälse. Geht's noch?«

»Chrjaaa …« Was redete der Mann denn da?

»Zähneputzen muß sein, ist aber wie ein chemischer Krieg, und durch ungezügelte Fortpflanzung geht's in der Altstadt Ihres Mundes bald wieder zu wie in der Dritten Welt. Zahn für Zahn verfällt durch das hemmungslose Treiben der Mikroben. So, jetzt noch die zweite Wurzel. Die Natur hat's aber sinnvoll eingerichtet. Man verliert genau dann seine Zähne, wenn man sie nicht mehr braucht, weil man sowieso bald stirbt und …«

»Chrrrr …« Meinte er etwa mich?

»Spüren Sie das etwa? Kann gar nicht sein. Und damit das alles ein Weilchen länger dauert, gibt es uns, die Zahnärzte. So«, er griff zu einer Art Nadel, »jetzt holen wir mal hübsch die Nerven raus. Zack, Numero uno. Theoretisch ist es für einen Zahn natürlich das beste, wenn sein Mund jung stirbt. In Leichen, in denen es keine Streptokokken mehr gibt, halten sich Zähne länger als in lebenden Körpern. Numero duo und ex. Vom Neandertaler gibt's Zähne, aber kein Zahnfleisch mehr. Marion, die Füllung bitte. Erst mal nur provisorisch. Geht's noch?«

»Argggh …« Das war ja völlig unangebracht, in so einer Situation dies morbide Zeug zu faseln.

»Zähne ohne Münder, das funktioniert tadellos. Aber Münder ohne Zähne machen sich eben schlecht. Deshalb baue ich Ihnen hier was Erstklassiges ein. Wie neu. Machen Sie mit Marion einen Termin für die nächste Woche. Das war's.«

Dr. Schwarz drückte mir kräftig die Hand und eilte ins Nebenzimmer. Ich spülte den Mund aus, erhob mich, von der Behandlung leicht benommen, von seinem Monolog schwer verwirrt, aus dem Foltersitz, unterschrieb an der Rezeption noch den Heil- und Kostenplan für die Krankenkasse und machte mich auf den Weg zur Arbeit.

Der Schul- und Lehrbuchverlag *Frenzen-Conradt,* kurz *FC* oder auch, witzig witzig, *1. FC,* bei dem ich als Lektor den Bereich Gesellschaftswissenschaften (Politik, Soziologie, Geschichte) betreue und verantworte, residiert in der umgebauten Fabriketage in einem Altonaer Hinterhof. Im Erdgeschoß befindet sich das Architekturbüro *Dellbrück & Partner,* nach deren Plänen der marode, wilhelminische Zweckbau, in dem bis in die fünfziger Jahre Elektroschalter produziert wurden, sich entschieden ins Postmoderne ummendelte – Erker und Winkel aus Glas und Edelstahl, dazwischen jede Menge aufpolierter, alter Bausubstanz aus Backstein, Sandstein und Balkenwerk, ein gläserner Außenfahrstuhl. Im ersten und zweiten Stock sitzen »wir«, über uns arbeitet die Werbeagentur *Meiners & Meiners,* ein ständig zerstrittenes und deshalb wohl vergleichsweise erfolgreiches Brüderpaar, an ihren Kampagnen für Magerquark und Single-Reisen, und die vierte Etage teilen sich zwei sogenannte freie Graphiker als Ateliers. Zu Gesicht bekommt man diese Künstler selten; offenbar sind sie häufiger frei als Graphiker.

Ich stellte den Wagen im Hof unter den Kastanienbäumen ab, deren Laub bereits gelbe und braune Verfärbungen zeigte. Die Früchte hingen noch grün, prall und stachelig an den Zweigen, aber ein paar Blätter waren schon gefallen. Das ging von Jahr zu Jahr auch immer schneller. Eigentlich wollte ich die Treppe nehmen; da aber der Aufzug gerade unten war und einladend offenstand, fuhr ich mit ihm in den ersten Stock.

Es war Viertel nach neun. Abgesehen von den stets überpünktlichen Damen aus der Buchhaltung, dem Vertriebschef und dem Praktikanten, der sich vermutlich eine Übernahme erhoffte, saß ich als erster am Schreibtisch. Einige der Kollegen waren noch im Urlaub; Herr Dirk Frenzen, der den Verlag von seinem Vater Johann geerbt hatte und deshalb trotz seiner knapp sechzig Jahre von den alteingesessenen Mitarbeitern albernerweise immer noch als Juniorchef apostrophiert wurde, war es schon wieder. Zwar behauptet er, auf seiner Finca auf Gran Canaria ununterbrochen neue Konzepte und Marketingideen auszubrüten, aber die Arbeit machen wir schon lange ohne ihn.

Viel zu tun gab es in diesen letzten Tagen des Sommerlochs allerdings nicht. Und außerdem war Freitag. Ich mußte lediglich noch die Überarbeitungen und Ergänzungen für die siebte Auflage des Arbeitsbuchs *Politik für die Mittelstufe* korrigieren, setzte die Lesebrille auf und überprüfte lustlos die Statistik, derzufolge von den 15- bis 20jährigen in Deutschland 5 % kaufsüchtig sind und 15 % heftige Defizite im sozialen, menschlichen, familiären und im Leistungsbereich durch Konsumieren ausgleichen. War Marie eigentlich kaufsüchtig? Manchmal hatte ich den Eindruck, sie sei *born to shop,* und das Taschengeld reichte natürlich nie. Hatte sie von Trudi geerbt – nicht das Taschengeld, sondern die Kaufsucht. Defizite im familiären Bereich? Eigentlich nicht. Einzelkind, das schon. Aber allemal behütet, umsorgt, wenn nicht gar verwöhnt. Wenn sie jetzt einen Lover hatte, dürften ja wohl auch noch die letzten Reste sozialer Defizite ausgeräumt worden sein. Was das wohl für ein Typ war? Und wie alt? Was Ernstes? Oder nur ein Urlaubsflirt?

»Wollen Sie auch 'n Kaffee?« rief mir Daniel, der Praktikant, durch die offene Tür zu. »Hab' gerade einen aufgesetzt.« Ich hob den Kopf von der siebten Auflage und sah ihn über den Brillenrand hinweg an: Anfang Zwanzig, Student, selbstbewußt, dabei immer sehr höflich, intelligentes Gesicht, muskulöser Oberkörper unterm T-Shirt, Fitness-Studio vermutlich. Prototypische Inkarnation des voll netten Typs.

»Klar«, sagte ich, setzte die Brille ab und ging mit ihm in den Raum, der als Teeküche und Präsenzlager dient.

Daniel goß Kaffee in zwei Becher, schob mir einen über den Tisch entgegen. Ich bot ihm eine Zigarette an. Er lehnte ab und sah zu, wie ich mir eine ansteckte. Mißbilligend? Mitleidig? Trotzdem durchaus sympathisch. Gegen so einen wäre leider nicht allzuviel einzuwenden. Für einen Moment verspürte ich den Impuls, ihm das Foto von Marie zu zeigen, das ich in der Brieftasche mit mir herumtrage. Blödsinn! Wollte ich ihn etwa fragen, ob sie ihm gefiel? Mit meiner Tochter protzen? Marie verkuppeln an einen, der mir aus unerfindlichen Gründen genehm schien? Unsäglich. Was für ein peinlicher Vater … Er sah mich fragend an, als spürte er, daß etwas in mir rumorte. Also auch noch sensibel, der Junge.

»Und?« sagte ich, um überhaupt etwas zu sagen. »Gefällt's Ihnen hier bei uns?«

»Gar nicht so übel«, grinste er, aber für ihn garantiert keine Endstation. Auf Übernahme hoffte er also doch nicht. Keine jungdynamische Konkurrenz zu befürchten. Cleveres Kerlchen. Der Laden sei nämlich, wenn er das mal so sagen dürfe, leicht verschnarcht. Betriebswirtschaft und Journalistik studiere er, und vorstellen könne er sich später mal einen Job beim Fernsehen. Oder bei einem Nachrichtenmagazin. Eine Filmproduktion käme auch in Frage, oder vielleicht …

»Filmproduktion?« hakte ich ein. »Hab' ich auch mal gemacht. Vor fast zwanzig Jahren. Aber nur vorübergehend. *KreaTiV-Team* hieß der Laden. T und V in Großbuchstaben. Kennen Sie die?«

Er schüttelte den Kopf.

»Gibt's wohl auch gar nicht mehr«, sagte ich. »War so'n kleiner, heißer Shop. War aber interessant. Da bin ich ziemlich viel rumgekommen. Damals …«

»Aber Sie sind doch eigentlich Politologe, nicht wahr?« fragte er.

»Soziologe, genau.« Ich schlürfte an meinem Kaffee. »1981 habe ich promoviert. Und dann keinen Job gefunden. Die Stellen an den Unis und Hochschulen waren auf Jahre hinaus vergeben. Hab dann 'ne Weile hier und da gejobbt. Unter anderem eben auch bei *KreaTiV-Team,* als so eine Art Mädchen für alles. Vom Kabelschleppen bis zum Kaffeekochen hab' ich alles gemacht. Beleuchtung, Ton. Alles halt. Manchmal durfte ich sogar an den Filmkonzepten und Treatments mitarbeiten. Filme, na ja, das waren hauptsächlich Werbespots und solche Sachen. Aber, wie gesagt, dabei hab' ich viel gelernt und viel gesehen. Einmal war ich zu einem Dreh mit in Island. Werbung für Mineralwasser. Einmal auch auf Sardinien. Spot für ein Deo. War stressig, aber auch schön. Da hab' ich übrigens 'ne heiße …«

Ich unterbrach mich selbst. Das hier ging ja schon unkontrolliert ans Eingemachte im tiefsten Keller meiner Vergangenheit.

»Ja?« sagte er. »'ne heiße Frau? Oder was?« Er grinste mich verschwörerisch über den Rand des Kaffeebechers an.

»Egal«, sagte ich, verschluckte mich fast am Kaffee, hüstelte. »War halt wahnsinnig heiß auf Sardinien. Jedenfalls war's 'ne gute Zeit.«

»Cool«, sagte er, fast bewundernd, vielleicht auch etwas neidisch. »Und jetzt lektorieren Sie also Schulbücher. Wie kam denn das?«

»Meine Frau ist Lehrerin«, sagte ich, merkte, daß das fast wie eine Entschuldigung klang und sah aus dem Fenster in die Kronen der Kastanien, durch deren spätsommerliche Schwere eine schwache Brise fächelte. Manchmal schwebten fahle Blätter über den Hof. »Damals waren wir noch nicht verheiratet, und sie hatte nach dem Referendariat auch erst mal keine Stelle bekommen. Aber dann wurde sie schwanger. Und da hab' ich mich irgendwie verpflichtet gefühlt, endlich was Vernünftiges zu machen. Was man halt vernünftig nennt. Irgendeine sichere Position. Und so bin ich hier in den 1. FC geraten. Per Arbeitsbeschaffungsmaßnahme. Für arbeitslose Akademiker. 1984 war das. Purer Zufall, daß es dann der FC wurde. Erst mal wurde ich nur zur Probe eingestellt und auf Zeit. Als Korrektor. Schließlich hab' ich's zum Lektor gebracht. Und bin, wie Sie sehen, immer noch da. Ist ja auch gar nicht so übel, irgendwie. Oder?«

»Nee, ist echt gar nicht so übel«, sagte er tröstend. »Sichere Sache jedenfalls. Ich mein', Schulbücher werden ja immer gebraucht.«

Ich nickte und sagte, jetzt warte aber die siebte Auflage auf mich. Politik für die Mittelstufe. Meine Tochter sei bereits in der Ober…, aber das sei nun wirklich scheißegal. Und danke für den Kaffee.

Wo war ich stehengeblieben? Erst mal wieder die Brille auf. Defizite im familiären Bereich … Gott, ja, was hieß das denn eigentlich? Schwanger wurde Trudi Ende 1982, genau, denn im Juni 83 wurde Marie geboren. Und jetzt war sie also siebzehn. Und die heiße Woche auf Sardinien? Wann war das? Sommer 82? Oder schon 81? Offenbar sauber unter den Teppich gekehrt, wenn ich mich nicht einmal mehr an das Jahr erinnern konnte. Vera! Und nie den Nachnamen erfahren. War ja auch unwichtig. Schall und Rauch. Vera also. Wie die sich immer das Haar aus der Stirn … Diese Geste, die mich damals genauer hinsehen ließ. Lässig, anmutig fast noch, wenn nicht doch schon längst die Berechnung darin gelegen hätte, die … Marie! So hatte sich Marie gestern auf dem Bahnsteig das Haar aus der Stirn gestrichen. Natürlich nicht genauso. Aber doch auch schon mit diesem Wissen, daß man sie beobachten könnte, wenn sie so etwas Beiläufiges tat. Und damit das Beiläufige vernichten. So wird aus beiläufig läufig. Mein Gott, das war ja völlig unmöglich. Was buddelte ich denn da im säuischen Getümmel meiner Vergangenheit herum? Lag doch alles luftdicht eingemacht und mumifiziert im tiefsten Keller. Also ran an die Statistik. 21% der Adoleszierenden aus sozial und emotional geregelten Familienverhältnissen … Nein, so ging das natürlich auch nicht. Das sollte immerhin ein Schulbuch für 15jährige werden. Welcher Faktenhuber hatte das bloß wieder zusammengeschmiert? Müller-Blanke. Typisch. Pensionierter Oberstudienrat. Wenn man nicht alles selber macht.

IV

Kaum zu Hause, war Marie schon wieder auf Achse. Der achtzehnte Geburtstag ihrer Freundin Marlene sollte im Wochenendhaus von deren Eltern gefeiert werden, an einem See irgendwo in Schleswig-Holstein.

Am frühen Nachmittag war man grüppchenweise losgefahren, teils von gutwilligen Müttern oder Vätern chauffiert, teils in Autos bereits volljähriger und motorisierter Galane.

»Sind Marlenes Eltern dabei?« erkundigte ich mich.

»Sie fahren ein paar der Kids hin und holen sie Sonntag auch wieder ab«, sagte Trudi und legte das Buch beiseite, in dem sie gelesen hatte. *Sinn und Sinnlichkeit.* Was Trudi im Kino gesehen hatte, pflegte sie als pflichtbewußte Deutschlehrerin anschließend literarisch nach- und aufzuarbeiten.

»Nein, ich meine, ob die auch über Nacht bleiben?«

»Natürlich bleiben die über Nacht. Marie hat alles dabei. Schlafsack …«

»Ich meine die Eltern«, sagte ich, schenkte mir einen Whiskey ein und überlegte, ob Maries Urlaubsbekanntschaft womöglich auf dieser Party erscheinen konnte. Eher unwahrscheinlich. Aber wußte man's denn? »Willst du auch einen Aperitif?«

Trudi nahm einen Sherry. »Die Eltern?« sagte sie und zog die Augenbrauen hoch. »Wieso sollten die denn über Nacht dableiben? Das ist doch Marlenes Fete.«

»Eben drum«, sagte ich, rückte über dem Sideboard den einen winzigen Tick schief hängenden Hundertwasser zurecht und ließ mich neben sie auf die Couch fallen. »Da sind schließlich Jungs und Mädchen zusammen, und da kann …«

»Eben drum bleiben die Eltern ja nicht da«, sagte Trudi und nippte am Sherry. »Kurt, die sind doch alle so gut wie volljährig. Marie …«

»Ist erst sechzehn«, sagte ich.

»Reichlich siebzehn«, korrigierte Trudi. »Willst du ihr ernsthaft noch so etwas verbieten?«

»Was meinst du mit so etwas?«

»Ach, Kurt …« Trudi lachte, legte mir einen Arm um die Schulter und küßte mich aufs Ohrläppchen. »So etwas eben.«

»Aber doch wohl nicht mit diesen pickeligen Knatterchargen in Schlabberhosen und verkehrt aufgesetzten Baseballkappen, die da mit ihren Handys und Walkmen dauernd vor der Schule rumlungern und …«

Trudi küßte mich auf den Mund und empfahl mir, es jetzt endlich mal gut sein zu lassen. Mit siebzehn habe auch sie bereits, ich wisse schon, und ich sei ja bekanntlich auch kein Spätentwickler gewesen.

»Achtzehn war ich«, sagte ich streng und wischte mir den Lippenstift von den Lippen. »Fast jedenfalls.«

»Das sind die Jungs aus der Clique auch. Und manche nicht erst fast. Nun laß die mal schön alleine feiern. Die Ferien sind zu Ende. Montag müssen sie alle wieder zur Schule.« Sie seufzte. »Ich leider auch.«

»Na schön«, knurrte ich. »Und was machen wir?«

»Wie wär's mit Kino?« schlug Trudi vor. »Und anschließend gehen wir essen.« Schon stöberte sie durchs Kinoprogramm.

Zu einer der sogenannten Blockbuster-Neuerscheinungen konnten wir uns nicht durchringen, und so landeten wir schließlich im *Abaton* an der Universität, einem cineastisch angehauchten Programmkino, in das wir seit unserem Umzug von Eimsbüttel nach Groß Flottbek nur noch selten gingen. Zu diesem Ausflug ins Quartier unserer Vergangenheit paßte es insofern dann auch bestens, daß der Film, den Trudi sich ausgeguckt hatte, aus dem Jahr 1982 stammte. Zu ihrem Vorschlag, *Le Retour de Martin Guerre*, hatte ich keine Meinung, weil ich nie etwas von dem Streifen gehört hatte, während sie von ihrer Kollegin Gerlinde Meier-Rothenhagen erfahren haben wollte, der Film sei »echt klasse«. Dies Urteil leuchtete mir aber eigentlich nur deshalb ein, weil die Meier-Rothenhagen Französisch unterrichtet und der Streifen im Original mit deutschen Untertiteln gezeigt wurde. Na schön. Wenn schon *Abaton*, dann auch konsequent. Der unvermeidliche, allerdings noch erstaunlich schlanke Gérard Depardieu spielte also diesen Martin Guerre, einen schlichten Bauern in einem Pyrenäendorf, dem es entscheidend an Manneskraft mangelt. Dennoch wird seine Frau schwanger. Guerre verläßt, gehörnt von wem auch immer, Frau und Kind. Ein Doppelgänger, Depardieu zum Zwoten, der Guerre bis aufs Haar, aber eben nicht auf den Schwanz gleicht, erscheint in seinem Haus und teilt fortan Tisch und Bett mit seiner Frau, die sich von diesem Stand der Dinge nachhaltig befriedigt zeigt. Der Schwindel fliegt natürlich auf. Vor Gericht kann der falsche Guerre fast noch den Kopf aus der Schlinge ziehen, aber da taucht der alte Schlappschwanz wieder aus der Versenkung auf, und der gute und lendenstarke, aber eben nicht standesamtlich legitimierte Hochstapler endet am Galgen. Das Ganze schwelgte in satten Gold- und Brauntönen mit viel bäuerlicher Folklore, aber im Grunde zog es sich ziemlich langatmig dahin, und ich wunderte mich, warum irgend etwas an der Schmonzette mich trotzdem interessierte und zugleich unbehaglich stimmte.

»Im übrigen«, sagte ich zu Trudi, als wir anschließend auf einer Restaurantterrasse mit Elbblick saßen, »kam mir das alles bekannt vor. Als hätte ich den Film schon einmal gesehen.«

»Hast du auch«, sagte sie lächelnd und studierte dabei die Speisekarte. »Als wir vor ein paar Jahren nach New York geflogen sind, lief der Film als Bordprogramm im Flugzeug.«

»Das wüßte ich aber«, sagte ich, schwankend zwischen Tagliatelle alla panna con funghi und Lammrücken in Salbei.

»War auch nur das Remake mit Richard Gere und Jodie Foster«, sagte Trudi. »Und du bist schon nach fünf Minuten eingeschlafen. *Sommersby* heißt der. Ich nehm' die Seezunge.«

Jodie Foster? Richard Gere? Kein Wunder, daß ich eingeschlafen war. Bettszenen mit dem zickigen Drahtbesen Foster? So etwas wollte man doch wirklich nicht sehen. Und unter besonderer Berücksichtigung meines Cholesterinspiegels kam alla panna eh nicht in Frage. Trotzdem, an dem Stoff war etwas … Lammrücken also.

»Tja«, sagte ich und nippte sinnierend am Chablis, »dann sind mir ein paar Reste Gere und Foster wohl doch ins Unterbewußtsein gerutscht. Jedenfalls ein sentimentaler Schmarren.«

»Ich finde die Geschichte schön«, sagte Trudi. »Natürlich auch sehr traurig. Ach ja, Richard Gere …« Sie sah auf die Elbe hinaus. Die Lichter des Hafens, der Docks und der Schiffe, die in der Dunkelheit aneinander vorbeizogen, spiegelten sich in verflimmernden Bahnen auf dem Wasser. Im

Septemberwind Ahnungen des Herbstes wie leichte Bisse in die Haut.

»Der Gere hat mehr graue Haare als ich.«

»Deshalb liebe ich dich ja auch mehr als ihn.« Sie prostete mir zu, und als sie sich dann nach der zweiten Flasche Chablis und einem Cognac als Absacker im schmeichelhaften Zwielicht unseres Schlafzimmers auszog und ungewöhnlich phantasieanregende Wäsche blicken ließ, die ich an ihr noch nie gesehen hatte, fiel mir plötzlich ein, warum mich der Film trotz allem interessiert hatte. War er nicht ein weiteres Exempel dafür, daß man nicht die Person liebt, die man zu lieben glaubt, sondern irgend etwas, was sie verspricht, was man in sie hineinsehen kann, woran sie erinnert? Zum Beispiel an diese Vera auf Sardinien? Daß man etwas liebt, was sie eigentlich nicht ist, aber doch wie einen unsichtbaren Schleier mit sich herumträgt? Wie diesen spitzendurchbrochenen Slip und den unsichtbar formenden BH? Wie etwas, das in der Entblößung verhüllt und in der Verhüllung entblößt? Der Gedanke erregte mich, richtete mich auf und straffte mich. An Richard Gere dürfte ich Trudi in dieser Nacht dennoch kaum erinnert haben. Bestenfalls an diesen Schönling, mit dem sie damals mal rumgebumst hatte, der sportliche Kollege von ihr. Neugebauer hieß der. Peter Neugebauer. Dann vielleicht doch lieber Richard Gere. Und sei es nur wegen der grauen Strähnen an meinen Schläfen? Oder sie dachte an Gérard Depardieu, obwohl ich nicht so einen knolligen Zinken im Gesicht habe wie der.

»Gut«, flüsterte Trudi schließlich schläfrig, den Kopf auf meinem Oberarm, »daß Marie heute nacht nicht zu Hause war. Sie hätte uns gehört. Durch alle Türen.«

»Mmh …«, machte ich und dachte, daß sie uns ruhig hätte hören können. Daß ihr Vater noch kein alter Mann war. Nicht der korrekte, sondern der geliebte Martin Guerre. Sozusagen. Dann schlief mein Arm ein, und ich zog ihn vorsichtig unter Trudis Kopf weg, drehte mich auf die Seite und schloß die Augen.

V

»Hat sie nun?« Ich schnitt ein Mohnbrötchen auf und bestrich es mit Margarine und Honig. »Oder hat sie nicht?«

Trudi köpfte schwungvoll ihr Frühstücksei, bei Gewichtsklasse 4 laut an der Kühlschranktür klebender Tabelle 314 Milligramm Cholesterin, auf das ich mithin verzichtete. »Wo ist denn schon wieder der Salzstreuer? Ach so, danke.«

»Und?«

»Na ja, ich glaub' schon«, sagte sie und klimperte beim Umrühren mit dem Löffel in der Teetasse.

»Was heißt, du glaubst? Hat sie dir es gesagt oder nicht?«

»Nicht so direkt. Wir haben uns unterhalten. Von Mutter zu Tochter und umgekehrt. Und da hat sie dann so allerlei erzählt …«

»Allerlei? Und warum erzählt sie dir so allerlei? Und mir nicht?«

Trudi sah mich fest an. Die Falten in ihren Augenwinkeln. Gestern abend hatte ich sie nicht gesehen. »Weil du sie nicht richtig fragst«, sagte sie. »Bei dir klingt das immer gleich wie ein Verhör.«

»Verhör? Bei mir? Ich hab' mich wohl verhört!«

»Doch«, sagte Trudi. »Wer? Wann? Was? Wo? Wie? Das interessiert dich. Die nackte Information.«

»Nackt paßt«, sagte ich und fummelte eine *Du darfst*-Schmelzkäseecke aus dem Stanniolpapier. »Hoffentlich hat der wenigstens ein Kondom angehabt. Ist noch Tee da?«

Trudi füllte meine Tasse. Das Knistern des Kandiszuckers

im Tee. Wir schwiegen eine Weile. »Der wohnt in München«, sagte Trudi plötzlich.

Mir doch wurscht, dachte ich, folgte mit den Augen dem weißen Dampf, der von der Tasse aufstieg, und sagte: »München ist weit.«

Der Kühlschrank summte unwillig. Septembersonne fingerte gelb über den Frühstückstisch.

»Der heißt sogar wie du«, sagte Trudi. Grinste sie dabei?

»Was soll das heißen, daß der wie ich heißt?«

»Der junge Mann, den Marie kennengelernt hat, heißt Curd.«

»Nein!« Ich ließ das Brötchen auf den Teller fallen.

»Aber mit CD«, sagte Trudi.

»Mit CD?«

»Der schreibt sich vorne mit C und hinten mit D. Curd. Wie Jürgens.«

»Und trotzdem nein«, sagte ich. »Oder erst recht.«

»Wieso denn nicht? Mädchen suchen bekanntlich immer ihren Vater.«

»Sie muß mich nicht suchen. Ich sitze ja hier. Und zwar mit KT.«

»Du weißt genau, was ich meine. Jungs suchen die Mutter. Sieh mich doch an. Alles Psychologie.«

»Psycho ..., also nein, wie kann man denn heutzutage einen Jungen noch Kurt nennen? Mit oder ohne CD. Das ist doch 'ne Strafe.«

»Wieso? Dieser Typ, dieser Rockstar, von dem Marie ein Poster an der Wand hängen hat, heißt doch auch Kurt. Von Nirvana der. Kurt Cobain. Hat sich umgebracht.«

»Was soll das denn heißen? Muß ich mich jetzt auch umbringen, oder was?« Ich zündete mir die erste Zigarette des

Tages an, inhalierte tief, stieß den Rauch gegen die Decke. Leichtes Schwindelgefühl.

»Gott, Kurt, jetzt wirst du aber wieder albern.« Sie beugte sich mit gespitzten Lippen über den Tisch. »Komm schon«, sagte sie, aber ich küßte sie nicht. Sah sie etwa wie meine Mutter aus? »Sei doch nicht beleidigt. Du bist eifersüchtig. Das ist alles. Du hast da Honig auf dem Kinn.«

»Wo?«

Sie wischte mir mit dem kleinen Finger übers Kinn, »schon weg«, und lächelte mir zu. »Der sieht sogar aus wie du.«

Ich starrte Trudi entgeistert an. »Was redest du denn da?«

»Marie hat mir ein Foto gezeigt. Hübscher Kerl, wirklich. Und um die Augen rum hat er entfernte Ähnlichkeit mit dir. Ganz entfernt. Mit dir als jungem Mann natürlich. Nur so der Ausdruck, irgendwie …«

Das durfte doch nicht wahr sein. Psychologie hin, Vatersuche her. Das war ja völlig unmöglich. »Wo ist dies Foto?« knurrte ich.

Trudi zuckte mit den Schultern. »Das wird sie dir schon zeigen.« Sie machte eine Pause. »Wenn sie es dir zeigen will …« Ich zerdrückte die Kippe in der Eierschale. »Da kommt sogar noch ein Video, das ein paar der Leute im Camp gedreht haben. Marie hat daran mitgearbeitet. Du weißt doch, wie sie sich für alles interessiert, was mit Film zu tun hat. Alle, die wollen, kriegen eine Kopie von dem Video.«

»Na prima«, knurrte ich und stellte das Geschirr zusammen. »Einmal mußte es ja so kommen. Aber daß sie gleich mit dem erstbesten rummacht, der ihr …«

»Einer ist immer der erste«, sagte Trudi.

»Dein erster war ich aber nicht«, sagte ich und stellte die Geschirrspülmaschine an.

»Aber der Beste«, sagte sie durchs Rauschen des Wassers. Und das hörte ich gern.

Dann machte sich Trudi im weinroten Nylon ihres Jogginganzugs auf den Weg zum samstäglichen Damendoppel, eine Tennisrunde, an der auch die frankophile Kollegin Gerlinde Meier-Rothenhagen beteiligt ist; dazu noch die Professorengattin Bärbel Garlich, von ihrem Hausfrauendasein so gestreßt, daß sie nach Möglichkeit zweimal täglich Tennis spielt, sowie Conny Soundso, eine Bioladen-Betreiberin, die auf New Age steht, aber wie ihre drei Partnerinnen auch schon deutlich nach Middle Age aussieht.

Und ich also allein zu Haus. Auch mal ganz schön. Schöner war's aber doch vor zwei, drei Jahren gewesen, als Marie an den Samstagnachmittagen dablieb und wir beide dann zusammen den Rasen mähten oder uns bei schlechtem Wetter alte Filme auf Video ansahen. Was das wohl für ein Video werden würde, an dem sie mitgearbeitet hatte. Gearbeitet? Und jetzt feierte sie Orgien in abgelegenen Wochenendhäusern. Fühlte sich oft von Gott, Eltern und Welt im Stich gelassen, zog aber mit Rudeln Gleichgesinnter durch die Gegend. Rebellen ohne Führerschein …

Es klingelte an der Haustür. Ich sah auf die Uhr. Halb zwölf. Der Postbote mit einem dicken, nicht ausreichend frankierten Brief an Marie. Ich zahlte das Nachporto. Als Absender ein, nein: *das* Kürzel: C. M. Ich wog den Brief in der Hand. Mindestens fünf Seiten. Hatte sich Marie etwa in einen Schriftsteller verliebt? Das Nachporto würde sie mir erstatten müssen, das war schon mal klar.

Ich räumte das Geschirr aus der Maschine und sortierte im Küchenschrank Gläser, Tassen und Teller in ordnungsgemäßer Reihenfolge an ihre angestammten Plätze. Trudi war in dieser Hinsicht nachlässig, Marie in direkter Erbfolge geradezu schlampig. Ob die Messer im Gabelfach lagen oder die Tassen im Gläserschrank standen, war ihr völlig egal, aber auf ihrem CD-Regal herrschte alphabetische Perfektion. Curd mit CD. Eine Fünf in Mathe brachte sie nicht aus der Ruhe, aber das defekte Schloß an ihrer Schreibtischschublade ließ sie ausflippen. Wieso eigentlich? Hatte sie etwas unter Verschluß zu halten? Drogen? Das defekte Schloß zu reparieren, hatte ich ihr schon lange versprochen. Endlich hatte ich Zeit und Muße dafür.

In ihrem Zimmer sah es aus wie nach einem Bombenabwurf. Die Reisetasche stand halb ausgepackt vor dem Bett, auf dem Fußboden lagen Wäsche- und Kleidungsstücke verstreut; leere Saft- und Wasserflaschen, halbvolle Gläser, die kleine Teekanne, die ich neulich gesucht hatte, standen zwischen Strohblumen und Schminkutensilien auf der Fensterbank. Durfte ich hier eigentlich eindringen? Die Reparatur hatte ich ihr immerhin versprochen, und wenn sie ihr Zimmer auch als sakrosanktes Heiligtum ansah, redete sie doch zugleich davon, das angeblich spießige Elternhaus so bald wie möglich verlassen zu wollen.

»Hallo Kurt«, murmelte ich halblaut vor mich hin, als ich dem Nirvana-Sänger in die Augen sah, der mich von seinem Poster düster musterte. Ein etwas unheimlicher Zimmergeist. Als sie vor einigen Jahren die Wände mit Leonardo-DiCaprio-Postern gepflastert hatte, fand ich das amüsant; noch amüsanter, als der *Titanic*-Held nach einer Weile im Altpapier ertrank. Dann kamen wechselnde Beaus aus der Pop- und Filmwelt, bis eines Tages nur noch Kurt Cobain Gnade vor ihren Augen fand. Und das irritierte mich. Ein voll netter Typ war das jedenfalls nicht. Vielleicht irritierte es mich, weil ich tatsächlich eifersüchtig war, ein ganz kleines bißchen nur. Oder weil ich den gleichen Vornamen habe? Vielleicht aber auch, weil er sich umgebracht hatte und mir der Gedanke unbehaglich war, meine Tochter könne sich den düsteren Grungestar als Vorbild nehmen. Von pubertären Depressionsanfällen war sie nämlich nicht frei, manchmal verdöste sie ganze Tage bei heruntergezogenen Jalousien auf dem Bett. Aber dann erinnerte ich mich an meine eigenen Suizid-Phantasien als Fünfzehnjähriger, die allesamt mit der Einsicht endeten, daß Entsetzen und Betroffenheit meiner Eltern und Lehrer von mir als Totem ja nicht mehr genossen werden konnten. Und hinsichtlich meines Morbiditätsverdachts hatte Trudi mich darauf aufmerksam gemacht, daß auch wir in unserer alten Wohnung ein Foto von Jim Morrisons Grab an der Wand hängen hatten, das dann aber in den Umzugswirren verlorengegangen war. *Riders on the storm, into this house we're born, into this world we're thrown,* summte ich vor mich hin, während mein Blick auf die beiden Teddybären und die Puppe fielen, die zu Buchstützen umfunktioniert ins Bücherregal gestaucht waren. Die Angst, noch ein Kind zu sein, trieb Marie voran; die Angst, erwachsen zu werden, hemmte sie. Indem ich mir die im Kinderzimmer verstreuten Dinge ansah, gemischt aus Unordnung und einer unerklärlichen, geheimen Regelhaftigkeit, überkam mich Trauer bei dem Gedanken, daß Marie nicht mehr lange in diesem Raum, den wir schon lange nicht mehr Kinderzimmer nannten, wohnen würde. Trudi und ich würden bleiben. Ausharren und darauf warten, daß Marie gelegentlich zu Besuch käme. Noch war meine Tochter wie ein Gast, der nach dem Weg fragte. Bald würde sie ein Gast sein, der von seinem Weg erzählte. Ich stand verkrampft und starr und spürte, wie ich in dieser Erstarrung alterte. Das defekte Schloß der Schreibtischschublade rührte ich nicht an, und das, was ich finden wollte, mußte ich nicht suchen. Vom Chaos aus Schulheften, Stiften, Zeitschriften, Kosmetikwattebäuschen und Lippenstiften wie gerahmt, lag mitten auf der Schreibtischplatte das Foto, aber über dem Gesicht der abgebildeten Person lag eine weiße Muschelschale. Ein Souvenir. Etwas, das nicht für sich selbst stand, sondern auf etwas anderes verwies. Ich schob die Muschel mit der Zeigefingerspitze vorsichtig beiseite, widerstand dem kurz aufkeimenden Gedanken, an ihr zu riechen, und sah in ein breit grinsendes, sonnengebräuntes Gesicht. Volle, dunkle Locken fielen bis auf die Augenbrauen. Im linken Ohr ein kleiner Ring. C. M. also. Was hatte Trudi vorhin gesagt? Hübscher Kerl, dessen Augenpartie entfernte Ähnlichkeit mit mir haben sollte. Ich warf einen Blick in den Spiegel an der Kleiderschranktür. Mit mir? Ausgeschlossen. Ich sah ja entsetzlich aus. Die Wangenpartie schon schlaff. Schatten unter den Augen. Gar nicht vertiefen, diesen Blick. Und was tat ich denn eigentlich hier in Maries Welt? Ich schob die Muschel wieder über dies fremde, vielleicht doch nicht ganz fremde Gesicht, und stahl mich aus dem Zimmer wie ein Dieb.

Und doch, und doch ... Der junge Mann kam mir bekannt vor. Sehr entfernt. Aber ich wußte durchaus nicht, an wen er mich erinnerte. C. stand für Curd. Soweit alles klar. Und M.? Meier? Müller? Wenn es wirklich eine Ähnlichkeit mit mir geben sollte, mußte ich Fotos von mir als Achtzehn- bis Zwanzigjährigem ansehen. Die Alben standen in einem Regal im Wintergarten, angestaubt in willkürlicher Reihenfolge, die Rücken nicht beschriftet. Marie im Kindergarten beispielsweise, Marie bei der Einschulung mit spitzer Tüte in der Hand. Trudi und Marie vor dem Ferienhaus in Dänemark, Marie mit mir beim Rasenmähen, Trudi und ich tanzend, vermutlich an ihrem vierzigsten Geburtstag. Sie mit mir und sie mit ihr und manchmal beide mit mir. Die Fotos, die ich mir früher oft mit Marie angesehen hatte, sagten mir heute nicht viel. Für Marie waren sie wichtig, weil sie etwas aus Zeiten zeigten, an die sie keine Erinnerung hatte und dennoch schon da gewesen war. Aber sie verflachten das, was gewesen war, plätteten die Vergangenheit, schnitten Stücke aus der Welt. Bei einer Verschlußzeit von 1/60 Sekunde hatte man mit sechzig Fotos also eine Sekunde seines Lebens eingefangen, mit sechshundert Fotos zehn Sekunden, mit sechstausend noch nicht einmal zwei Minuten. Und die Hälfte auch noch unscharf, nichtssagend, über- oder unterbelichtet. Bedeutung würden diese Fotos erst später bekommen, wenn die Wirklichkeit sich verflüchtigt haben und nur die Erinnerung bleiben würde. Vielleicht, wenn Marie uns später besuchen käme mit eigenen Kindern? Kinder von diesem voll netten Typ mit dem Ring im Ohr? Mit wem hatte der Ähnlichkeit? Ich stellte die Alben ins Regal zurück. Vergangenheit hatte ich eigentlich schon genug, gewiß mehr als Zukunft. Je mehr Vergangenheit man hatte, desto älter war man, aber desto länger lebte man auch. Ich war nur so alt wie meine älteste Erinnerung.

Staub tanzte im Sonnenlicht, das den Wintergarten durchflutete. Ich starrte eine Weile nach draußen auf die wenigen gelben Blätter, die im Wind träge auf dem Rasen rollten. Vogelbeeren, deren siegellackrote Prallheit schon vom schwarzen faltenbildenden Rost der Fäule durchsetzt war, hingen schwer an den Zweigen. Plötzlich fiel das Licht so auf die Fenster, daß sie zu spiegeln begannen und ich den Garten nur noch undeutlich, mich aber um so deutlicher erkennen konnte.

VI

Als ich eine Woche später zum vereinbarten Termin bei Black & Decker erschien, war Beate Decker zwar von ihrer Forschungsreise in Sachen Zahnimplantate zurück; da jedoch Dr. Schwarz nun einmal die Restaurierung meiner Altlast in Angriff genommen hatte, führte er sie auch zu Ende.

»Implantate«, sagte er und hielt dabei die funkelnagelneue Krone wie ein edles Schmuckstück ins Lampenlicht über dem Behandlungsstuhl, »Implantate sind 'ne schöne Sache, aber nur da indiziert, wo sonst kein Anker mehr hält. Bei Ihnen ist das Wurzelwerk allerdings noch ganz akzeptabel, nachdem die Nerven raus sind. So.« Er drückte die Krone auf den einzementierten Stift, hielt mir Blaupapier in den Mund und ließ mich mit den Zähnen knirschen. »Jetzt schleifen wir die noch hübsch ein, Marion, den Sauger bitte weiter in den Winkel, genau. Guter Zahnersatz ist was Beständiges. In Ihren Knochen und echten Zähnen, in Ihrem Herzen und in Ihren Nieren sitzt kein Molekül der Zellen mehr, die dort vor zwanzig Jahren gesessen haben. Der Körper recycelt sich ständig selbst. So, noch dies Eckchen, und dann wird poliert. Auch das Blut in Ihren Adern ist nicht mehr das, was es einmal war. Sie selbst in Ihrer Jugend, von Kindheit mit Milchgebiß mal ganz zu schweigen, das sind gar nicht mehr Sie, das ist höchstens jemand, den Sie mal gut gekannt haben …«

»Ichchrr …«

»Ist was?«

»Nein, ich …«

»Kann auch gar nicht«, sagte er und schliff und polierte weiter. »Der Zustand Ihres Gebisses sagt mehr über Ihren Zahnarzt aus als über Sie selbst. Jedes Einzelteil in Ihrem Körper ist schon zigtausendmal durch eine Kopie ersetzt worden. Kaputte Zellen werden einfach abtransportiert, ausgeatmet, ausgeschieden und mal ausspülen bitte.«

Ich spülte, spuckte aus und streichelte mit der Zunge über die frisch erworbene Glätte.

»Müßte passen«, sagte er zufrieden. »Die sitzt für die Ewigkeit«, gab mir die Hand und entschwand behende in Behandlungszimmer II.

Mit dem Ende der Schulferien waren alle Mitarbeiter wieder vollzählig im Verlag angetreten. Meine humorresistente Lektoratskollegin Heidi Maifeld, zuständig für Mathematik aller Stufen, brachte sogar den leider allzu vorhersagbaren Satz über die Lippen, daß das Team des 1. FC jetzt wieder komplett sei, und auch Dirk Frenzens Chef-Fax aus Gran Canaria, er brüte noch über einer Konzeption für Normen und Werte, kam pünktlich, aber keineswegs überraschend. *Business as usual* also. In meinem Fall hieß das, nun die audiovisuellen Begleitmaterialien für *Politik für die Mittelstufe* zusammenzustellen, weshalb ich den ganzen Tag mit diversen Archiven, Bibliotheken und Akademien telefonierte. Zwischendurch kochte Daniel, der Praktikant, Kaffee. Diesmal brachte er ihn mir sogar an den Schreibtisch. Voll netter Typ irgendwie. Eigentlich schade, daß er nicht bleiben würde.

»Das Video ist da!« empfing Marie mich strahlend und gab mir einen Wangenkuß.

»Welches Video?« Ich angelte ein Bier aus dem Kühlschrank und setzte mich an den Küchentisch. »Und wo ist Mama?«

»Na, das Video, das wir im Camp gedreht haben«, sagte sie. »Und Mama hat irgend so 'ne Konferenz. Wir können uns ja Pizza kommen lassen. Willst du es sehen?«

»Ich? Das Video?« Ich hatte eher damit gerechnet, daß dies Video zu einer der geheimen Mutter-Tochter-Kommandosachen ernannt worden wäre, und sah sie überrascht an.

»Klar«, nickte sie. »Ich hab's mir schon zweimal angeguckt. Voll cool das Teil.« So war sie nun mal. Machte aus den albernsten Nebensächlichkeiten die größten Geheimnisse, plauderte aber im nächsten Moment die größten Geheimnisse aus, um sie damit zu albernen Nebensächlichkeiten zu degradieren. »Los, komm …« Sie zog mich ins Wohnzimmer, setzte sich neben mich auf die Couch, hantierte routiniert und beidhändig mit den Fernbedienungen, links der Fernseher, rechts der Videorecorder, ein kurzer Bandvorlauf rauschte wie Schneetreiben über den Bildschirm. »Jetzt«, sagte sie, »jetzt kommt's.«

Technomusik stampfte los, nach zwei, drei Takten erschien auf dem Bildschirm ein Sonnenauf- oder -untergang über blauer Meeresbucht. Schnitt. Zwanzig, vielleicht dreißig Teenager in Badehosen, Einteilern und Bikinis, mit V-Zeichen über den Köpfen der Nebenleute feixend, zum Gruppenbild am Strand versammelt. Zoom auf einzelne Gesichter. »Das war unser Dorf«, sagte Marie. »Und das«, eine Gruppe von sechs Mädchen, die an einem Picknicktisch saßen und in die Kamera lächelten, »war unsere Clique.«

»Ich seh' dich«, sagte ich, fragte mich, wo die Jungs waren, aber da sahen wir bereits einen Bootsanleger, von dem Teenager ins Wasser sprangen. »Bist du auch dabei?«

»Nö«, sagte sie, »das hab' ich selbst gedreht.« Verwackelt war die Szene immerhin nicht.

»Super gemacht«, sagte ich.

Und so super ging es weiter. Teenager beim Segeln. Teenager beim Wasserski. »Das war mir aber zu teuer«, sagte sie. Teenager beim Essen. »War okay, der Fraß.« Kamerafahrt in ein Zelt. Schummrig. Unterbelichtet. »War heiß im Zelt.« Teenager vor Zelten auf Luftmatratzen und Schlafsäkken. »Wir haben oft draußen gepennt.« Junge Mädchenblüte in der Sonne. Funkelnde Zahnspangen. Junge Mädchenblüte im Schatten. Pinien. Sich mit Coladosen zuprostende Jungs. Korkeichen. Ob C. M. einer von denen war? Piniengeäst. Himmelsblau. Der Dunkelhaarige, der da gerade hinter … Umschnitt. Teenager vor, neben und hinter anderen Teenagern. Teenager mit und ohne T-Shirts. Umschnitt. Nacht. Hektisch vibrierende Lichter. Undeutlich bewegte Körper. »Disko«, sagte sie. »Fast jeden Abend. Saugeil.« Zuckende Gliedmaßen. Jetzt paßte endlich auch die unterlegte Musik zu den Bildern. Schnitt. Erneuter Sonnenunter- oder -aufgang. Zoom auf noch ein Gruppenbild am Strand. Die Musik brach abrupt ab. Rauschen. Schneegestöber. »Na?« Marie sah mich fragend an.

»Toll gemacht«, sagte ich und nahm einen Schluck Bier. »Wirklich gut. Schnitte. Zoom. Totale. Alles da.«

Sie nickte zufrieden und ließ das Video zurückspulen.

»Und wer …«, sagte ich und wollte fragen, wo und wer denn nun *er* in diesem Körpergewusel gewesen sei, sagte jedoch: »Und wer hat sonst noch an dem Video mit gedreht?«

»Och, das war so 'ne kleine Gruppe. Sechs, sieben Leute. Voll nett alle.«

»Ja, das sieht man«, sagte ich. »Muß echt toll gewesen sein.«

Sie sah mich von der Seite her an. Mißtrauisch? Hatte wohl nicht sehr überzeugend geklungen. »Los«, sagte ich forciert munter, »wir bestellen uns jetzt Pizza.«

Der *Flying-Pizza-Service* lieferte umgehend eine Pizza Salami (klein) für mich und eine Pizza Vegetale (groß und »wer Fleisch ißt, wird zum Tier«) für Marie. Anschließend verzog sie sich auf ihr Zimmer, um einer drohenden Mathematikarbeit den schlimmsten Schrecken zu nehmen. Und wo blieb Trudi? Konferenz? Zu nachtschlafender Zeit?

Ich schaltete den Fernseher wieder ein. Auf fast dreißig Kanälen Volksmusik, Unterwasserwelt des Pazifik, Humor für Debile, Börsenkurse, Quizshows, Talkrunden zur BSE-Krise, Sitcoms mit Gelächter vom Band. Dagegen war Maries Video oscarpreiswürdig. Und überhaupt: Ruhig da noch mal reinschauen und den voll netten Typ mit den dunklen Locken ausfindig machen. Rückspultaste. Das Sirren des Bandes. Wiedergabetaste. Doch statt Teenagern vor Sonnenaufgang log immer noch ein Wurstfabrikant von lückenlosen Lebensmittelkontrollen. Ach so, VCR-Kanal einstellen. Na bitte, prompt die sogenannte Clique am Picknicktisch. Das neckische Geplansche am Bootsanleger. Jetzt aber mal ganz langsam. Gab es nicht sogar ein Knöpfchen für Zeitlupe? Marie konnte die Fernbedienung mit geschlossenen Augen bedienen. Mein Blick irrte durch ein Labyrinth aus Tasten, Ziffern, Knöpfen, ein Wirrwarr hieroglyphischer Kürzel. CLR/RST, F-ADV, TRK, V-LOCK, Q-PRO. Marie zu fragen, kam nicht in Frage. Mir die Kassette vorzuführen, war eine Sache. Mir sie in Zeitlupe anzusehen, eine beträchtlich andere – VKF sozusagen, väterliche

Kontrollfunktion. Wo war bloß wieder die Bedienungsanleitung?

In den Fächern und Schubladen des Sideboards herrschte blankes Chaos. Glühbirnen zwischen Wollknäueln, Notizpapier unter Reiseprospekten, alte Batterien auf einer Tennissocke, Telefonrechnungen neben einer aufgerissenen Tüte Weingummi, Garantiekarten, Gebrauchsanweisungen für Staubsauger und Tiefkühltruhe, Telefonkarten, Kugelschreiber ohne Minen, Gebrauchsanweisungen für Waschmaschine und Trockner, Briefumschläge, Kugelschreiberminen ohne Kugelschreiber, Heftzwecken, Schlüssel. Da mal gründlich klar Schiff machen. Der Reserveschlüssel fürs Auto, sieh an, nach dem ich neulich händeringend gesucht hatte, als Trudi den Erstschlüssel in der Handtasche mit sich spazierentrug. Wiedersehen macht Freude. Wenn Marie und Trudi die Bedienungsanleitung für den Videorecorder je benutzt hatten, war die Chance, sie zu finden, sowieso minimal, weil sie dann garantiert irgendwo lag, wo sie erst bei einer Haushaltsauflösung wieder zum Vorschein kommen würde. Aber Trudi bediente solche Geräte eher intuitiv, und mit dem digitalen Instinkt ihrer Generation beherrschte Marie sie so beiläufig und selbstverständlich wie den Zug einer Toilettenspülung. Dann läge sie also womöglich … Tatsächlich. Sie lag auf dem Videorecorder. Ordentlicher Haushalt.

Inzwischen war die Kassette durchgelaufen. Schneesturm auf dem Bildschirm. Rückspultaste also. Soweit einleuchtend. Jetzt also Stichwort *Wiedergabe,* nein, *Suche nach einer Aufnahme,* ganz recht, *Kassette in Zeitlupe wiedergeben,* na bitte, Seite 33. *1.) Drücken Sie: Wiedergabetaste, um die Wiedergabe zu starten.* Okay, so weit war ich vorher selber schon mal. *2.) Drücken Sie: SLOW,* ach so, slow, ja, auch irgendwie logisch, *so oft wie erforderlich, um die Geschwindigkeit zu verringern,* es klappte, die Sprünge vom Bootssteg nun langsam, wenn auch reichlich unscharf und wackelig. Wieso denn das? Aha. *Vertikale Instabilität: Bei der Wiedergabe in Zeitlupe kann es zu Bildstörungen kommen. Drücken Sie V-Lock,* okay, gedrückt, *um diese Störungen zu minimieren.* Bestens. Bilder schön langsam und scharf jetzt. Das schummrige Zelt von innen. Nichts zu erkennen, selbst nicht in Zeitlupe. Außenaufnahme vor Zelten. Mädchen mit Zahnspangen. Junge Mädchenblüte im Schatten. Die zweite von links, die sah ja richtig gut aus. Tiefe Schatten überm Oberteil. Schade, daß es nicht noch langsamer ging. Scharf. Sehr scharfes Bild dank *V-Lock.* Konnte das denn überhaupt noch eine Siebzehnjährige sein? Die war doch mindestens … Pinien. Dicke Zapfen an den Ästen. Sonne sickerte durch die Nadelkronen. Halbschattiges Zwielicht. Umschnitt. Die Jungs. Jetzt also diese Typen. Mein Gott, nein … Nackte Oberkörper, schlabbrige Shorts, knapp auf den Hüften, aber runter bis auf die Knie. Feixen. Grinsen. Rangeleien. Getränkedosen in den Händen, offenbar kein Bier. Immerhin. Sonst hätte man ja auch mal beim Reiseveranstalter vorstellig werden müssen. Der trug schließlich die Verantwortung. Schnitt. Korkeichen. Gewaltige Stämme, rissig und prall wie … Wieder Pinien, wieder diese Zapfen. Und jetzt, hinter dem Stamm, kam er hervor, der Dunkelhaarige im schwarzen T-Shirt, lächelte in die Kamera, die Marie vermutlich in Händen hielt, lächelte, drehte den Kopf ein wenig nach rechts, ein Lichtreflex über seinem Ohr, das mußte der Ring sein, und dann hob er langsam die Hand und schob sich in Zeitlupe die dunklen Locken aus der Stirn. Umschnitt. Ja, ich kannte den. Stoptaste. Standbilder wiedergeben, das mußte doch auch möglich sein. Standbilder? Einzelbilder, na also. Rücklauf. *Drücken Sie Standbildtaste, um das Band anzuhalten,* sieh da, sieh da, aber so war der Bursche mir noch unbekannt. *Drücken Sie F.ADV, um das nächste Einzelbild,* aha, *anzuzeigen,* noch ein Tastendruck und noch einer, und jetzt hob er die Hand, Druck, die Hand an der Stirn, Druck, das Gesicht im Profil, kein Zweifel, Druck, die Geste, mit der er die Haare wegstrich, diese Geste als Einzelbild, sein Profil eingefroren. Ihre Geste, ihr Profil, ihr Haar. Vera! Wie aus dem Gesicht geschnitten. Nur die Augenpartie nicht. Nase, Mund. Wie Vera. Und um die Augen? Was hatte Trudi da geredet? Der habe entfernte Ähnlichkeit mit mir? Um die Augen herum? Veras Gesicht und meine Augen? Um Gottes willen. Das durfte nicht sein. Dann stimmte ja alles. Dann kannte ich nicht nur dessen Mutter, dann war das sogar mein eigener … Unvorstellbar. Unmöglich. Der unselige Brief. Dann stimmte das alles. Und war eine … Ja, was? Tragödie? Eine Katastrophe. Und Trudi? Wo steckte die?

Eine Weile saß ich erstarrt, eingefroren, versteinert. In Zeitlupe winkelte ich den Arm an und sah auf die Uhr. Halb elf. Der Sekundenzeiger tickte langsam. Zäh. Schnitt die Zeit weg. Oder stand die Zeit still? Es gab weder Gegenwart noch Zukunft, sondern nur die Vergangenheit, die wieder und wieder geschah. Jetzt. Veras Brief. Schwarz, der geschwätzige Zahnarzt, hatte davon geredet, daß mein Körper, wie er vor zwanzig Jahren einmal war, nicht mehr existierte. Das einzige, was mich mit meinem früheren Ich verband und die Illusion aufrechterhielt, daß Fotos von damals von ein und derselben Person stammten, war die Erinnerung. Die Erinnerung erneuerte sich nicht. Während mein Körper sich ständig wandelte, von den Haarspitzen bis zu den Fußnägeln, schleppte ich mein Gehirn wie einen Dachboden, einen Speicher mit immer staubiger werdenden Erinnerungen mit mir herum. Jetzt war der Staub aufgewirbelt worden durch eine Böe, mit der im Leben nie zu rechnen gewesen war. Ich hatte keine andere Wahl, als immerfort an sie zu denken, an die Erinnerung und an diese Frau aus dem Gestern. Aus dem Vorgestern. Und an ihren Brief. Denn ich war nichts anderes als die Erinnerung an mich selbst.

Mit weichen Knien erhob ich mich von der Couch, wankte ins Eßzimmer hinüber, nahm mit zitternden Händen die Cognacflasche aus dem Schrank, schenkte mir ein Wasserglas halbvoll, trank einen großen Schluck. Der sanfte Biß in Kehle und Magen beruhigte mich etwas. Ich schlurfte, das Glas in der Hand, durch den Flur; der Lichtstreifen, der unter Maries Zimmertür übers Parkett fiel, schien wie ein Finger auf mich zu zeigen.

In meinem Arbeitszimmer, das auch als Gästezimmer dient, hockte ich mich an den Schreibtisch. Den hatte ich von einer Großtante väterlicherseits geerbt, ein sehr schönes, wenn auch wuchtiges Stück, Mahagoni, die Schreibfläche mit Leder ausgelegt, die Türen mit Holzintarsien verziert, Messingbeschläge an den Türen und Schubladen. In der mittleren Schublade gibt es ein Geheimfach. Man kann eins der zierlichen Kastenfächer herausheben; es hat nur die halbe Höhe der anderen Fächer, und darunter befindet sich dann ein Hohlraum, der mit einem verschließbaren Deckel gesichert ist. Der Schlüssel war nicht mehr vorhanden, als ich den Schreibtisch erbte, aber der Deckel war auch nicht verschlossen gewesen. Man kann ihn also ohne Schlüssel aufziehen, was ich nun tat und den Brief herausnahm.

Ein unscheinbarer Standardumschlag, DIN A6, an den

Rändern schon leicht gelbstichig. Mit Schreibmaschine adressiert, Herrn Dr. Kurt Steenken, die alte Anschrift in Eimsbüttel, kein Absender. Ich drehte den Brief in der Hand. Warum hatte ich ihn überhaupt aufbewahrt? Seinen Inhalt kannte ich auswendig. Damals jedenfalls. Inzwischen war alles längst vergessen. Ein Sediment meiner Vergangenheit. Warum hatte ich den Brief nicht vernichtet? Damit meine Lüge irgendwann doch ans Licht käme? Und wieso Lüge? Ich hatte nur etwas verschwiegen. Wer nichts sagt, lügt auch nicht. Hatte Trudi mir immer alles gesagt? Damals? Und heute? Konferenz? Und jetzt war es schon elf Uhr durch.

Ich zog den Brief aus dem Umschlag und faltete ihn auseinander. Mit einer Schreibmaschine geschrieben. Demonstrativ unpersönlich. Die Farbbandtinte an manchen Buchstabenkonturen zerlaufen, vom Papier aufgesogen wie das Damals vom Vergessen. Keine Ortsangabe, nur ein Datum. Abgestempelt worden war der Brief allerdings in Hamburg. Vera mußte damals also in der Stadt gewesen sein und hatte da meine Anschrift herausgefunden.

aus 19. 9. 1982

Kurt!
Wenn ich mit diesem Brief unsere Abmachung breche, daß wir uns nie gekannt haben, so geschieht dies nur ein einziges Mal. Ich habe dafür einen wichtigen Grund.
Ich bin schwanger, und ich weiß nicht, ob von Dir oder von meinem Mann. Ich möchte es auch gar nicht wissen, weil mir der Gedanke gefällt, an unsere gemeinsame Zeit eine lebendige Erinnerung zu behalten. Meinem Mann werde ich nichts von dieser Unsicherheit erzählen. Es wird immer sein Kind sein. Dir aber sage ich es, weil es

genausogut Dein Kind sein kann, und damit auch Dir in Erinnerung bleibt, was zwischen uns gewesen ist.
Wie ich Deine Anschrift ausfindig gemacht habe, tut nichts zur Sache. Ich verspreche Dir, daß Du nie wieder etwas von mir hören wirst. Und ich bitte Dich, mich nie zu suchen.
V.

Das V mit blauer Tinte, schwungvoll wie ein Ausrufezeichen. Der Punkt dahinter heftig gesetzt. Wie ein Schlag ins Gesicht.

Ich stürzte den Rest des Cognacs herunter. Warum hatte sie mir das angetan? Diesen unsäglichen, unseligen Brief? *Damit auch Dir in Erinnerung bleibt, was zwischen uns gewesen ist.* Das war gegen die Absprache. Keine Erpressung, das nicht. Höchstens eine Nötigung zu permanenter Erinnerung. Aber eine ausgemachte Sauerei. Eine Perfidie. Von der hätte ich die Finger lassen müssen. Und wenn dieser Junge, der jetzt natürlich meinen Namen tragen mußte, wenn auch per C am Anfang und d am Ende leicht verfremdet, und der so unabweisliche Ähnlichkeit mit ihr hatte, tatsächlich mein Sohn war? Mein Sohn, in den meine Tochter sich verliebt und mit dem sie geschlafen, gevögelt, gefickt hatte? Dann mußte diese Beziehung augenblicklich unterbunden werden, bevor mir eine Tragödie griechischen oder gar biblischen Ausmaßes ins Haus platzte. Inzest! Ich mußte es Trudi beichten, ich mußte es Marie erklären. Ich würde sie beide deswegen verlieren. Und mußte es ihnen trotzdem sagen. Sofort. Diese Beziehung durfte nicht sein. Sie war ganz und gar unmöglich. Wenn ich jetzt nicht augenblicklich einschritt, dann …

»Gute Nacht, Papa.« Ich fuhr herum, ertappt wie ein Kind, das durch ein Schlüsselloch auf etwas Verbotenes geschaut hat. Marie stand in der Tür. Der schwarze Bademantel klaffte in Oberschenkelhöhe auseinander. Ihre sehr langen, schlanken Beine. »Arbeitest du etwa immer noch?«

»Ich, äh, ja. Nein, der Brief, ich meine, ich habe hier einen Brief …«

»Ich muß ins Bett«, sagte sie, »wir schreiben morgen Mathe.« Sie gähnte und warf mir eine Kußhand zu. Das tappende Geräusch ihrer nackten Füße auf dem Parkett. Das Geräusch von Veras nackten Füßen auf den Fliesen, damals. Maries Zimmertür fiel ins Schloß.

So ging es natürlich überhaupt nicht. Erst mußte ich Trudi alles erzählen. Vielleicht konnte sie dann von Mutter zu Tochter, von Frau zu Frau … Ich legte den Brief ins Geheimfach zurück, in den Giftschrank, setzte das Kastenfach wieder ein. Nichts mehr zu sehen. Das konnte auch alles ein Mißverständnis sein. Ein absurder Zufall. Man würde erst einmal einen Vaterschaftstest machen müssen. Das war ja heutzutage per DNA-Analyse alles kein Problem mehr. Sein Sperma mußte man da wohl nicht mehr unters Mikroskop spritzen. Eine Haaranalyse würde reichen. Eine Haaranalyse war gut, war die Lösung, war vielleicht sogar die Erlösung. Ich brauchte lediglich eine Haarprobe dieses ominösen C. M., die man dann mit einer Probe von mir vergleichen könnte, und dann würde sich alles in Wohlgefallen …

Ich hörte, wie am Schloß der Eingangstür hantiert wurde. Dann stöckelte Trudi hochhackig über die Dielenfliesen, streifte die Schuhe ab und kam barfuß ins Arbeitszimmer.

»Arbeitest du etwa immer noch?«

Ich nickte. »Wo kommst du denn jetzt her?«

»GEW-Stammtisch«, sagte sie. »War sehr nett.«

»Ich denk', diese Gewerkschaftsfuzzis öden dich an.«

»Ich geh' ja auch nur noch ganz selten hin«, sagte sie. »Aber manchmal ist es wirklich ganz nett.«

»Voll nette Typen wahrscheinlich«, sagte ich und versuchte zu lächeln, was mir aber nicht gelang.

»Streiten können wir uns morgen«, sagte Trudi, »ich bin hundemüde«, und drehte ab in Richtung Bad.

Als ich ins Schlafzimmer kam, hatte sie schon das Licht gelöscht, aber an ihrem Atem hörte ich, daß sie noch nicht schlief.

»Trudi?«

»Mhm.«

»Dieser Typ, mit dem Marie … den sie in Frankreich, also du weißt schon …«

»Mhm, mhm …«

»Hat sie den inzwischen wiedergesehen?«

»Natürlich nicht. Der wohnt doch in München. Vielleicht steht der hier aber bald auf der Matte. Oder sie fährt hin.«

Schweigen. Trudis Atem jetzt gleichmäßiger. Noch einen Moment, dann würde sie durch die Nase atmen. Und dann würde sie eingeschlafen sein.

»Ob sie von dem wohl irgendein Souvenir hat?«

Jetzt war Trudi wieder ganz wach. »Ein Souvenir? Glaubst du etwa, daß sie schwanger …«

»Um Gottes willen, nein. Ich meine, was man sich halt so schenkt. Einen Ring vielleicht. Oder ein Armband. Oder«, ich machte eine Pause und mußte schlucken, »oder vielleicht eine Haarsträhne.«

»Kurt«, sie stützte sich auf den Ellbogen und brachte ihr Gesicht dicht an meins, »ich weiß, daß du eifersüchtig bist auf diesen Jungen. Aber das ist doch lächerlich. Eine Haarsträhne? Hast du mir etwa eine Haarsträhne geschenkt, als wir das erste Mal zusammen geschlafen haben? Oder einen Ring? Wir haben ja nicht einmal Eheringe.« Sie ließ sich wieder auf ihr Kopfkissen sinken und gähnte. »Ich muß jetzt schlafen. Du etwa nicht?«

»Doch, natürlich. Aber ich habe dir etwas Wichtiges zu sagen.«

»Jetzt?«

»Ja, jetzt.«

»Und was?«

»Daß ich, äh … ich weiß nicht, wie ich anfangen soll. Es ist eine komplizierte Geschichte und …«

»Hast du etwa eine Geliebte?« fragte sie, aber es klang eher spöttisch als interessiert, eher schlaftrunken als alarmiert.

»Unsinn«, sagte ich.

»Dann kannst du es mir auch morgen sagen«, murmelte sie, drehte sich auf die Seite und schlief ein.

Eine Geliebte? Ich? Wie kam sie denn auf so etwas? War sie eifersüchtig? Auf wen denn? Mein letzter Seitensprung war lange her. Irgendwann auf einer Didacta, diese Vertreterin für Schülerpulte. Lachhaft. Wir haben ja nicht einmal Eheringe. Litt sie etwa darunter? Sie selbst wollte doch keine. Um dich zu lieben, brauche ich keinen Ring, hatte sie damals gesagt. Was mich gerührt hatte. Und mir ein schlechtes Gewissen gab, denn natürlich fiel mir sofort Veras Ohrring ein, den ich als Souvenir an mich genommen, aber auch gleich wieder verloren hatte, was am Ende auch das beste war. Oder schloß Trudi wieder einmal von sich selbst auf andere? Was ich selber denk und tu, trau' ich auch den anderen zu? So in der Art? Fragte mich nach einer Geliebten, weil sie einen Lover hatte? GEW-Stammtisch klang doch auch reichlich windig. Gewerkschaftsarbeit mit hochhackigen Pumps? Es wäre auch nicht das erste Mal gewesen, daß sie mich betrog. Damals, die Geschichte mit dem Kollegen Neugebauer, diesem sportlichen Schönling. Vielleicht war das über die Jahre lebendig geblieben, nur ich Trottel hatte nichts gemerkt. Was hatte Trudi eigentlich gemacht, als ich 1983 mit dem *KreaTiV-Team* auf Sardinien war und dort diese Vera …? Geduldig und keusch auf meine Rückkehr gewartet? Wenn sie getan hätte, was ich getan hatte, was alle taten und tun, bestand dann nicht sogar die Möglichkeit, daß Marie gar nicht meine Tochter war, sondern daß Trudi sie mir untergeschoben hatte als Kuckucksei? Das Gerede der Großeltern, Marie habe mit Trudi Ähnlichkeit, aber nicht mit mir? Wenn dann aber Marie nicht meine Tochter wäre, dann war auch die Inzest-Gefahr gebannt. Auch eine Lösung. Allerdings keine schöne. Eine Haaranalyse war wohl doch angesagt. Und wenn schon kein Haar von Maries *Lover* aufzutreiben war, dann vielleicht irgend etwas anderes. Hautfetzen. Schweiß. Sperma. Die Muschel auf dem Foto, die hatte der doch garantiert angefaßt. In meinem Kopf rotierte ein Riesenrad, wurde langsamer, träge, zeitlupenhaft, gerann schließlich zu einzelnen Standbildern, die sich dennoch bewegten, aber die Bewegungen waren in den Augenblick eingefroren und kannten keine Zeit, kein Voraus, kein Zurück und kein Vergehen. In einer der Gondeln, hoch über den Pinien und Dächern einer südlichen Stadt schwebend, vögelte ein Paar. Der Mann beugte den Kopf zurück, und während die Frau auf seinem Schoß ritt, griff sie ihm an die Stirn und zog ihm büschelweise das volle, dunkle Haar aus, bis sich tiefe Geheimratsecken bildeten. Er schlang dabei die Hände um ihren Nacken, griff nach ihrem Ohrläppchen, riß den Ohrring ab. Schmerz und Lust auf beiden Gesichtern ununterscheidbar. Ob ich an diesem Akt beteiligt war oder ihm mit wachsender Erregung lediglich zusah, blieb in der Schwebe, blieb offen wie ein gespreiztes Schenkelpaar. Im Traum wußte ich, daß diese Unterscheidung wichtig war, aber die Quelle der Lust speiste sich gerade daraus, daß eine Unterscheidung immer unmöglich blieb.

VII

»Ah, die Elbvororte geben sich mal wieder die Ehre«, ätzte Fred Steinmann, genannt Feuerstein, dröhnend, als ich mich durch die Feierabendtrinker, die dicht gedrängt den Tresen umlagerten, zu ihm vorgearbeitet hatte. »Welch seltener Anblick.«

In den achtziger Jahren war die *Alte Mühle* meine Stammkneipe gewesen, aber seit unserem Umzug nach Groß Flottbek ließ ich mich dort nur noch selten blicken. Umgezogen waren wir damals nämlich nicht nur geographisch, sondern gewissermaßen auch sozial und psychologisch beziehungsweise sogar stilistisch – aus der schäbigen Drei-Zimmer-Wohnung im vierten Stock eines Mietshauses ins Erdgeschoß einer Jugendstil-Stadtvilla mit Garage und Garten, aus poststudentischer Improvisation und verhütet-kinderlosem Konkubinat ins ehelich legitimierte Familienleben mit behütetem Einzelkind, aus akademischer Arbeitslosigkeit ins Doppelverdienertum samt Ehegattensplitting.

»Nur das Seltene weiß man zu schätzen«, sagte ich und klopfte ihm auf die Schulter. »Und deshalb trinke ich jetzt mal einen schönen … Was trinkst du denn da?«

»Côtes du Rhône«, sagte er, prostete mir zu und trank den Rest aus seinem Glas. »Der ist aber nicht selten, sondern nur teuer.«

»Auch gut«, sagte ich und winkte der weiblichen Tresenkraft, die ein knallrotes Oberteil trug, das zwei Fingerbreit über den Brustwarzen begann, um eine Handbreit über dem

Bauchnabel zu enden. Sie beugte sich mir über den Tresen entgegen, lächelte aufmerksam und war höchst bemerkenswert. Ich bestellte zwei Côtes du Rhône.

Feuerstein, dem meine tiefen Blicke nicht entgangen waren, grinste. »Das ist Yvonne«, sagte er. »Studiert Jura. Jobbt hier seit ein paar Wochen.«

»Jura also«, sinnierte ich und sah noch einmal genauer hin, als Yvonne uns die Gläser über den Tresen schob. »Wirklich interessant. Und wo steckt Sebi?«

»Den sieht man hier noch seltener als dich«, sagte Feuerstein. »Ist fast nur noch in seinem Haus in Ligurien. Die *Alte Mühle* läuft auch ohne ihn. Kommt drei-, viermal im Jahr hoch, staucht seinen Geschäftsführer zusammen, sackt die Kohle ein und zurück ins *dolce far niente.*«

»Na dann, Prost«, sagte ich, dachte an meinen Chef auf Gran Canaria und empfand die Welt als ungerecht.

»Prostata«, sagte Feuerstein, nickte mir trübe zu und kratzte sich bekümmert den grauen Stoppelrasen seines seit Jahren gepflegten Dreitagebarts. Der Grund seines Trübsinns war mir bekannt, und wenn ich in die Runde blickte und ausnahmslos unbekannte Gesichter einer jüngeren Generation sah, wurde dieser Grund im wahrsten Wortsinn offensichtlich. Die Kundschaft der *Alten Mühle* hatte sich ebenso radikal verändert wie das Ambiente. Die Holzdielen waren Terracotta-Fliesen gewichen, die vormals dunkelgrünen Wände weiß gekalkt, die Poster von Rock-Konzerten durch kühle Graphiken ersetzt, das Licht nicht mehr gedämpft, sondern halogengrell, die Speisekarte bot keine Zwiebelsuppe und keinen Croque Monsieur mehr, sondern Ruccolasalat an Ziegenkäse und Austern mit Baguette, der Côtes du Rhône schmeckte wie früher und kostete das Doppelte, aber dafür stand jetzt ja auch statt des dicken Sebi mit dem Walroßschnäuzer die eindrucksvolle Yvonne im knappen Top hinterm Tresen. Früher hätte so eine Erscheinung vielleicht Kunstgeschichte oder Graphik-Design studiert. Heute eben Jura. Nur Feuerstein war der alte geblieben und über dieser Standhaftigkeit immer älter geworden. Als ich ihn vor zwanzig Jahren an genau diesem Tresen kennenlernte, war er ein abgebrochener Germanistikstudent und verhinderter Dichter gewesen, und im Grunde war er das immer noch. Derartige Nichtberufe kann man schließlich nicht einfach aufgeben. Und Rente gibt es dafür auch keine. Feuerstein hielt sich mit Gelegenheitsjobs für Werbeagenturen und Urlaubsvertretungen in einem Anzeigenblatt über Wasser, blieb sich treu, indem er nach wie vor finanziell klamm war, aber auch, indem er seine immer jünger werdenden Freundinnen im Halbjahresrhythmus wechselte, und hatte, dem Zeitgeist trotzend, auch unverzagt seiner Stammkneipe die Treue gehalten. In der saß er nun Abend für Abend, teils belächeltes Original, teils Fossil einer versunkenen Welt. Der letzte Dinosaurier. Traurig. Das schon. Aber nach außen notorisch gut gelaunt.

Die Zigarettenschachtel, die ich ihm unter die Nase hielt, löste bei ihm heftiges Kopfschütteln aus. »Ich hab's mir gerade abgewöhnt«, sagte er. »Solltest du auch tun, Kurt. Zigaretten sind die Manie der Nervösen, der Unbefriedigten. Es geht gar nicht um den Tabak, sondern um die Gesten des Rauchens. Die Geste, mit der man die Zigarette aus der Packung zieht, das Feuerzeug schnicken läßt, den ersten Zug macht. Und schon ist man wieder bei der Geste angekommen, mit der man die nächste Zigarette aus der Packung zieht. Das ist keine Sinnlichkeit, sondern Langeweile. Warum bietet man den Verurteilten vor Hinrichtungen letzte Zigaretten an?«

»Weiß ich nicht. Was redest du denn da überhaupt?«

»Weil eine letzte Zigarette das Bedürfnis befriedigt, den Anschein am Leben zu halten, daß wir bis zum Tod genußfähig sind. Und weißt du auch, warum man nach einem schönen Fick immer eine rauchen will?«

Ich zuckte mit den Schultern.

»Aus dem gleichen Grund«, sagte er. »Gewöhn's dir also ab.«

»Das Ficken? Oder das Rauchen?« Ich steckte mir eine Zigarette an und blies den Rauch gegen die Decke. »Schaff' ich nicht«, sagte ich.

»Ist ganz leicht. Hab' ich schon mindestens zwanzigmal geschafft.« Er lachte und nippte an seinem Glas, während ich an meinen bevorstehenden fünfzigsten Geburtstag dachte. Das würde die Deadline sein. Jedenfalls was das Rauchen anging.

»Und sonst so?« fragte er. »Alles klar?«

»Na ja«, sagte ich, »wie man's nimmt.«

Er sah mich neugierig an. »Du siehst aber auch ziemlich gestreßt aus. Ärger beim Job? Yvonne, mach uns noch mal zwei, ja?«

Ich schüttelte den Kopf. »Nein, es ist, wie soll ich sagen, es ist irgendwie …«

»Der Haussegen«, sagte Feuerstein.

»Der was?«

»Hosenzorn«, sagte er.

»Was redest du denn?« sagte ich. »Haussegen, Hosenzorn, wir leben doch nicht mehr im 19. Jahrhundert.«

Yvonne reichte den Wein an. Reizend, wirklich reizend. Was hieß das eigentlich: Hosenzorn?

»Paß auf, daß dir die Augen nicht aus dem Kopf fallen«, sagte Feuerstein. »So was siehst du doch jeden Tag.«

»Trudi rennt zweimal wöchentlich ins Fitneßstudio. Und spielt Tennis, aber das nützt natürlich auch nicht …«

»Ich rede gar nicht von Trudi«, unterbrach er mich, »obwohl die sich wirklich erstklassig gehalten hat. Respekt. Ich rede von deiner Tochter.«

»Marie?«

»Soviel ich weiß, heißt sie so«, nickte er. »Ich habe sie neulich getroffen. Vorm Kino. Dieser Tom-Hanks-Film, diese Robinsonade, verschollen auf einsamer Insel und …«

»Was hat das denn mit meiner Tochter zu tun?«

»Nix. Sie hat sich den Film angesehen. Und zufälligerweise habe ich mir den Film auch angesehen. Gleiche Vorstellung. Soll ja vorkommen.«

»Ja und?«

»Mann, Kurt, die kann man doch gar nicht übersehen, deine Marie. Hätt' ich dir gar nicht zugetraut, so 'ne heiße …«

»Moment, paß auf, was du sagst, du geiler Greis. Marie ist noch minderjährig, das ist kriminell.« Hektisch zerdrückte ich die Kippe im Aschenbecher. »Und was soll das überhaupt heißen: Hätt'st du mir nicht zugetraut?«

»Das heißt, daß sie jedenfalls null Ähnlichkeit mit dir hat. Höchstens mit Trudi, mit Trudi von früher natürlich.«

Ich verschluckte mich am Wein, hustete, lief rot an.

»Guck mich nicht so giftig an«, sagte er. »Nimm das doch einfach als Kompliment.«

»Kompliment?« murmelte ich, »null Ähnlichkeit als Kompliment?« und steckte mir die nächste Zigarette an. »Feuerstein, du weißt ja gar nicht, was du da sagst. Wenn du wüßtest, Mann. Wenn du wüßtest, was du da gesagt hast … Yvonne, noch mal das gleiche bitte.«

»War nicht so gemeint«, lenkte er ein. »Kann mir schon

denken, daß man als Vater da etwas empfindlich ist. Und dann noch beim Einzelkind …«

Ich winkte ab und prostete ihm zu. »Schon gut.« Ein zweites Kind hätten wir gern gehabt, aber das hatte nicht geklappt. Als Trudi mit Marie schwanger wurde, empfand ich das erst als Katastrophe – das Ende der Freiheit, den Beginn der Spießigkeit und so weiter und so fort. Als sie dann jedoch trotz heftigsten Bemühens nicht mehr schwanger wurde, empfand ich das als noch größere Katastrophe. Der Gynäkologe hatte gesagt, alles sei normal, und der Urologe hatte meinen Spermien Ia Qualität bescheinigt. Und dennoch blieb Marie ein Einzelkind. Und war wahrscheinlich nicht einmal meine eigene Tochter. Der Urologe mußte sich geirrt oder die falsche Samenprobe analysiert haben. Vermutlich war ich komplett zeugungsunfähig, weshalb das Kind, das Vera mit ihrem Brandbrief avisiert hatte, eigentlich auch nicht von mir sein konnte.

»Also los«, Feuerstein nickte mir aufmunternd zu, »spuck's aus. Wo liegt das Problem?«

Der Andrang am Tresen hatte inzwischen nachgelassen. Der Betrieb konzentrierte sich jetzt stärker auf die Tische, an denen gegessen wurde. Austern, Ziegenkäse, Salbeiravioli. Es würde mich erleichtern, ihm alles zu erzählen. Wegen nichts anderem war ich gekommen; das wurde mir plötzlich klar. Ich seufzte und nahm einen tiefen Zug Rotwein.

Und dann erzählte ich ihm den ganzen verwickelten Kasus. Daß nämlich erstens Marie einen Liebhaber habe.

»Na und?« grinste Feuerstein.

Daß zweitens die Möglichkeit, wenn nicht gar die Wahrscheinlichkeit bestehe, daß dieser Liebhaber mein Sohn sei.

»Wie das?« fragte Feuerstein und zog die Augenbrauen hoch.

Weil ich drittens vor achtzehn Jahren auf Sardinien eine Affäre gehabt …

»Bekannt«, nickte Feuerstein. »Hast du mir damals ja ziemlich euphorische Geschichten drüber erzählt. Von wegen ›if you can't be with the one you love, love the one you're with‹ und so. Hast was vom perfekten Fick gelallt, solche Sachen.«

»So? Davon weiß ich aber gar nichts mehr«, sagte ich wahrheitsgemäß und von mir selbst peinlich berührt, weil ich mir geschworen hatte, diese Episode nie und niemandem zu erzählen.

»Warst besoffen«, nickte er. »Hast sogar gesagt, davon dürfe nie etwas durchsickern, schon gar nicht in Richtung Trudi. Wie hieß die noch gleich? Linda?«

»Scheißegal. Vergiß es«, sagte ich.

»Vera«, sagte er. »Hieß die nicht Vera?«

»Spielt doch gar keine Rolle«, fauchte ich und wunderte mich über Feuersteins intaktes Langzeitgedächtnis. Wichtiger sei vielmehr, daß ich drittens auf Grund eines einschlägigen Briefes davon auszugehen hätte, daß dieser Liebhaber Maries die Frucht meiner längst verjährten Affäre sei. Obwohl das wiederum und andererseits auch zweifelhaft sei, insofern … aber das sei eher ein medizinisches Problem.

»Übel«, sagte Feuerstein. »Wär' ja Inzest, irgendwie.«

Das sehr wahrscheinlich auch nicht, da ich viertens den Verdacht hegte, daß Marie gar nicht meine Tochter sei, sondern wiederum das Produkt eines Seitensprungs Trudis. Null Ähnlichkeit mit mir, das sehe doch ein Blinder.

»Dann ist ja wieder alles in Butter«, grinste Feuerstein.

Dann wäre wohl, fünftens und im Gegenteil, eher alles im

Eimer, weil wir all die Jahre … Aber das könne er als Beziehungsanarchist sowieso nicht verstehen.

»Kompliziert«, murmelte Feuerstein. »Tragödienstoff. Fast schon Ibsen.«

»Fast was?«

»Lebenslügen und so. Großartig. Darauf geb' ich einen aus. Yvonne, mach uns mal zwei Grappa. Doppelte.«

»Den milden?« flötete sie zurück. »Oder den kräftigen? Oder den Chardonnay-Grappa?«

»Den billigsten«, sagte Feuerstein, was Yvonne mit einem indignierten Blick quittierte, aber beim Servieren hatte sie ihr kokettes Dauerlächeln schon wiedergefunden.

Ich kippte das Zeug in einem Zug. Gut, daß ich mal alles ausgesprochen hatte, auch wenn es wirr wirken mußte und mir selbst reichlich unübersichtlich vorkam.

»Eins ist schon mal klar«, sagte Feuerstein. »Besser, die Ehe zu brechen, als von der Ehe gebrochen zu werden.«

»Mir wär's lieber, du würdest mir einen praktischen Ratschlag geben. Deine angelesenen Sätze helfen niemandem.«

»Ich bin kein Eheberater«, sagte er.

»Bekannt«, sagte ich.

»Und kein Therapeut.«

»Noch bekannter.«

»Das ist ein gordischer Knoten«, sagte er. »Den kriegst du nicht aufgedröselt. Den mußt du durchtrennen. Mit dem Schwert.«

»Mit welchem Schwert denn?«

»Tja«, er kratzte sich wieder das stoppelige Kinn, überlegte eine Weile, und ich hoffte bereits auf eine halbwegs konstruktive Antwort, aber er sagte nur matt: »Du mußt es eben

Trudi erzählen. Zugegeben, eine grobe Methode. Aber wenn du ihr die Sache auf Sardinien beichtest, wird sie dir vermutlich auch die Wahrheit über Marie sagen.«

»Ich hab's schon versucht. Das haut nie und nimmer hin. Und wie sollten wir diesen Müllhaufen dann Marie auftischen? Beim Frühstück sagen: Ach, übrigens, Marie, dein Vater ist nicht dein Vater beziehungsweise dein Liebhaber ist dein Bruder?«

Er zuckte die Schultern und schien mit seinem Vorschlag selber nicht glücklich zu sein. »Heikel«, sagte er mehr zu sich selbst als zu mir, und seine Aussprache wurde sukzessive so schwammig wie seine Ideen. »Schwierig. Aber natürlich ein toller Stoff. Den am Frühstückstisch einfach wegzulabern, wär' echt verschenkt.«

»Okay«, sagte ich, »wenn du keine Idee hast, dann trinken wir jetzt noch einen Rotwein, und dann mach' ich mich auf die Socken. Yvonne!« Ich hielt Zeige- und Mittelfinger wie zum Schwur in die Höhe. »Noch zwei.«

»Gib mir mal 'ne Zigarette«, sagte Feuerstein und griff nach der Schachtel.

»Ich denk', du hast dir's abgewöhnt.«

Er schüttelte mit einem verdächtig verklärten Blick den Kopf. »Stör mich jetzt nicht«, sagte er, steckte sich eine Zigarette ins Gesicht, ließ sich von mir Feuer geben und inhalierte tief. »Ich glaub', mich tritt die Muse.« Und dann trank er entschlossen das frische Glas an.

»Tut das weh?« erkundigte ich mich.

»Banause«, sagte er verächtlich. »Folgendes: Du mußt Trudi dringend was erzählen, bringst es aber nicht über die Lippen. Korrekt?«

»So ähnlich, ja.«

»Sehr schön. Ideale Voraussetzung jedenfalls«, sagte er und blies mir genüßlich Rauch ins Gesicht.

»Wofür?« fragte ich mißtrauisch.

»Für ein Werk.«

»Was denn für'n Werk, Mann. Du bist ja breit wie'n Uhu.«

»Für einen Text, wenn du's karger ausdrücken willst.«

»Werk? Text?« Obwohl mir seiner Worte Sinn nur Schall im Rauch der *Alten Mühle* waren, stieg neblig eine böse Ahnung in mir hoch, eine Art Déjà-vu an einen denkwürdigen Abend am selben Ort. Fast zwanzig Jahre war das jetzt her.

»Genau«, schwallte er mit jenem feierlichen Timbre, das seine berüchtigten Abhübe in poetischen Dunst zu begleiten pflegte. »Worüber man nicht reden kann …«

Er sprach den Satz nicht zu Ende, sondern sah mich erwartungsvoll an.

»… darüber«, tat ich ihm den Gefallen, »muß man schweigen. Wittgenstein.«

»Falsch«, sagte er.

»Einstein?« schlug ich vor.

»Unsinn.« Er nahm noch einen Schluck Rotwein und sagte triumphierend: »Darüber muß man schreiben.«

Fast hätte ich es mir denken können. Das war zu befürchten gewesen. Ich sah ihn entsetzt an. »Nein«, sagte ich fest. »Nein und nochmals nein.«

»Doch doch …« Er lächelte versonnen. »So geht's. Wenn du Trudi diese Sardinienbüchse beziehungsweise -kiste nicht einfach so oral aufmachen kannst, dann schreib das eben in aller Ruhe auf. Schreib auf, was da und wie das passiert ist. Du wirst deine Gründe gehabt haben damals. Vielleicht war Trudi gar nicht so unschuldig. Vielleicht hattest du 'ne Rechnung mit ihr offen. So was in der Art.«

»Tja«, sagte ich. »Da ist was dran. Aber warum soll ich das aufschreiben?«

»Weil du es nicht über die Lippen bekommst. Und weil man beim Schreiben die Fäden besser spinnen kann. Man kann sich auch leichter Dinge ausdenken. Schreiben ist Denken in Zeitlupe. Schreiben ist gestaltete Erinnerung. Schreiben ist potenziertes …«

»Wieso ausdenken? Ich denk', ich soll ihr was beichten?«

»Klar, aber die Dichtung behauptet ihr Recht gegenüber dem, was wirklich geschehen ist. Es gibt illusionsfördernde Lügen im Dienst höherer Wahrheitsfindung. Das, was du gemacht hast, willst du ja nicht nur erzählen. Du willst es Trudi gegenüber legitimieren. Kannst du noch folgen?«

»Um ehrlich zu sein …«

»Macht nix«, sagte er. »Du wirst es dann schon selber merken.«

Legitimieren war irgendwie gut. Das leuchtete mir verschwommen durch den Rotweinglimmer ein. Aber schreiben?

»Du kannst das ja«, lallte er quasi telepathisch. »Hast es damals auch gebracht. Weißt du noch? Diese Urlaubsgeschichte? Das war echt klasse. Phantasmagorisch voll …«

»Scheißdreck«, sagte ich und dachte an die qualvollen Tage am Schreibtisch, zu denen Feuerstein mich seinerzeit angestiftet hatte.*

»Kein Meisterwerk, wohl wahr«, räumte er ein. »Aber Trudi hat's gefallen. Wenn ich's geschrieben hätte, wär's natürlich ein Bestseller geworden.«

---

* *Anmerkung des Verfassers:* Wer sich für diese weit zurückliegenden Zusammenhänge interessieren sollte, greife zu meinem Roman Ins Blaue (1985), der Ende der siebziger Jahre spielt.

»Dann schreib's doch diesmal«, schlug ich vor. »Du bist doch hier der Dichter. Ich schenk' dir den Stoff. Ich schmeiß' ihn dir sogar hinterher, diesen Scheißstoff.«

Er schien einen Moment lang nachzudenken, steckte sich noch eine Zigarette an, trank. »Danke für's Angebot«, sagte er. »Kann ich leider nicht annehmen. Obwohl die Story Gold wert wäre, jedenfalls in meinen Händen. Oder ich würde sie einfach weiterverkaufen. An Bodo Kirchhoff vielleicht ...«

»Kommt nicht in Frage! Trudi hat mal was von dem auf dem Nachttisch gehabt. Furchtbares Zeug. *Incola* glaub' ich, so was in der Art.«

»*Infanta* hieß die Limonade«, sagte Feuerstein. »Ich wollte dich ja auch bloß erschrecken. Oder ich verschenk' deine Arie an Thomas Bernhard. Ach nee, das geht ja nicht mehr. Handke? Der kann keine Beziehungen. Aber Domcik vielleicht, Lukas Domcik. Der könnte das. Der würd' das vielleicht kaufen. Hat allerdings nie Geld.«

»Du spinnst wohl, Feuerstein!« Ich wurde so laut, daß Yvonne fast erschrocken zu uns herübersah. »Meine Geschichte wird nicht verkauft. Nicht mal an Günter Grass, nicht ...«

»Der würd' sie aber nehmen, weil dem selber so was Geiles nicht einfällt«, sagte Feuerstein. »Und Kohle hat er genug vom Nobelpreis.«

»Ich verkaufe sie nicht«, sagte ich und setzte das Rotweinglas hart auf dem Tresen ab. »Nie im Leben!«

»Na also«, grinste er. »Dann mußt du sie eben selber schreiben. Wenn schon nicht für dich, dann wenigstens für Trudi. Kannst ja mal 'ne Nacht drüber schlafen.«

Teils resigniert, teils alkoholisiert, teils womöglich zustimmend nickte ich vor mich hin, was Yvonne offenbar als Bestellung von zwei weiteren Grappa interpretierte. Es kam nicht mehr so genau darauf an. Weder bei Feuerstein noch bei mir. Als wir gingen, steckte er wie selbstverständlich meine halbleere Zigarettenschachtel ein.

So sturzbetrunken, um mit dem Auto nach Haus zu fahren, war ich allerdings nicht. Ich würde den Wagen morgen nach der Arbeit abholen und machte mich durch das kleine Parkgelände auf den Weg zur S-Bahn-Station. Ein paar mattfunzelnde Lampen erleuchteten den Weg. Nachdem ich schwankend etwa hundert Meter vorwärtsgekommen war, wurde mir in der frischen Nachtluft mulmig im Magen und schwindelig im Kopf. Ich stolperte, fiel auf die Knie, rappelte mich wieder auf und ließ mich auf eine Parkbank sinken. Schwer atmend, mit rebellierendem Kreislauf, saß ich da und starrte in die Dunkelheit, die aus den schweren Schatten der Stämme auf mich zuzufallen schien. Ich stand, genauer gesagt: ich kauerte in der Mitte meines Lebens. Bestenfalls. Der Zenit war überschritten. Schon seit einigen Jahren hatte sich der Blick geändert, mit dem ich mich in diesem Leben zu verstehen versuchte. Und plötzlich fragte ich mich, oder vielmehr fragte mich das eine fremde und zugleich entfernt vertraute Stimme irgendwo in meinem Kopf, ob die Jahre gehalten hatten, was die Augenblicke versprachen. Die Leidenschaft hatte jedenfalls ihr Gesicht geändert und war allzuoft zur Pflicht verkümmert, das Wollen zum Müssen, Lust zu Last. Während des Sex war man verletzlich, nach dem Sex riefen neue Pflichten, Sorgen, die man vorher nicht kannte, Mäuler stopfen, Opfer bringen. Die Wendungen des Wegs, die früher überall Überraschungen, Entdekkungen und Abenteuer versprochen und gelegentlich sogar geboten hatten, entwickelten die etwas verzogene Treue einer Gewohnheit, der es bei mir gefiel – und also blieb sie, elegisch geworden, und ging nicht mehr fort. So war ich aus der Anarchie des Konkubinats in die Verfassung meiner Ehe geraten, und in diesem ver-, aber immer noch nicht gefaßten Zustand entdeckte ich konservative Neigungen, indem ich zum Beispiel spürte, daß die Familienidylle, in der ich jetzt lebte, gar keine Flucht war, sondern das Modell eines mir gemäßen Lebens. Nur daß sich diese Idylle jetzt als falsch und faul entpuppte. Als, wenn es denn sein mußte, Lebenslüge. Ich blickte auch nicht mehr gern in die Zukunft, oder wenn, dann mit Sorgen. Der fünfzigste Geburtstag war eine Drohung. Vielleicht hätte ich mir wirklich Rechenschaft zu geben über die Art und Weise, wie ich lebte und dazu gekommen war, so und nicht anders zu leben. Ich hätte meine Motive zu suchen, müßte über Ursachen nachdenken. Vielleicht würde ich dann feststellen, daß eine Wirkung unendlich viele Ursachen hatte, daß ich mich selbst nur verstehen konnte, wenn ich das Gewebe verstand, in dem ich als Faden steckte. Das Leben wurde vorwärts gelebt, aber nur rückwärts verstanden. Und insofern war Feuersteins Vorschlag vielleicht gar nicht so übel. Jedenfalls nicht so übel, wie mir war. Ich versuchte, mich zu übergeben. Nicht einmal das gelang. Eine Zigarette würde mir jetzt gewiß guttun. Ich durchsuchte meine Taschen nach der Schachtel, bis mir einfiel, daß Feuerstein sie eingesteckt hatte. Sauerei. Die war doch noch halbvoll gewesen.

Als ich schließlich die Station erreichte, sah ich von der letzten S-Bahn nur noch die Rücklichter. Ich nahm mir ein Taxi nach Hause.

VIII

Der Bohrer, der kreischend durch meine Schädeldecke fräste, war ein Fabrikat der Firma *Braun*. Normalerweise sendet er einen sonoren Summton aus und dient als Wecker. Mein Kopf hart und schwer wie ein Stein, aber leider nicht so empfindungslos. Von den Schläfen ausgehende Schmerzblitze zuckten grell durch Nebelschwaden. Als ich auf der Bettkante saß, rebellierte mein Magen, die wenigen Schritte ins Bad verwandelten sich zur taumelnden Wanderung eines Todgeweihten, beim ungläubigen Blick durch enge Augenschlitze in den Spiegel gerieten die Fliesen auf Wänden und Fußboden in wellenartige Bewegungen. In der Dusche stellte ich den Temperaturregler zentimeterweise von warm über lauwarm auf kalt, setzte mich auf den Wannenboden, lehnte den Rücken gegen die geflieste Wand und hielt das Gesicht in den Wasserstrahl. Der vergangene Abend kam fetzengleich zurück, braute sich zusammen wie ein schadhaftes Mosaik, wie eine Ruine. Der letzte Grappa war zuviel gewesen. Das meldete mein Magen. Geraucht hatte ich wie eine Dampflock. Das wußte mein Kopf. Ich hustete. Meine Lunge wußte es also auch und wollte ein Wörtchen mitreden. Was sagte sie? Daß das Leben nichts als ein Kampf gegen den Tod sei. Daß alles Blutpumpen, Atmen, Verdauen und Nachdenken einzig den Zweck erfülle, den Tod noch ein Weilchen hinauszuzögern. Und daß alles Saufen und Rauchen einzig den Zweck erfülle, dieses Weilchen wiederum so kurz wie möglich zu machen.

Die beiden Aspirintabletten wandelten sich im Wasserglas zu brausenden, tosenden Galaxien aus Gas, Säuren und künstlichen Aromastoffen, und indem ich den Vorgang so fasziniert und zugleich verständnislos beobachtete, als sähe ich ihn zum ersten Mal, war nicht genau zu unterscheiden, ob das Sprudeln, Zischen und Blubbern in meinem Kopf oder im Glas vor sich ging. Ich leerte es in zwei Zügen, füllte es wieder mit Orangensaft, trank ihn aus, füllte nach, trank. Den Tee, der von Trudis und Maries Frühstück noch auf dem Stövchen stand, verschmähte ich, setzte in der Maschine sehr starken Kaffee auf, lauschte interessiert dem Glucksen und Tröpfeln, als ob auch diese Geräusche mir etwas sagen wollten oder sollten, und sog gierig das aufsteigende Aroma ein. Das Aspirin begann zu wirken, und nachdem ich einen ersten Becher Kaffee intus hatte, meldete mir mein Suchtzentrum, daß es nun höchste Zeit für die Guten-Morgen-Zigarette sei. Indem ich die Taschen meines nach kaltem Rauch und Bierdunst müffelnden Jacketts durchsuchte, erinnerte ich mich daran, daß Feuerstein die Packung Zigaretten eingesteckt hatte. Welch ein Arschloch! Der wälzte sich jetzt wahrscheinlich noch mit einer seiner jugendlichen Freundinnen im Bett. Und rauchte anschließend eine von meinen Zigaretten. Sein Vorschlag, die Sache mit Vera aufzuschreiben, um sie dann Trudi als eine Art Legitimationsnovelle vorzulegen, war total irrsinnig. Andererseits, so völlig falsch lag er da nicht, mußte ich schnell zu einer Lösung kommen. Ohne Zigaretten war das aber nicht möglich. Jetzt jedenfalls nicht. Ich trank noch einen Becher Kaffee und machte mich auf den Weg zur S-Bahn.

Die frische Morgenluft, in der Vorahnungen des Herbstes wehten, schmeckte gut. Am Bahnhofskiosk kaufte ich mir Zeitungen und zwei Schachteln Zigaretten, riß eine auf, aber als ich mir die Zigarette ansteckte, lief die Bahn ein, so daß ich sie sofort wieder austreten mußte. Es war halb zehn, die Hauptstoßzeit des Berufsverkehrs schon abgeflossen. Am anderen Ende des Waggons saßen beziehungsweise flegelten sich drei halbwüchsige Burschen auf den Sitzen herum, Bomberjacken, umgedrehte Baseballkappen, Walkmen auf den Ohren, das übliche Outfit. Wahrscheinlich Schulschwänzer. Ich beachtete sie nicht weiter, blätterte in der Zeitung, konnte mich aber nicht einmal auf den Sportteil konzentrieren und starrte dösend aus dem Fenster. Die Stadtlandschaft schien nicht vorüberzuziehen, sondern rotierte um ein fernes Zentrum, um eine imaginäre Radnabe, und die Bahnstrecke war das Profil des darumkreisenden Reifens. Mir wurde schwindelig, und ich schloß die Augen. Das Aspirin hatte den Kater narkotisiert, aber noch nicht gekillt. Seine Krallen waren stumpf, doch sein Gewicht lag bleischwer auf meinem Körper. Vor einigen Jahren noch hatten mir weitaus sumpfigere Nächte weitaus weniger ausgemacht. Hart im Nehmen war ich nicht mehr. Jedenfalls nicht mehr so richtig. Vielleicht war der Grappa auch irgendwie verdorben gewesen? Tabakaroma zog durch meinen Dämmer. Ich schlug die Augen auf und sah, daß die Schulschwänzer rauchten. Eine Frechheit. Während ich heroisch entsagte, scherten sich diese Rotzlöffel einen Scheißdreck um die nicht oder passiv rauchende Mitwelt.

»Hier ist Nichtraucher!« rief ich ihnen zu.

Sie reagierten nicht. Gegen den Stumpfsinn in ihren Ohrhörern kam ich nicht an. Ich ging durch den Waggon und tippte einem von ihnen auf die Schulter. Er sah mich fragend an.

»Hier ist Nichtraucher!«

»Hä?« Er nahm den Ohrhörer ab und blies mir Rauch ins Gesicht.

»Nichtraucher«, sagte ich und deutet auf das Piktogramm an der Waggonwand.

»Reg dich ab, Opa«, sagte der Bursche leise, und als ich schon den Mund aufmachte, um laut zu werden, fügte er noch leiser hinzu: »Sonst gibt's was aufs Maul.«

Ich stand einen Augenblick ratlos vor den dreien, die mich gelangweilt ansahen, drehte mich dann wortlos um und schlich zu meinem Platz zurück, verfolgt von scheppern-dem Gelächter und einer Tabakswolke. Hart im Geben war ich also auch nicht mehr. An der nächsten Station stieg ich aus, rauchte auf dem Bahnsteig eine Zigarette, die wie getrocknete Brennesseln schmeckte, hustete, spuckte aus und fuhr mit der nächsten S-Bahn weiter. Opa hatte der zu mir gesagt. Und ich hatte da ja auch gestanden wie ein jämmerlicher, zahnloser Greis.

Ramponierter als mein eigenes sah *Das Gesicht der Jahrhunderte* an diesem Vormittag auch nicht aus. Es erwartete mich auf meinem Schreibtisch beim FC in Form jenes synoptischen Tafelwerks zur Geschichte, das, seit 25 Jahren unverändert, dringend einer überarbeiteten Neuauflage bedurfte. Die griechische »tragische Maske« aus dem vierten vorchristlichen Jahrhundert starrte mich vom Umschlag mit aufgerissenen Augen und offenem, zahnlosem Mund an, nicht spiegelbildlich, aber doch nahezu brüderlich. Nach einem mitfühlenden Blick in meine vermutlich immer noch leicht geröteten Augen hatte Daniel mich sogleich und unaufgefordert mit Kaffee versorgt. Guter Junge.

Das Elend begann schon im Vorwort. »Wenn es der Sinn«, hieß es da, »eines Erwerbes von ›Geschichte‹ ist zu erkennen, daß Geschichte einerseits eine Kette von nachprüfbaren Ursachen und Wirkungen, andererseits eine Kette von unerklärlichen Fügungen des Schicksals darstellt; daß dieses sogenannte Schicksal mitbestimmt ist durch unbegreifliche Einbrüche von Ideen, d.h. von keimkräftigen und zeugenden Gedanken« – dann lagerte der Staub der Jahrzehnte knietief auf dem *Gesicht der Jahrhunderte* und war nicht mehr einfach wegzupusten. Da mußte man mit einem kräftigen Stilsauger ans Werk gehen, um die aufgeplusterte Professorenprosa genießbar zu machen. Was der längst verblichene Autor des Tafelwerks seiner Nachwelt sagen wollte, war allerdings nicht völlig von der Hand zu weisen. Eine Kette von nachprüfbaren Ursachen und Wirkungen einerseits. Eine Kette von Zufällen andererseits. Und manchmal verhakten sich diese Ketten unauflöslich ineinander, bildeten … ja, was bildeten sie? Gordische Knoten, hatte Feuerstein gefaselt. Nicht aufzudröseln, sondern nur zu durchtrennen, indem ich die Sache Schritt für Schritt rekonstruierte. Und mich somit vor Trudi legitimierte. Aber wo anfangen? Im Grunde hätte ich bedenken müssen, wie, wann, wo und warum Trudi und ich uns kennengelernt, warum wir uns zwischenzeitlich wieder getrennt hatten. Ihre Seitensprünge, meine Seitensprünge. Und warum wir schließlich seit Anfang der achtziger Jahre und inzwischen auch sehr endlich wieder zusammenlebten. Bis daß der Tod euch scheidet. Und »unbegreifliche Einbrüche von Ideen, d.h. von keimkräftigen und zeugenden Gedanken«? Ideen und Gedanken? Keimkräftig und zeugend? Was waren das denn für Vorstellungen? Völkisch womöglich. Oder schlüpfrig. Oder beides.

Zu bedenken wäre auch, wie ich damals ins *KreaTiV-Team* geraten war und die erotisch aufgeladene, manchmal sogar überhitzte Atmosphäre in dem Laden. Keimkräftig und zeugend sozusagen. Auf Sardinien war es unerträglich heiß gewesen. Das hatte die Gedanken gelähmt. Nicht aber die Körper. Die waren in diesem keimkräftigen und zeugenden Klima aufgeblüht. Besinnungslos. Gedreht hatten wir frühmorgens und am späten Nachmittag, weil es sonst gar nicht auszuhalten gewesen wäre. Die leeren Augen der tragischen Maske, der zahnlose Mund. Wenn ein Schauspieler sie sich vorgehalten hatte, mußten sie sich belebt haben. Und dann hatte ein Spiel begonnen, in dem niemand der war, der er zu sein vorgab. Die Maske der Unverbindlichkeit hatte alles leicht und hemmungslos gemacht. Das entschuldigte eigentlich eine ganze Menge. Und als ich wieder zu Hause angekommen war, von Trudi ziemlich leidenschaftlich empfangen, setzte ich die Maske einfach ab. Oder wechselte ich nur die Masken? Und welche Maske hatte Trudi gewechselt? Und welche hatte Vera getragen?

Das Telefon klingelte. Katrin Beeler von der Rezeption. Ein Herr Steinmann sei am Apparat. Ob ich das Gespräch annehmen wolle?

»Steinmann? Nein! Sagen Sie ihm, daß ich zur Zeit einen Außentermin …« Die Augen der Maske. Sie wollten mit etwas gefüllt werden.

»Also abwimmeln?« fragte die Beeler.

»Nein, schon gut. Stellen Sie durch.«

»Hallo Kurt!« trötete Feuerstein munter, fast aufgekratzt. Ihn schien der gestrige Exzeß weit weniger mitgenommen zu haben als mich. Offenbar war er besser im Training. »Wollte dir nur sagen, falls du deine Zigaretten suchst …«

»Meine Zigaretten! Sag bloß nicht, daß du deswegen anrufst.«

»Eigentlich nicht. Ich hab' sie auch schon weggeraucht. Aber heute gewöhn' ich mir das Rauchen wieder ab.«

»Also, worum geht's?«

»Schreibst du schon?« Manchmal konnte er wirklich sehr direkt sein.

»Ich arbeite«, sagte ich und steckte mir eine Zigarette an. Hustete. »Und erhole mich von gestern abend. Heute abend erhole ich mich dann von der Arbeit. Und morgen arbeite ich wieder. Im Gegensatz zu dir.«

»Ja ja ja«, sagte er, »niemand bezweifelt dein Pflichtbewußtsein. Aber früher oder später schreibst du es eben doch.«

»Woher weißt du das?«

»Weil du es Trudi erzählen mußt, wenn du es nicht aufschreibst. Und das kannst du nicht. Du mußt das, was passiert ist, also neu schöpfen, damit …«

»Warum schöpfst du nicht für mich? Die Story findest du ja angeblich erstklassig. Ibsen und so. Arbeite als mein Ghostwriter. Übers Honorar können wir reden.«

»Ausgeschlossen«, sagte er. »Du weißt genau, daß meine literarischen Ansprüche so hoch sind, daß ich sie nie im Leben schriftlich einlösen kann. Ich blamier' mich doch nicht vor mir selber.«

»Aber ich soll mich blamieren, oder wie oder was?« Am liebsten hätte ich aufgelegt, tat es aber nicht. Es rumorte in mir, und die Maske glotzte mich aus hohlen Augen an. Vielleicht rumorte es, weil sie mich anglotzte.

»Du mußt«, sagte er. »Wegen Trudi. Wegen Marie übrigens auch. Vielleicht sogar wegen dir selbst. Und noch aus einem viel wichtigeren Grund.«

»Und der wäre?«

»Weil der Körper … nein, Moment, wie war das doch noch gleich …« Ich hörte, daß er mit Papier raschelte. »Ach so, ja. Folgendes: Sprache und Schrift bringen die Ereignisse zum Ausdruck, die sich den Körpern einprägen. Die Körper und alles, was die Körper berührte, ist der Ort … Ort? Merkwürdige Formulierung. Der Ort der Herkunft jedenfalls. Am Körper findet man das Sigma, was soll das denn heißen? Mein Gott, hat die eine Handschrift! Ach so, Stigma, logisch, also das Stigma der vergangenen Ereignisse. Aus ihm erwachsen auch die Begierden, die Ohnmachten und die …, ach so, die Irrtümer. An den Körpern finden die Ereignisse ihre Einheit und ihren Ausdruck, an ihnen tragen sie aber auch ihre Konflikte aus. Am Körper löst sich das Ich auf, das sich eine substantielle Einheit vorgaukeln möchte. Der Körper, und das, Kurt, ist jetzt echt gut gedacht, der Körper ist die Masse, die ständig abbröckelt. Und weißt du, was das bedeutet?«

»Keine Ahnung, das ist doch alles hohles …«

»Das bedeutet, daß deine Geschichte zeigen muß, wie die Körper von dem durchdrungen sind, was geschehen ist, und wie das, was geschehen ist, an den Körpern nagt.«

»Nagt?«

»Jawohl, nagt. Alles verstanden?«

»Kein Wort«, sagte ich. »Außer vielleicht das mit dem massenhaft abbröckelnden Körper. Was ist das denn überhaupt für ein verblasener Schwachsinn?«

»Verblasen?« Er lachte keckernd. »Wenn du wüßtest … Also, das sind Aufzeichnungen von Lisa-Mette.«

»Von wem?«

»Lisa-Mette ist Norwegerin. Sagenhafte Frau, Mann, wenn du wüßtest. Und die studiert hier in Hamburg. Philosophie und Psychologie und noch irgendwas mit ie am Ende. Die hat echt was drauf. Trinkfest und … überhaupt sagenhaft. Ich hab' sie vor vierzehn Tagen kennengelernt. Und seit einer Woche … na ja, jetzt geht halt die Post ab mit der und mir. Apropos Post: das, was ich dir grad durchgegeben habe, das sind irgendwelche Aufzeichnungen von ihr. Aus Vorlesungen oder was weiß ich. Vermutlich was Poststrukturalistisches, so in der Art. Vielleicht sogar schon Postpostsonstwas.«

»Postpost also«, staunte ich. »Und deswegen rufst du mich an? Verrat mir lieber, wie du alter Sack immer noch an diese jungen Weiber kommst.«

»Mit Charme«, sagte er. »Und Standfestigkeit. Sich nicht verbiegen lassen. Darauf stehen die. Und diese Lisa-Mette, also so was hab' ich echt noch nicht erlebt.«

»Glückwunsch«, sagte ich. »War's das jetzt?«

»Ich glaub' schon«, sagte er. »Viel Spaß beim Schreiben. Und denk dran: Sprache und Schrift bringen die Ereignisse …«

»Und tschüs«, sagte ich und legte auf.

Charme. Ausgerechnet dieser verknitterte Kneipenphilosoph. Standfestigkeit. Wie hatte er das gemeint? Psychisch oder physisch? Sich nicht verbiegen lassen. Lachhaft. Wenn seine Norwegerin Psychologie studierte, dann suchte die garantiert einen Vaterersatz. Wenn nicht gar Opaersatz. Altersmäßig war Feuerstein der richtige. Aber ansonsten? Der Körper als Masse, die ständig abbröckelt? Ähnliches hatte auch Dr. Schwarz vor sich hindoziert, als er mir die Lücke füllte.

Schon vierzehn Uhr durch und kaum etwas geschafft. Für fünfzehn Uhr war Verlagskonferenz angesetzt, Überblick über die Frühjahrsprogramme aller Sparten. Ich ging auf einen Mittagsimbiß um die Ecke zu *Enzo,* einem italienischen Lebensmittel- und Weinladen, der mittags kleine Speisen anbietet, die man an runden Stehtischen verzehrt. Da ich zum Frühstück nichts gegessen hatte, hing mir der Magen inzwischen bis zu den Kniekehlen. Nach einem Teller gemischter Vorspeisen und einer Portion Tortellini, auf das übliche Viertel Weißen verzichtete ich vorsichtshalber, war mein Kater endgültig gezähmt und sanft entschlafen.

Als ich mich anschließend für eine Verdauungszigarette auf die Bank im Hof unter der Kastanie setzte und mich von der satten Septembersonne streicheln ließ, überkam mich plötzlich eine große Müdigkeit. Die Glieder schwer wie Sandsäcke, im Kopf sanfte Rotationen, die sich im gleichen Rhythmus bewegten, mit denen das windbewegte Kastanienlaub das Licht filterte und fächerte. Begierden, Ohnmachten, Irrtümer. Der Körper träge. Bröckelnd. Aus dem Eingang zum Architekturbüro *Dellbrück & Partner* kam eine junge Frau, eine Zeichenmappe unter dem Arm, und ging wiegenden Schritts über den Hof. Daß ich ihr nachsah, nahm sie nicht zur Kenntnis. Oder tat so, als nähme sie es nicht zur Kenntnis. Warum sollte sie auch? Der Körper als Träger gewesener Ereignisse. In so einem Hinterhof, wenn auch viel verwahrloster und in St. Georg, hatte das *KreaTiV-Team* seinen Sitz gehabt. Damals, Frühjahr 1982, ein sonniger Tag im Mai. Der Geschäftsführer, kaum älter als ich. Wie hatte der geheißen? Berthold? Bartels? So ähnlich. Und der Kameramann, der so vom Licht verzückt gewesen war. Konnte sich gar nicht satt sehen am Licht, das durchs Laub der Kastanie filterte und fleckig die Dunkelheit sprenkelte, die sich verführerisch auf meine schweren Augenlider legte und mich in etwas Fernes mitnahm.

Jemand nannte meinen Namen. Ich schlug die Augen auf. Vor der Bank, auf der ich zusammengesunken, mit hängendem Kopf, hockte, stand Daniel. Die Verlagskonferenz! Man wartete auf mich. Peinlich, peinlich … Daniel lief voran, nahm immer zwei Treppenstufen auf einmal. Ich folgte im gleichen Tempo und erschien schwer atmend und mit hochrotem Gesicht im Konferenzzimmer. Alle starrten mich an.

»Na, seid ihr auch schon alle da?« versuchte ich es mit einem matten Witz, aber das Grinsen, das über die versammelten Gesichter lief, war verkrampft und schadenfroh. Nur gut, daß Dirk Frenzen weit weg auf seiner Finca saß. Scheißladen. Wie lange wollte ich mir das noch antun?

Die Konferenz schleppte sich in der üblichen Melange aus Langeweile, Wichtigtuerei und geheuchelter Geschäftigkeit durch den Nachmittag. Die Geschäfte liefen gut, die Vorbestellungen besser als erwartet, die Präsentation der von mir betreuten Titel und Projekte reine Routine, alles im grünen Bereich, grün wie die Krone der Kastanie im Fenster, deren Blätter sich an den Rändern aber schon gelb und braun färbten, verschrumpelten, während die stacheligen Früchte praller und praller wurden und bald fallen würden. Dann war Feierabend.

Ich ging in mein Zimmer, um den PC auszuschalten. Mein Blick fiel auf die Kritzeleien, die ich während des Telefongesprächs mit Feuerstein auf den DIN A2 großen Kalender gestrichelt hatte, der als Schreibtischauflage und überdimensionierter Notizblock dient. Begierden, stand da. Ohnmachten. Irrtümer. Und eine Phantasiezeichnung, eine gedankenlos hingeworfene, längliche Form mit Ein- und Ausbuchtungen. Die Umrisse einer Insel. Du mußt, hatte Feuerstein gesagt. Wegen Trudi und wegen Marie und wegen dir selbst. Wegen mir selbst? Die Insel Sardinien. Ganz oben war das gewesen, an der nördlichsten Spitze, von der aus man bei guter Sicht die Küste Korsikas mit bloßem Auge erkennen kann. Wie hieß der Ort noch gleich? Galleno? Nee, Gallura, genau. Santa Teresa di Gallura. Das war der Punkt, an dem ich beginnen mußte. Aber wie? Mausklick auf *Word,* Ordner *Eigene Dateien,* Unterordner *Persönliches,* Mausklick auf *Datei neu.* Sollte ich schwarz auf weiß schreiben oder lieber weiß auf schwarz? Wie anfangen? Und unter welchem Titel speichern? Wie sollte ich nennen, was da aus meiner Erinnerung zu flimmernder Schrift werden mußte? *Wenn meine Tochter meine Tochter ist, ist ihr Liebhaber ihr Bruder, aber wenn meine Tochter nicht meine Tochter ist, ist auch alles Scheiße?* Kein sehr einprägsamer Dokumentenname. Oder: *Trudi, ich muß dir was erklären, bring es aber nicht über die Lippen, und weil du mir sowieso nie zuhörst, schreibe ich es jetzt auf.* Auch irgendwie etwas umständlich. Und weil ich nicht wußte, wie ich sie nennen sollte, nannte ich die Datei der Einfachheit halber ***.

Wie die drei Sternchen mit Leben, mit Erinnerung, mit Erklärungen, Ausreden und Legitimationen, vielleicht sogar mit der Wahrheit zu füllen wären, wußte ich allerdings durchaus nicht. Ich gähnte, starrte die Sternchen an wie Wesen aus einer anderen Welt, rauchte eine Zigarette, gähnte wieder, schaltete schließlich den PC aus und verließ als letzter die Firma, durch deren Räume bereits die Putzfrauen wirbelten.

Dann fuhr ich mit der U-Bahn nach Eppendorf und holte den Wagen ab, den ich gestern in der Nähe der *Alten Mühle* stehengelassen hatte. Hinter dem Scheibenwischer klebte ein Strafzettel. Parken im eingeschränkten Halteverbot. Das Bußgeld würde ich Feuerstein in Rechnung stellen. Der hatte mir das eingebrockt.

IX

Trudi saß an ihrem Sekretär im Wintergarten vor einem Stapel Deutschaufsätze, ließ die rote Tinte fließen und war also nur beschränkt ansprechbar. Ich gab ihr einen trockenen Wangenkuß und las auf dem Test, den sie vor sich hatte, in unbeholfen schwungvoller Schülerhandschrift den Titel: *»Was ich besitze, seh' ich wie im Weiten, / Und was verschwand, wird mir zu Wirklichkeiten.« Interpretieren Sie diese Zeilen aus Goethes »Faust« unter Berücksichtigung …*

»Essen steht auf dem Küchentisch«, sagte sie, monierte rot und heftig *Tempus,* während ich, als ginge es mich etwas an, noch einmal das zu interpretierende Zitat las. Sie blätterte die Seite des Hefts aber so entschieden um, als ginge mich das gar nichts an. *Und was verschwand …*

»Und wo ist Marie?« fragte ich.

»Probe.«

»Hä?«

»Jugendorchester. Für übermorgen. Kurt, bitte, ich muß mich konzentrieren.«

Zwar wußte ich nicht, was »für übermorgen« zu bedeuten hatte, außer daß übermorgen Samstag sein würde, doch weiteres Nachfragen hätte zu atmosphärischen Störungen der heftigeren Art geführt. Ihren Job nahm Trudi ernst. Das wußte ich aus Erfahrung. Und angesichts des gordischen Familienknotens waren weitere Konflikte keineswegs zu riskieren. *Knapp befriedigend,* vermerkte sie jetzt unter den durchkorrigierten Aufsatz, setzte schwungvoll ihre Initialien *St* dazu, gefolgt von einem Punkt wie einem aufmunternden Klaps auf die Schulter.

Auf dem Weg in die Küche rückte ich den Hundertwasser gerade. Immer hing er schief. *Was ich besitze, seh' ich wie im Weiten,* wohl wahr. *Und was verschwand, wird mir zu Wirklichkeiten.* Das hatte ich leider noch vor mir. Ich aß von dem Salat, dazu ein paar Scheiben trockenen Baguettes, rührte mit Blick auf die Cholesterintabelle die Butter nicht an, nahm eine angebrochene Flasche Chablis aus dem Kühlschrank, erinnerte mich an das böse Erwachen dieses Morgens, zögerte, schenkte mir dennoch ein Glas ein, trank. *Was ich besitze* … Wie Trudi eben den Aufsatz unterschrieben hatte, das schwungvolle Namenskürzel, der Punkt. So hatte Vera ihren ungeheuerlichen Brief gezeichnet, nur daß ihr Punkt hinter dem V kein Klaps auf die Schulter gewesen war, sondern eine Ohrfeige.

Ich steckte mir eine Zigarette an, räumte den Tisch ab, nahm Glas und Flasche in die Hand und ging an meinen Schreibtisch. *Und was verschwand* … Ich stellte mir Trudi vor, über die Klassenarbeiten gebeugt, *seh' ich wie im Weiten,* klappte den Laptop auf, *wird mir zu Wirklichkeiten,* schrieb.

***

Deinen Job nimmst Du ernst. Nach zwei Jahren Arbeitslosigkeit kommt Dir der Schuldienst wie ein Privileg, fast wie Dauerurlaub vor. Als ich spät nach Hause komme, sitzt Du immer noch am Schreibtisch. Der Lichtkegel der Lampe fällt auf den Heftstapel der Deutschaufsätze, Dein Gesicht im Halbschatten. Und als ich Dir einen Kuß auf den Nacken gebe, drehst Du den Kopf beiseite.

»Jetzt nicht«, sagst Du, nicht mürrisch, aber kühl, gestreßt und müde.

»Es ist schon nach zwölf«, sage ich. »Komm ins Bett.«

»Noch zwei Arbeiten«, sagst Du gähnend. »Dann bin ich fertig.«

Ich lege mich hin, und während ich auf Dich warte, Dich schließlich im Bad rumoren höre, überlege ich, ob ich Dir die gute Nachricht vorher oder nachher mitteilen soll. Dann kommst Du aber ins Schlafzimmer und hast jenes entsetzliche Nachthemd an, das wie im Flaggenalphabet die Botschaft *Heute nicht* verkündet. Ein trockener Kuß auf meine Wange bestätigt das Signal. Diesen Liebestöter hat der saubere Herr Neugebauer, mit dem Du mal im Schullandheim gevögelt hast, garantiert nicht zu Gesicht bekommen. Meine Hochstimmung verschrumpelt zur Bedeutungslosigkeit. Du löschst das Licht und drehst Dich auf die Seite.

»Ich muß dir was sagen«, flüstere ich.

»Ich muß schlafen«, grummelst Du. »Oder ist es was Schlimmes?«

»Nein, es ist ...«

»Dann sag's mir morgen.«

Das also kommt dabei heraus, wenn man seinen Job ernst nimmt. Falls diese Filmfritzen mich morgen tatsächlich einstellen sollten, werde ich die Sache entschieden lokkerer angehen. Was dieser Kameramann mir da eben in der *Alten Mühle* erzählt hat, klingt gut. Auch alles ein bißchen unseriös. Aber lieber einen windigen Job als gar keine Arbeit und weiterhin von Dir als Hausmann ausgehalten werden. Das halte ich nämlich nicht mehr lange aus. Ich werd's Dir auch erst erzählen, wenn alles in trockenen Tüchern ist.

Bei einer Flasche Champagner. Und nur, wenn Du auf dies unsägliche Keuschheitshemd verzichtest. Trudi, werde ich sagen, ich bin im Filmgeschäft. Dann lass' ich den Korken knallen, und dann …

***

»Mensch, Papa, sag bloß, du mußt um diese Zeit noch arbeiten?« Marie stand in der Tür, den Klarinettenkoffer in der Hand.

»Ich, ähm, tja, wichtige Sache«, stammelte ich, speicherte unter *** ab, »bin aber grad fertig geworden«, und klappte den Laptop zu. »Und wie war die Orchesterprobe?«

»Alles easy«, sagte sie. »Wir nehmen das nicht so ernst.« Und weil sie das sagte und wie sie das sagte, war mir der Gedanke, daß sie nicht meine Tochter sein könnte, ebenso unerträglich wie abwegig. »Wo ist denn das Telefon?« fragte sie, und wie sie das fragte, klang sie allerdings sehr nach ihrer Mutter.

»Frag deine Mutter«, sagte ich. »Wahrscheinlich liegt es auf ihrem Sekretär.«

Marie schlurfte durch den Flur, kam mit dem Telefon zurück, verschwand in ihrem Zimmer und ließ die Tür hinter sich zuknallen. Auch das hatte sie von Trudi geerbt.

Ich horchte in die stille Wohnung hinein. Um Marie zu verstehen, hätte ich das Ohr an ihre Zimmertür legen müssen. War eine solche Indiskretion nicht eventuell legitim, wenn nicht gar dringend erforderlich, um die weitere Entwicklung einer inzestiösen Beziehung zu verhindern? Ich schlich auf den Flur, lauschte mit schief gelegtem Kopf, angestrengt, näherte mich ihrer Tür, trat polternd gegen den

Klarinettenkoffer, den sie dort einfach hingeknallt hatte, stolperte.

Trudi kam aus dem Wintergarten. »Was ist denn hier los?«

»Ich bin über den Krempel deiner Tochter gestolpert«, fauchte ich. »Könnt ihr denn eure Sachen nicht ordentlich wegstellen?«

Trudi zuckte wortlos die Achseln und verschwand im Bad. Ich setzte mich wieder an den Schreibtisch, trank den Rest Chablis – und hatte eine Idee. Ich mußte nur warten, bis Marie das Gespräch mit diesem Curd M. beendet hatte. Dann würde ich mir das Telefon schnappen und die Wahlwiederholungstaste drücken. Auf dem Display würde die Nummer des Anschlusses erscheinen, mit dem Marie jetzt noch sprach. Das wäre ein erster Schritt. Und da dann mal nachhaken. Einfach anrufen. Den Nachnamen in Erfahrung bringen und dann ganz harmlos sagen: 'tschuldigung, falsch verbunden. Veras Nachnamen hatte ich allerdings nie erfahren. Das gehörte zu unseren Spielregeln. Und außerdem hätte sie inzwischen wohl den Familiennamen ihres Mannes angenommen. Den wollte sie ja heiraten. Aber zuvor mit mir noch einmal die große Freiheit durchziehen. Den hatte sie dann auch geheiratet, wie ihrem Brief zu entnehmen war, der im Giftschrank ruhte. Der Name war jedenfalls wichtig. Die segensreiche Erfindung des Telefondisplays würde mich schon auf die richtige Spur …

Marie kam aus ihrem Zimmer.

»Wo ist das Telefon?« rief ich etwas zu laut.

»Ich bring's dir ja schon«, sagte sie, warf mir einen genervten Blick zu und reichte das schnurlose Gerät ins Zimmer.

Wahlwiederholung. So. Sieh mal einer an. Aber wieso denn ohne Vorwahl? Da hätte doch auch die Münchner Vorwahl erscheinen müssen. Wahrscheinlich wieder mal defekt, das Scheißding. Speicherte nur die Durchwahl. Die also schnell notieren. Na bitte.

Dann legte ich den Hörer auf der Ladestation im Flur ab. Da gehörte er hin.

X

Heidi Maifeld, für Mathematik aller Schulstufen zuständige Lektorin, wollte anhand selbsterstellter, langjähriger Mittelwerte statistisch einwandfrei errechnet haben, daß ich an der Reihe sei, auf der diesjährigen Bildungsmesse *Didacta* in Hannover die verantwortliche Leitung des Verlagsstands zu übernehmen – ein im Verlag allseits unbeliebter, nahezu verhaßter Job. Eine Woche Messestreß war schon schlimm; schlimmer der Standort Hannover; am schlimmsten der Umstand, daß die Messe in den Herbstferien stattfindet, um Lehrern den Besuch zu ermöglichen; jedenfalls den Lehrern, die ausnahmsweise keine Urlaubsreise absolvieren.

»Ich hab' meiner Frau fest versprochen, mit ihr im Herbst zu verreisen«, log ich zielgerichtet. »Und außerdem hab' ich die Messe doch erst vor zwei Jahren am Hals gehabt.« Aber die unwiderlegbare Maifeldsche Statistik erwies, daß es bereits drei Jahre her war. »Und Günnie?« schob ich den schwarzen Peter weiter an Günther Villen, Lektor für Biologie, Chemie, Physik. »Wann war der zuletzt dran?«

Günnie war laut Statistik erst vor zwei Jahren in Hannover gewesen, aber als ich ihm in der Mittagspause bei *Enzo* die Geschichte auftischte, daß der Urlaub mit Trudi bereits gebucht sei und wir seit Jahren keine Zeit zu zweit mehr verbracht hätten, wurde er weich. Als ich dann auch noch die Essensrechnung beglich, war der notorisch gutherzige bis willensschwache Günnie geschmolzen. »Im nächsten Jahr mach' ich es dann freiwillig«, versprach ich ihm. »Im übrigen kannst du die ganze Logistik ja abwälzen. Schnapp dir unseren Praktikanten, diesen Daniel. Das ist ’n patenter Junge.«

Darauf stießen wir noch mit einem Verdauungsgrappa auf meine Rechnung an und trollten uns zur Nachmittagsschicht in den Verlag. Günnie ging wieder an seine physikalischen Gesetze, ich an mein *Gesicht der Jahrhunderte.* Die vorchristliche Maske blickte mich irgendwie erwartungsfroh an, als hätte sich seit gestern etwas in ihr geregt. So früh durfte man aber auch wirklich nicht zum Grappa greifen. Beim Öffnen der für das Tafelwerk relevanten Dateien übersah ich geflissentlich meine ***-Datei. Hier war sie ja auch noch leer. Ich mußte mir gelegentlich eine E-Mail mit dem Anfang von zu Hause ins Büro schicken. Im übrigen hatte ich zu arbeiten, auch wenn Dirk Frenzen fern auf seiner Finca saß, *im Weiten,* um’s mit Goethe zu sagen, und mir hier niemand in die Suppe spucken konnte. Allerdings mußte ich sie fertigkochen. Das war mein Job, und ich gab mir einen Ruck, ihn ernst zu nehmen. Daniel brachte Kaffee, der Nachmittag verging in schleppender Routine, und erst, als die Putzfrauen schon mit ihren Eimern schepperten, merkte ich, daß ich wieder der letzte im Büro war. Das sollte die Maifeld mal in ihre Statistiken aufnehmen.

Im Treppenhaus drang Musik aus der dritten Etage. In der Werbeagentur der legendär zerstrittenen und dennoch oder deshalb unzertrennlichen Brüder *Meiners & Meiners* wurde offenbar gefeiert. Ob man sich dort vielleicht noch an die untergegangene Filmproduktion *KreaTiV-Team* erinnerte, die ihre bedenklich unübersichtlichen Geschäfte ja zumeist mit Werbeagenturen abgewickelt hatte? Vielleicht ließ sich sogar in Erfahrung bringen, wohin die kreativen Gestalten entschwunden waren, und vielleicht hätte einer von ihnen sogar noch Kontakt zu Vera – oder wüßte zumindest deren Adresse. Ich stieg die Eisentreppe hoch. Die Glastür am Agentureingang stand offen. Im vorderen, großräumigen Bereich hockten noch zwei Graphiker oder Layouter vor ihren Zeichentischen, aber von Partystimmung war nichts zu spüren. Die Musik diente wohl nur der Inspiration. Ich fragte einen der beiden Graphiker, mit dem ich mich gelegentlich bei *Enzo* unterhalten hatte, ob einer der Chefs zu sprechen sei.

Er grinste und deutete auf eine der Türen im hinteren Bereich des ehemaligen Lagerbodens. »Beide«, sagte er, »die versuchen gerade, sich nicht zu einigen.«

Ich klopfte und wurde hereingerufen. Michael und Matthias Meiners standen vor einer Pinwand, die mit Entwürfen für eine Yoghurt-Light-Werbung übersät war. »Stör' ich?«

»Nur ein bißchen«, sagte Matthias.

»Überhaupt nicht«, korrigierte Michael, »das ist schön von Ihnen, Herr Doktor, daß Sie sich mal wieder sehen lassen. Der FC muß wirklich dringend was fürs Image tun. Ihre letzte PR-Kampagne liegt schon Jahre zurück.«

»Ein Jahr«, widersprach Matthias. »Und sie war erstklassig.«

»Das handelt unsere Werbeabteilung mit Ihnen aus«, sagte ich. »Ich wollte Sie nur fragen, ob Sie sich vielleicht …«

»Trinken Sie einen Feierabendcognac mit?« unterbrach mich Michael. »Hier, bitte.« Schon hatte ich einen großzügig gefüllten Schwenker in der Hand. »Du auch?« wandte sich Michael an seinen Bruder.

»Kommt nicht in Frage«, sagte der, »das Dreckszeug rühr' ich nicht an«, und schenkte sich einen Calvados ein.

Wir prosteten uns zu, und ich fragte, ob die beiden sich noch an das *KreaTiV-Team* erinnern konnten.

»Nie gehört«, sagte Michael.

»Aber immer«, konterte Matthias. »Kleiner, heißer Shop in den Achtzigern. Saßen irgendwo in Eimsbüttel.«

»Nein«, widersprach Michael, »in St. Georg.«

Und wie denn der Geschäftsführer geheißen habe, dieser junge, damals jedenfalls junge, etwas großspurige Mensch?

»Borchers«, behauptete Matthias. »Jan-Uwe Borchers.«

»Unsinn«, korrigierte Michael. »Der hieß Jens. Jens-Uwe Borchers.«

Ich nickte. Jetzt wußte ich es auch wieder. Jens-Uwe Borchers. Und der Kameramann?

»Eilmann. Peter, genannt Pit, Eilmann«, sagte Michael wie aus der Pistole geschossen.

»Quatsch«, widersprach Matthias. »Der Pit hieß Weilmann, Mann.«

»Nicht Weilmannmann«, präzisierte Michael. »Nur Weilmann.«

»Sag' ich doch«, sagte Matthias.

»Du hast Weilmannmann gesagt.«

»Hab' ich nicht.«

Und was, untergrub ich den Bruderzwist zügig, aus Weilmann und Borchers geworden sei?

»Weilmann«, wußte Michael, »lebt irgendwo im Süden. Das war doch so ein Lichtfetischist. Südfrankreich, glaube ich.«

»Italien«, wußte Matthias besser. »Und der Borchers ist verschollen. Nachdem er seinen Laden an die Wand gefahren hatte und pleite war, hat er sich abgesetzt. Einfach weg, der Jens-Uwe.«

Überraschenderweise erhob Michael keinen Widerspruch. Die Vorstellung von Pleite und spurlosem Verschwinden einte die beiden in brüderlichem Grausen.

»Wieso wollen Sie das eigentlich wissen?« fragte Matthias.

»Ach, nur so. Erinnerungsarbeit gewissermaßen. Ich hab' da mal gejobbt, nach meinem Studium. Wußten Sie das nicht?«

»Woher denn?« sagte Michael.

»Natürlich wußte ich das«, trumpfte Matthias auf.

»Was redest du denn da?«

»Weiß doch jeder.«

»Ich aber nicht.«

»Weil du keine Ahnung hast.«

»Danke für den Cognac«, sagte ich. »Und hoffentlich habe ich Sie nicht gestört.«

»Wie man's nimmt«, sagte Matthias.

»Überhaupt nicht«, sagte Michael. »Und wegen Ihrer PR-Kampagne …«

»Macht unsere Werbung mit Ihnen ab«, sagte ich. »Tschüs.«

Zurück im Verlag sah mich die Putzfrau, die eben den Papierkorb neben meinem Schreibtisch leerte, erstaunt und mitfühlend an. »Du musse abeite Nacktschickt, Kollege?«

»Leider«, nickte ich, steckte mir eine Zigarette an und begann meine Schicht mit einem Mausklick auf ***.

***

»Soziologe also …«, sagt Jens-Uwe Borchers, runzelt wichtigtuerisch die Stirn, kratzt sich mit einem Bleistift die linke Augenbraue, gibt sich einen Ruck, der vermutlich »innerlich« wirken soll, aber als ein Zucken des Oberkörpers ausfällt. »Im Grunde macht das nichts. Oder wollen Sie etwa 'n Arbeitsvertrag?«

»Muß nicht sein«, sage ich. »Solange die Kohle stimmt.«

»Okidoki«, sagt er und streckt mir die Hand entgegen, »ich bin der Jens-Uwe. Wir duzen uns hier alle, des Klimas wegen. Willkommen im *KreaTiV-Team,* Kurt.«

So einfach geht das. Eigentlich besteht der Laden lediglich aus Borchers, der in Personalunion als Geschäftsführer und Regisseur auftritt, Peter »Pit« Weilmann und Marina, der Sekretärin. Eine Cutterin und die Toningenieure werden je nach Auftragslage tageweise angeheuert. Den Kameramann Pit, einen gelegentlichen Saufkumpan von Feuerstein, habe ich erst gestern in der *Alten Mühle* kennengelernt. Er hat davon gesprochen, das *KreaTiV-Team* brauche wegen einiger lukrativer Aufträge in den kommenden Monaten einen festen dritten Mann, aber nicht zum Skatspielen, sondern als Allrounder, als Mädchen für alles: Angefangen von der Beleuchtung über diverse Fahr- und Botendienste bis hin zum Pizzaholen und Saubermachen. Alles, was eben so anfalle. Belastbar, flexibel, mobil müsse der sein. Feuerstein hat gesagt, genau das sei ich und noch intelligent dazu, und jetzt habe ich also den Job. Schlecht bezahlt, aber bar Kralle und somit steuerfrei.

»Kannst mal gleich in die *Lintas* düsen und die Storyboards für den Sprudelspot abholen. Okidoki?« sagt Jens-Uwe noch und ist bereits woanders.

Marina, vollschlank bis üppig mit hennaroten Haaren und farblich abgestimmtem Lippenstift, klärt mich auf, was und wo die *Lintas* ist, eine Werbeagentur in der City, und daß ich dort gezeichnete Drehbuchentwürfe für einen Werbespot für Mineralwasser abholen soll. Mach' ich glatt. Anschließend gibt mir Pit einen Crashkurs in Beleuchtungstechnik, und kurz vor Feierabend kehre ich den Lagerraum aus, der seit Jahrzehnten keinen Besen gesehen hat.

»Morgen um neun geht's raus nach Schleswig-Holstein«, verabschiedet Pit mich. »Wir drehen da in 'ner Kiesgrube Eiscreme. Sieht dann wie Südsee aus. Komm'ste noch mit in die *Mühle*?«

Ich komme nicht mit, sondern kaufe im Supermarkt eine Flasche Champagner, sprinte zu Hause die Treppen hoch und rufe: »Trudi, ich bin beim Film!«

Du kannst es kaum glauben, gibst auch zu bedenken, ob diese Tätigkeit nicht vielleicht doch allzuweit von meinen Qualifikationen entfernt liege, aber nach zwei Gläsern Champagner findest Du es schon irgendwie witzig bis lustig und im weiteren Verlauf nahezu atemberaubend, daß ich auch über körperliche Qualifikationen verfüge, denen Du gestern abend unwillig entsagt hast, von denen Du Dich jetzt jedoch so zupackend und inbrünstig überzeugen läßt, daß wir es nicht mehr bis ins Schlafzimmer schaffen, sondern Du der Einfachheit halber auf dem Schreibtisch sitzen bleibst und ich mich vor Dir stehend immer höher beziehungsweise tiefer qualifiziere. Später ist die Flasche leer, und auf einem Deutscharbeitsheft schimmert es feucht und mattweiß. Du wischst den Fleck mit Deinem Slip weg, kicherst, lachst, und dann lachen wir beide, wie wir seit langem nicht mehr zusammen gelacht haben. Schließlich läßt Du Dich sogar zu dem Versprechen hinreißen, das Heute-nicht-Nachthemd morgen in den Müll zu schmeißen.

So bleibt es nicht. So kann es ja nicht bleiben. Du nimmst Deinen Job ernst. Manchmal zu ernst. Der Schreibtisch bleibt immer nur den Klassenarbeiten reserviert. Dazu die Arbeit in der GEW. Und zur Entspannung Deine Tennisrunden. Mein Job ist auch kein Zuckerschlecken. Nicht für einen, sondern für mehrere Allrounder hätte das *KreaTiV-*

Team derzeit Bedarf. Der Laden brummt. Belastbar, flexibel, mobil, dazu, laut Feuerstein, auch noch intelligent (was allerdings nicht nötig täte), arbeite ich für drei, werde aber nur einfach, wenn auch steuerfrei und bar, entlohnt, bekomme dafür aber als Sondergratifikation jede Menge Okidokis von Jens-Uwe zu hören.

Eine irgendwie geregelte Arbeitszeit gibt es nicht. Wenn ich weit nach Mitternacht nach Hause komme, schläfst Du längst, und wenn Du aufstehst, bin ich gerade erst eingeschlafen. Manchmal muß ich allerdings nach ein paar Stunden Schlaf schon wieder früh am Set sein, öfter geht es in angemieteten Studios bis tief in die Nacht. Gegessen wird unregelmäßig, getrunken regelmäßig. Jens-Uwe hält seinen konstanten Alkoholspiegel für eine Unentbehrlichkeit kreativen Tuns, Pit säuft nur abends, dafür aber gewaltig, Marina hält im Kühlschrank der als Basisstation bezeichneten Firma stets eine Batterie Sektflaschen vorrätig, Marke *Mumm Brut*.

Eines Nachts, als Jens-Uwe und Pit bereits auf dem Heimweg sind, fahre ich mit dem VW-Bus der Firma noch einmal ins Basislager, um einen defekten Scheinwerfer auszuwechseln, der am nächsten Morgen am Set sein muß. Marina, die im Begriff ist, den Laden abzuschließen, empfindet zu dieser späten Stunde irgend etwas für mich, möglicherweise Mitleid. Jedenfalls sitze ich plötzlich mit ihr auf der Couch im Büro und trinke *Mumm*. Ein Gläschen gibt das andere, und nach einer kurzen, hüftsteifen Konversation übers Wetter, über unzumutbare Arbeitsbedingungen, durchgeknallte Glühbirnen und Brüche in Scheinwerferkabeln sind der Worte genug gewechselt. Wir gehen uns gegenseitig so hemmungs- und bedenkenlos an die Wäsche, als wäre es für uns die letzte Chance, in diesem Leben noch einmal Sex zu haben, und deshalb machen wir es gleich zweimal und trennen uns schließlich im kollegialem Einverständnis, daß zweimal keinmal ist und bleiben wird.

Im Morgengrauen finde ich mich neben Dir wieder. Die Vögel schreien im Hinterhof, um sieben rappelt Dein Wecker, ich schlafe bis neun. Unser Haushalt schlingert. Zuständigkeiten für Einkauf, Putzen, Abwaschen geraten durcheinander. Unsere Beziehung schlingert auch. Das Heute-nicht-Nachthemd ist natürlich keineswegs im Müll gelandet, sondern kommt jetzt wieder häufiger zum Einsatz. Die Zettelwirtschaft à la »Wird heute später« oder »Bin bei GEW Sitzung«, mit der wir noch ein paar Wochen kommuniziert haben, bricht zusammen. Unser Liebesleben schrumpft auf lustlose, bestenfalls pflichtbewußte Zwischendurchquickies an Wochenenden. Ich bin sicher, daß Du einen Liebhaber hast. In alter Verbundenheit wahrscheinlich Deinen Kollegen Neugebauer. Einmal spreche ich Dich krampfhaft beiläufig darauf an.

»Was macht eigentlich der Neugebauer? Du weißt schon, dieser …«

Du siehst mich verständnislos an, schüttelst den Kopf und sagst: »Der ist nicht mehr an der Schule. Hat nach dem zweiten Staatsexamen hingeschmissen.«

»Und? Was macht der jetzt?«

Du zuckst mit den Schultern. »Keine Ahnung. Wahrscheinlich irgendwas mit Sport. Mir auch egal. Sag bloß, auf den bist du immer noch eifersüchtig?«

»Natürlich nicht. War nur so 'ne Frage. Ich muß übrigens nächste Woche weg.«

»Was heißt weg?«

»Dienstreise. Wir drehen in Island. Spot für Mineralwasser.«

»Viel Spaß«, sagst Du.

»Viel Arbeit«, sage ich.

»Dann geht's dir ja wie mir«, sagst Du.

»Du hast 'n Halbtagsjob. Und jede Menge Ferien«, sage ich.

»Du hast ja keine Ahnung«, sagst Du und setzt Dich an den Schreibtisch.

Der Dreh auf Island ist minutiös geplant und muß in drei Tagen durchgezogen werden. Die *Lintas* rückt mit ihrem Cheftexter, einem Kundenberater und Nicole an, dem Model, das sich aus unerfindlichen Gründen als Schauspielerin versteht und laut Storyboard die Sprudelflasche vor der Kulisse des Wasserfalls in die Kamera halten wird. Die auftraggebende Firma *Nord-Quelle* entsendet den Produktmanager Möcke, der sich einen Spaß daraus macht, mich dauernd als Herr Doktor anzusprechen und ansonsten alle Beteiligten mit seiner erbsenzählenden Pedanterie zur Weißglut zu treiben. Als wir im gemieteten Kleinbus auf der Fahrt von Reykjavík zu dem Wasserfall an einem Geysir eine Pause einlegen, will Pit ein paar Meter filmen, weil ihn die regenbogenartigen Lichtreflexe im aufschießenden Wasserstrahl faszinieren. Möcke notiert sich das und erklärt dem Kundenberater, *Nord-Quelle* werde solche Extravaganzen nicht bezahlen. Umgekehrt verlangt er am Set bestimmte Einstellungen, die sowohl wir als auch die Agenturleute für gelungen halten, unsinnig oft zu wiederholen. Angeblich sei die Flasche nicht prominent genug im Bild. Schließlich wird uns klar, daß Möcke gar nicht die Flasche meint, sondern Nicoles Brust, die in ihrem knappen Bikini vor Kälte vibriert. Dann ist endlich alles im Kasten, Jens-Uwe sagt zum zweihunderstenmal an diesem Tag Okidoki, und am Abend vor dem Rückflug macht Möcke in der Hotelbar Nicole den Hof und handelt sich eine Abfuhr ein, die kühler als der Wasserfall ist. Das Rennen macht, ohne dafür viel gelaufen zu sein, der Cheftexter, weil Nicole sich von ihm weitere Aufträge erhofft. Möcke, inzwischen schwer angetrunken, droht daraufhin dem Kundenberater, der Agentur den Werbeetat zu entziehen. Der Kundenberater läßt durch diskrete Vermittlung des isländischen Tontechnikers eine Nutte kommen, die sich um Möcke kümmert. Ihr Honorar übernimmt die Agentur auf der Spesenabrechnung unter Sonstiges. *Business as usual.* Allein im Hotelbett vermisse ich Dich plötzlich und kann mir ein Leben ohne Dich nicht vorstellen.

Auch kurze Trennungen tragen also dazu bei, im Aschehaufen die Glutreste zu entdecken. Du empfindest wohl Ähnliches, und so gelingt es uns tatsächlich, wieder ein Feuerchen anzublasen. Als wir eines Nachts besonders intensiv in der Glut gestochert haben, kommt sogar die Idee auf, zu heiraten. Und auch von Kindern ist die Rede. Aber wer soll sich um die kümmern?

»Erst ich«, sagst Du. »Und dann du. Dein Job ist ja nichts für die Ewigkeit.«

»Wohl kaum«, sage ich, was auf Dich wie ein Ja-Wort wirken muß, denn als ich Dir eröffne, daß das *KreaTiV-Team* demnächst für eine Woche nach Sardinien fliegen werde, um einen Werbespot für ein Deodorant zu drehen, nimmst Du das ohne neidvollen Kommentar hin.

***

Das Telefon klingelte. Ich schreckte hoch, sah auf die Uhr. Fast acht.

Trudi war am Apparat. »Kurt, wo bleibst du denn? Es ist Freitagabend!«

»Ich, äh, wieso … Überstunden, mein Tafelwerk, das muß endlich vom Tisch.«

»In ein paar Minuten kommen Susanne und Gerd. Hast du das etwa vergessen?«

»Ja«, sagte ich, weil ich tatsächlich vergessen hatte, daß wir heute abend Gäste zum Essen eingeladen hatten, »das heißt nein, natürlich nicht. Ich mach mich auf den Weg. Ihr könnt ja schon mal ein Gläschen *Mumm* trinken.«

»Was sollen wir trinken?«

»Einen Aperitif«, verbesserte ich mich hastig. »Bin gleich da.«

XI

Wahrscheinlich hatte ich meine Gastgeberrolle an diesem Abend aber weniger vergessen als vielmehr verdrängt. Susanne und Gerd Kleinschmidt kennen wir nämlich deshalb, weil ihre Tochter Laura eine Klassenkameradin von Marie ist, so daß unsere Gespräche meist einigermaßen phantasielos um Schule, Schüler und Lehrer kreisen. Nebenbei bemerkt ist Trudi natürlich nicht an derselben Schule, auf die Marie geht, als Lehrerin tätig, was es ihr ermöglicht, schulische Mißstände an der eigenen Anstalt zu verteidigen, solche an Maries Gymnasium aber heftig zu kritisieren. Den Kleinschmidts waren wir vor ein paar Jahren auf einem Elternabend begegnet, und da sowohl Trudi als auch Susanne vehement und unisono den chronischen Unterrichtsausfall beklagt hatten, waren sich die beiden Frauen sofort zugetan. Und so entwickelte sich zwischen ihnen eine Freundschaft, in die Gerd und ich gelegentlich lose integriert werden. Gerd Kleinschmidt ist Arzt für Allgemeinmedizin, seit einigen Jahren auch unser Hausarzt, ein gebildeter, angenehm zurückhaltender Mensch, der allerdings dazu neigt, endlose Monologe abzusondern, wenn das Gespräch auch nur entfernt sein Metier streift.

Die ersten beiden Stunden beschränkten sich aufs Essen, aufs Loben der Köchin und überaus erwartungsgemäß auf schulische Probleme – Noten, Unterrichtsausfall, Über- und Unterforderungen, Klatsch über Lehrer und so weiter und so fort. Immerhin eilten unsere Töchter (wenn es denn unsere waren) inzwischen unaufhaltsam dem Abitur entgegen.

Nach dem Essen räumten Gerd und ich den Tisch ab. Männer, sagte er, als wir das Geschirr in die Maschine stapelten, seien immer neidisch auf alles, was Frauen könnten und hätten, vom Kochen bis zur Orgasmusfähigkeit, weshalb Männer sogar ihre eigenen Wechseljahre beanspruchten. Ich könne mir gar nicht vorstellen, was er täglich in seiner Praxis vorgejammert bekomme. Offenbar hätten viele Männer ab vierzig, spätestens ab fünfzig, nicht mehr alle Tassen im Schrank. Und wohin mit dem Besteck? Sie glaubten, das Recht zu haben, sich nun auch so merkwürdig zu verhalten wie ihre Frauen, empfänden ihren Alterungsprozeß allerdings weniger als Lebensphase, sondern als Ausrede fürs Fremdgehen. Hitzewallungen hätten sie keine; zum Glück nicht, das würde ja den Treibhauseffekt unheilvoll beschleunigen. Aber psychische Wallungen à la »Soll das alles gewesen sein?« hätten sie jede Menge. Gerieten gewissermaßen in die Penopause, vergingen darüber vor Selbstmitleid und verordneten sich dann zur Strafe Fitneßstudios oder Joggingexzesse bis zum Herzinfarkt. Laut Statistik verlängere man sein Leben pro gejoggtem Kilometer um etwa eine Minute. So könne man dann als Greis etwa fünf Monate länger das Pflegeheim genießen.

Ich nickte, schluckte und dachte an meinen ehemaligen Tennispartner Heiner, der noch als Mittfünfziger den Ehrgeiz gehabt hatte, gegen durchtrainierte Zwanzigjährige anzutreten. Während eines dieser hoffnungslos ungleichen Matches war er zusammengebrochen und nie wieder aufgestanden.

Da sei es schon besser, das Rauchen aufzugeben, fuhr Gerd fort und sah mich einigermaßen streng an, und wohin mit dem Biomüll? Natürlich schwänden auch die Hormone, und mit zunehmendem Alter wolle ein Mann eben weniger, und was er weniger wolle, könne er auch weniger. Alte Schwänze seien sozusagen leck. Das Blut versickere durch die Adern, und bei Rauchern komme noch die Gefäßverengung hinzu. Im Grunde sei das aber alles ein Problem des Nervensystems und des Gehirns, das zu wenig Testosteron bereitstelle, um Erregung in die unteren Regionen durchzufunken. Seine einschlägigen Patienten seien in dieser Hinsicht völlig humorlos, als ob ihr letzter Rückhalt erschlaffte. Sie hätten das Gefühl, ihre Männlichkeit sterbe, bevor sie selber tot umfielen, und das sähen sie als größte Beleidigung. Dabei sei es doch im wesentlichen die Phantasie, die unsere Hormone freisetze. Umgekehrt aber nicht – sonst wären wir nämlich als Pubertierende alle künstlerische Genies. Jedenfalls sei fast jeder Mann bis ins hohe Alter zu so geilen Gedanken fähig, wohin mit der Suppenkelle?, daß man damit noch die schwersten Gewichte hochbekomme. Und wie das denn eigentlich bei mir mit dergleichen aussähe?

Ich stellte die Geschirrspülmaschine an. »Mit dem Rauchen hör' ich auf«, sagte ich. »An meinem fünfzigsten Geburtstag. Und meine Hormone sind auch nicht mehr das, was sie mal waren. Mit der Phantasie hab' ich aber weniger Probleme, weil ich nämlich …«

»Wo bleibt ihr denn?« rief Trudi.

»Wir kommen«, rief Gerd zurück.

Zu Kaffee und Cognac steckte Gerd sich eine Zigarre an. Das sei tolerabel, zweimal wöchentlich, sagte er und zwinkerte mir zu. Verenge zwar die Gefäße, aber dagegen helfe dann ein Schnäpschen.

Das Gespräch kam aufs Elternthema Nummer eins. Wann werden Jungs für unsere Töchter zu Freunden, wann zu festen Freunden, und wann wird es wirklich ernst? Kleinschmidts fanden Sex mit siebzehn akzeptabel, die entsprechenden Sicherheitsmaßnahmen und verantwortungsbewußten Präventionen vorausgesetzt. Hier lehnte Gerd sich zurück und sagte, es sei physiologisch übrigens von höchstem Interesse …, wurde jedoch von seiner Frau, die das nächste Grundsatzreferat ahnte, unterbrochen, indem sie Trudi fragte, wie ernst es denn mit Marie und ihrer Urlaubsbekanntschaft sei.

»Das wird nicht lange halten«, sagte Trudi.

»Wieso nicht?« fragten Susanne und ich wie aus einem Munde, und ich war augenblicklich ganz Ohr.

»Weil das mit Urlaubsbekanntschaften immer so 'ne Sache ist«, sagte Trudi so bestimmt, als hätte sie ihr Leben lang Urlaubsbekanntschaften gepflegt. »Und in diesem Alter sowieso. Das ist doch jetzt die Zeit, in der Teenager permanent den Verstand verlieren, um irgendwann zur Vernunft zu kommen. Der Junge wird sich was in München suchen. Und Marie hier in Hamburg. Ich glaube sogar, daß sie sich heute mit jemand anderem verabredet hat und nicht mit ihrer Clique unterwegs ist.«

»Sag bloß«, staunte ich, war froh, daß sich mit einer solchen Entwicklung der gordische Knoten vielleicht in heiße Luft auflösen würde, fand es aber andererseits schwer bedenklich, wenn Marie womöglich nymphomanische Züge an den Tag …

»Die Kids sind heute eher monogam«, sagte Susanne, als ob sie meine Gedanken erraten hätte.

»Wir waren damals doch auch eher monogam«, sagte Gerd.

»Aber seriell monogam«, sagte ich, was alle sehr lustig

fanden, und ich freute mich, daß mir die irgendwann angelesene Formulierung im richtigen Moment eingefallen war.

Mein Langzeitgedächtnis funktionierte also noch, doch haperte es mir in dieser Nacht an Phantasie, meinen Hormonspiegel zu heben. Also mit dem Rauchen aufhören, und dann zweimal wöchentlich wie Penis aus der Asche steigen. Die Erinnerung an die *Mumm*-Orgie mit Marina war so matt, daß sie nicht einmal ein leeres Sektglas hochbekommen hätte, und erst, als sich meinem halbschlafenden Hirn die schwankende Gestalt Veras nahte, spürte ich eine erfreuliche Festigkeit, aber da war Trudi längst eingeschlafen. Und das war dann wohl auch besser so. Ich schloß mich ihr an und dachte im Wegdämmern, daß Vera sich vielleicht freuen würde, wenn wir uns mal wieder über den Weg liefen.

Später weckte mich das Geräusch der Haustür aus fahlen Träumen. Marie kam nach Haus. Ich schaute auf die Uhr. Kurz nach drei. Lange war es noch nicht her, daß wir uns um diese Nachtzeit nichts sehnlicher gewünscht hatten, als daß unser zahnendes Kind endlich einschliefe. Jetzt wünschte ich mir, sie hätte jemanden gefunden, der ihr den voll netten Typen ersetzte, der mein Sohn sein mußte. Immerhin hatte ich seine Telefonnummer. Da morgen mal anrufen. Und wenn Vera am Apparat wäre? Würde ich ihre Stimme erkennen nach all den Jahren? Miteinander geredet hatten wir nicht viel. Körpersprache war das gewesen, von Anfang an. Ihre Hand an der Stirn. Von Anfang bis Ende alles fast wortlos. Bedenkenlos. Total von Sinnen.

Tonleiter rauf. Triolen. Tonleiter runter. Ein paar Takte. Die Melodie kannte ich. Auch textlich dämmerte was. *Oh, it's a long, long while from May to December* … Tonleiter rauf. Marie übte Klarinette. Ich schlug die Augen auf. Wieso übte sie Samstag um zehn Uhr früh? Ein paar Takte mehr. Was war das doch gleich? Gershwin? Klang gut. Tonleiter runter. Weill? *But the days grow short when you reach September.* Jetzt wußte ich es wieder. Das Jugendorchester. Jawohl, Weill. Takte. *Oh, the days dwindle down to a precious few* … Heute abend Auftritt in Kiel. Irgendein Schulwettbewerb, Jugend musiziert. *September Song.* Kurt Weill. Noch ein Kurt. Das war ja fast schon wie in den *Wahlverwandtschaften,* wo die Männer, wenn ich mich recht erinnerte, fast alle Otto hießen. Ein Dutzend Eltern hatte sich bereit erklärt, das Orchester nach Kiel zu kutschieren. Und Trudi gehörte dem Dutzend an. Marie spielte schon richtig gut. *And these few precious days I'll spend with you.*

»Sehr hübsch«, sagte ich, die Melodie im Ohr, am Frühstückstisch, »aber auch etwas traurig.«

»Paßt gut«, sagte Trudi.

»Wozu?«

»Zur Jahreszeit.«

»Ach so. Klar. Marie spielt wirklich gut. Da hat sich dann das viele Geld für den Klarinettenunterricht doch …«

»Denk doch nicht immer ans Geld«, sagte sie.

»Mach' ich doch gar nicht.«

»Und denk bitte daran, daß du mich nachher beim Tennis vertrittst. Sonst sind wir ungerade.«

»Tennis? Ungerade?«

»Kurt, du hast versprochen, daß du mich nachher beim Doppelabo vertrittst. Gerlinde holt dich hier ab, weil wir ja den Wagen nehmen. Bißchen Bewegung tut dir auch mal ganz gut.«

»Stimmt«, sagte Marie, die in die Küche kam, mir einen Kuß auf die Wange gab und hinreißend aussah.

»Okidoki«, sagte ich.

»Okiwas?« fragte Marie.

»Okinix«, sagte ich. »Bloß so'n Spruch von früher.«

»Okidoki«, wiederholte Marie wie ein Mantra. »Okidoki«, und kicherte. »Is' ja echt schrill.«

Dann machten die beiden sich auf den Weg nach Kiel. Bis Gerlinde Meier-Rothenhagen mich hier abholen würde, war noch Zeit genug für den investigativen Telefontest. Die Vorwahl von München also, dann die notierte Nummer.

»Piep. Guten Tag. Sie sind mit der Sanitärgroßhandlung Langemann und Sohn verbunden. Sie rufen außerhalb unserer Geschäftszeiten an ...«

Ich legte auf. Sanitärgroßhandlung? Mit der hätte Marie doch wohl keine stundenlangen Gespräche geführt. Und wenn es nun doch ein Hamburger Anschluß war? Also noch einmal ohne Vorwahl. Ich ließ es fünf-, sechsmal klingeln, wollte schon wieder auflegen, aber dann wurde abgehoben.

»Jaaa ...« Eine gequetschte, männliche Stimme.

»Ja, hallo, Kurt beziehungsweise hier Weill, äh ... ich meine, könnte ich bitte mit Vera sprechen?«

»Vera?« Sehr verschlafen. »Gibt's hier nicht.«

»Ach so. Dann bin ich wohl falsch verbunden. Entschuldigung.«

»Macht nichts. Wollte sowieso grade aufstehen.«

Ich legte auf. Ersichtlich eine falsche Fährte. Wahrscheinlich war doch das Display kaputt. Irgendwie war mir die Stimme am Telefon aber bekannt vorgekommen. Einbildung. Alles reine Einbildung. Ich machte mich langsam und sicher zum Narren meiner selbst.

Trudis frankophile Kollegin Gerlinde Meier-Rothenhagen holte mich mit ihrem *Citroën Berlingo* ab, blaumetallic, Schiebetür, Fahrradträger auf der Heckklappe. Das sei sozusagen der 2 CV des 21. Jahrhunderts. Fehlte eigentlich nur noch ein aus dem Schiebedach ragendes Baguette. Daß ich Trudi »mal wieder« vertreten würde, fand sie »unheimlich lieb«, wozu im CD-Player Jacques Brel *Ne me quitte pas* bettelte. Dies »mal wieder« bezog sich darauf, daß ich vor allerdings schon sehr geraumer Zeit gelegentlich als Ersatzmann dem Damendoppel aus der Bredouille des Ungeraden geholfen hatte. Seit jedoch mein langjähriger Spielpartner Heiner damals auf dem Tennisplatz plötzlich und unerwartet vom Herzinfarkt niedergestreckt worden war, hatte ich kaum noch gespielt. Ein schneller, schöner Tod, das schon, der zweitschönste, den ich mir vorstellen konnte, aber doch auch ein allzu früher. So war ich also inzwischen etwas aus dem Training, aber für die drei Damen würde es allemal reichen.

Es reichte nicht. Als Partner der drahtig austrainierten Bärbel Garlich spielte ich gegen die Meier-Rothenhagen und die Bioladeneignerin Conny, eine rundliche, aber kugelblitzschnelle Person. Sie stieß bei ihren Schlägen ein schrilles Quietschen aus, während die Meier-Rothenhagen ein kehliges »Ah-oui« von sich gab und die Garlich ein eindeutig brünstiges Stöhnen. Eine halbe Stunde lang hielt ich lautlos und passabel mit und konnte mit meinen Aufschlägen und Netzattacken auch durchaus Druck machen, so daß die Garlich und ich den ersten Satz knapp gewannen.

Es war ein milder Septembertag. Die Sonne, gelegentlich von ein paar behäbig ziehenden Schäfchenwolken verdeckt, ergoß sich fett und gelb über den roten Sand des Platzes. Altweibersommer. Eigentlich ideales Tenniswetter, aber je länger wir spielten, desto heißer wurde mir. Nach knapp Dreiviertelstunden war ich schweißgebadet und mußte mir ständig die Tropfen von der Stirn wischen und die Hände abtrocknen, während das dezente Make-up der drei Damen nicht die mindeste Schweißspur erkennen ließ. Auch stimmte ich nun widerwillig, aber gezwungenermaßen in das Lautkonzert des Trios ein, weil mir die Luft immer knapper wurde, bis ich prustete und hustete und gelegentlich sogar so laut röchelte, daß die Garlich mich fragte, ob denn auch alles okay sei – zumal wir nun den zweiten Satz verloren hatten. Ich nickte gequält souverän, frottierte mir den Schweiß aus dem Gesicht und blinzelte in die tieferstehende Sonne. Altmännersommer.

Nach einer Stunde wurde eine Pause eingelegt, während der ich unter dem Vorwand eines dringenden Bedürfnisses in der Umkleidekabine verschwand, mich schwer atmend auf eine der Bänke legte und die Augen schloß. Auf meiner Netzhaut wirbelten wirre Muster wie auf einem gestörten Fernsehbildschirm, meine Waden schmerzten, und der Schweiß auf meiner Stirn wurde beängstigend kalt. Ich hielt den Kopf unter die Dusche, fühlte mich besser und schlenderte betont lässig auf den Platz zurück, pfiff dabei, weil mir nichts anderes einfiel, im Takt meiner Kurzatmigkeit die Melodie von *September Song* vor mich hin.

Die Teams wurden gewechselt. Jetzt spielte ich mit der kugeligen Conny zusammen. Dank der Pause hielt ich noch etwa zwanzig Minuten durch, merkte dann aber bei einem Seitenwechsel, daß mir schwer schwindelig war, und die merkwürdig kreisenden Muster, die ich vorhin nur mit geschlossenen Augen gesehen hatte, irritierten jetzt die Ränder meines Blickfelds. Ich dachte klamm an Heiner und entschloß mich zur ehrenvollen Kapitulation, indem ich mir nach einem Aufschlag mit anschließendem Vorstoß ans Netz plötzlich an den Oberschenkel griff, Schmerz mimte und zu humpeln begann.

Ob ich mich gezerrt hätte, erkundigte sich Conny besorgt, und ich nickte heroisch. »Macht nichts.«

Damit sei allerdings nicht zu spaßen, befanden alle drei; bevor sich so etwas verschlimmere, höre man besser auf. Am Ende müsse man wochenlang pausieren, und ein Leben ohne Tennis sei nun wirklich das schlimmste.

»Wirklich schade«, sagte ich, »jetzt komm' ich erst so richtig in Fahrt. Aber es hat wohl keinen Zweck mehr.«

Kugel-Conny und Ah-oui-Meier-Rothenhagen beschlossen, ganz entspannt noch ein paar locker-lange Bälle zu spielen, während die Garlich schlendernd und ich humpelnd den Platz verließen. Um meine Atemnot zu kaschieren, pfiff ich wieder vor mich hin. *Oh, it's a long, long* püh *while from May to December* püh-tü-tü *but the days* püh-püh-tü *grow short when you reach September* tü-püh-tü.

Unter der Dusche kam ich langsam wieder zu Atem. Als ich mir die Haare kämmte und dabei in den Spiegel sah, stellte ich fest, daß mein Gesicht puterrot angelaufen war. Die Adern an Stirn und Schläfen geschwollen. Ich blieb noch ein paar Minuten, mit geschlossenen Augen den Kopf gegen die kühle, gekachelte Wand gelehnt, in der Kabine sitzen; die irritierenden Muster wurden schwächer und verebbten schließlich. Dann raffte ich mich auf und humpelte mit schmerzendem Kreuz steifbeinig ins *Tennis-Bistro Ambiente* hinüber, wo das Damentrio bereits frisch geduscht, geföhnt und geschminkt saß und in Speisekarten blätterte.

Offenbar hatte ich länger als nur ein paar Minuten auf der Bank gehockt.

Appetit hatte ich keinen, mein Magen fühlte sich wie geschrumpft an. Ich bestellte nur ein großes Bier, während die Damen Weinschorlen, Salate und diverse Pastagerichte orderten. Nachdem ich das Bier gierig heruntergestürzt und ein zweites bestellt hatte, fühlte ich mich auch wieder fit genug für eine Zigarette. Als die üppigen Nudelportionen aufgetischt wurden, regte sich auch bei mir Hungergefühl, und so bestellte ich eine halbe Portion Tagliatelle.

»Vom Abnehmen«, sagte Kugel-Conny zwischen zwei Bissen, »wird man nicht schlank. Vom Abnehmen bekommt man nämlich Hunger, aus Hunger ißt man, und vom Essen wird man nicht schlank, sondern dick. Vom Dickwerden bekommt man Schuldgefühle, und wegen der Schuldgefühle will man abnehmen. Das führt doch zu nichts.«

Wir lachten alle. Dann wurde mir meine halbe Portion mit der Bemerkung »einmal der Seniorenteller« serviert. Da lachten auch alle – außer mir. Doch das zweite Bier stimmte mich versöhnlich, und so fand ich es auch kaum beleidigend, als Bärbel Garlich feststellte, ich hätte wohl lange nicht mehr Tennis gespielt.

»Seit einem Jahr nicht mehr«, nickte ich.

Die drei hatten natürlich von Heiners sportlichem Exitus gehört, warfen sich wissende Blicke zu und schwiegen schluckend und taktvoll.

»Werd' jetzt aber so langsam wieder loslegen«, sagte ich. »Müßte mir vielleicht mal ein paar Trainerstunden gönnen, damit ich richtig auf Trab komme. Kennt eine von euch vielleicht 'n Tennistrainer, der sich für Senioren nicht zu schade ist?«

»Du spielst doch prima«, sagte Conny freundlicherweise. »Aber wenn du wirklich Trainingsstunden nehmen willst, würd' ich dir den Neugebauer empfehlen.«

Ich starrte Conny sprachlos an.

»Genau«, sagte Bärbel, »der ist klasse.«

»Der …«, mir fielen Tagliatelle aus dem Mund, »wer?«

»Peter Neugebauer. Der hat 'ne Tennisschule draußen in Wedel. Er selbst ist aber nur während der Sommersaison da. Im Winter ist er auf Ibiza. Da hat er noch 'ne Tennisschule.«

»Wedel, Ibiza, Neugebauer«, murmelte ich vor mich hin, spülte die Nudeln mit Bier nach und winkte zum Tresen. »Noch 'n Halben, bitte.«

»Kennt Trudi den nicht auch irgendwie? Von früher?« fragte jetzt, offenbar in aller Unschuld, Gerlinde. »Der war nämlich mal Sportlehrer. Oder jedenfalls Referendar. Hat dann aber den Schuldienst geschmissen und seine Tennisschulen aufgemacht. Läuft wohl alles bestens.«

»Trudi? Ob die einen Neugebauer kennt? Nicht daß ich wüßte«, heuchelte ich gelangweiltes Desinteresse. »Aber irgendwie kennen wir uns ja alle von früher. Man muß nur alt genug werden.«

Die drei lachten wieder. Ich trank mein Bier. Sympathische Runde, durchaus. Besonders Bärbel. Wie die vorhin bei Überkopfbällen die Brust vorgereckt und dann energisch geschmettert hatte. Schon enorm. Mit der sich mal zum Einzel verabreden. Und Peter Neugebauer betrieb also Tennisschulen. Sieh mal einer an. Und diesen Ex-Kollegen wollte Trudi angeblich nie wiedergesehen haben? Einmal ist keinmal? Sehr, sehr unwahrscheinlich. Da mal auf den Busch klopfen. Und zwar schnell, bevor der smarte Herr Neugebauer nach Ibiza entschwände …

XII

Willkommen im Sportpark Elbufer
Tennis – Squash – Fitness-Studio
Pool – Sauna – Solarium
Café – Bar – Restaurant

Das protzige Schild wies mir den Weg auf einen hoffnungslos überfüllten Parkplatz, und ich quetschte den Wagen notdürftig zwischen Rhododendronbüsche auf einen Grünstreifen; das Heck ragte noch zwanzig Zentimeter in die Durchfahrt hinaus. Bei mildem Spätsommerwetter wurde am Sonntagnachmittag auf allen zehn Außenplätzen des parkartigen Geländes Tennis gespielt. Taxushecken, alter Baumbestand, Birken, Eichen. Die Tische unter den Sonnenschirmen auf der Terrasse waren fast alle besetzt, zwei Kellnerinnen stemmten große Tabletts mit Kaffee, Kuchen, Bier und Sprudel. An einem der runden Tische entdeckte ich neben zwei Frauen in Tenniskleidung einen unbesetzten Stuhl.

»Entschuldigen Sie, ist der noch frei?«

Huldvolles Nicken aus einem Gesicht, dessen Farbe mich anderenorts hätte Gelbsucht assoziieren lassen, sich hier aber wohl dem Solarium verdankte. Hinter verspiegelten Sonnenbrillengläsern spürte ich mich taxiert. Dann umschlossen wie auf Kommando zwei dunkelrote Lippenpaare saugend die Strohhalme, die aus den Gläsern mit einer grünlichen, weiß geschlierten Flüssigkeit ragten. Ich blätterte in der Karte und tippte auf den Long Drink *Green Mountain Dew,* bestellte aber bei einer der jungen Kellnerinnen, Studentin vermutlich, ein ordinäres Kännchen Kaffee für extraordinäre DM 9,80.

Auf dem Kiesweg, der laut Hinweisschild von der Terrasse zu den weiter hinten gelegenen Hallen führte, in denen sich Squashplätze, Fitneßraum, Pool, Sauna und Solarium befanden, herrschte reges Kommen und Gehen. Fehlten eigentlich nur noch Skateboardbahn, Eishalle, Souvenirshops, Fußpfleger und eine Massagepraxis, um das olympische Dorf komplett zu machen. Und im Winter das Ganze also noch einmal auf Ibiza. Herr Neugebauer hatte offensichtlich den Jackpot geknackt. Meinen neidlosen Respekt. Ich schlürfte nachdenklich meinen Kaffee. Und eine Prise respektlosen Neid obendrauf. Wenn dieser zum Sporttycoon aufgestiegene Ex-Referendar tatsächlich Maries Vater war, dann käme immerhin ein hübsches Erbe auf meine Tochter zu. Beziehungsweise seine Tochter. Um das Wort »beziehungsweise« mal ganz wörtlich zu nehmen.

»Wo«, wandte ich mich an die Sonnenbrille, über der eine weiße Baseballkappe mit dem aufgestickten und einigermaßen rätselhaften Kürzel *TIT* schwebte, »wo finde ich denn hier den Herrn Neugebauer?«

»Den Peter?« Die Gegenfrage klang ungläubig, als hätte ein Tourist in Rom gefragt, wo der Papst zu finden sei.

»Ganz recht«, nickte ich.

»Der ist heute gar nicht da«, erging der knappe, fast abweisende Bescheid.

»Doch«, mischte sich nun aber meine zweite Tischnachbarin ein und setzte sogar die Sonnenbrille ab, so daß ich zwischen einem dichten Fältchennetz in wasserblaue Augen sehen konnte, »natürlich ist er da. Sein Wagen steht doch hinten.« Dies »hinten« klang versiert, nahezu eingeweiht.

»Und wo ist hinten?« erkundigte ich mich laien- bis tölpelhaft.

»Beim Büro natürlich«, sagte die mit dem *TIT* auf dem Kopf, wobei sie »Büro« auf der ersten Silbe betonte.

»Administration«, konkretisierte die Wasserblaue.

»Natürlich«, sagte ich, »ist ja logisch«, winkte der Kellnerin, zahlte, wünschte einen guten Tag und folgte dem Schild Richtung *Administration* über den Kiesweg in ein Hallenfoyer.

Administration – Buchungen – Kasse stand auf einer schalterartigen Glaswand mit Sprechfenster, hinter dem sich ein junger Mann, die Beine auf einen Containerschrank gelegt, auf einem Drehstuhl fläzte.

»Ich würde gern Herrn Neugebauer sprechen«, sagte ich durch das gelochte Sprechfenster.

»Worum geht's?«

»Ich möchte Trainerstunden buchen.«

»Aber doch nicht etwa beim Chef?« Der junge Mann sah mich an, als hätte ich nicht »Trainerstunden«, sondern ein Kilo Rinderhirn gesagt.

»Wieso nicht? Der ist doch Tennistrainer.«

»Natürlich. Aber heute ist doch schon der dreiundzwanzigste.«

»Ja und?«

»In einer Woche ist der Chef auf Ibiza. Wintersaison. Der nimmt hier jetzt nichts mehr an. Außerdem ist er gerade weggefahren.«

»Ach so …«

»In dem Regal am Ausgang liegen unsere Prospekte. Da sind die Telefonnummern der anderen Trainer drin. Einzelunterricht, Gruppen, Abos, alles. Hallensaison beginnt am 1. Oktober.«

»Dann möchte ich Herrn Neugebauer privat sprechen.«

»Was heißt privat?« fragte der Schnösel, zugegeben nicht einmal ganz unberechtigt. Denn was hieß das schon – »privat«? Was wollte ich dem Herrscher dieses Reichs physischer Ertüchtigung eigentlich sagen? Was fragen? Haben Sie mit meiner Frau gevögelt? Mit Trudi? Mit Gertrud, die damals allerdings mit Nachnamen Merkel hieß und noch gar nicht meine Frau war? Zum Beispiel im Sommer 1983, als ich auf Sardinien war? Oder, um chronologisch ganz korrekt zu sein, um die Jahreswende 83/84, also exakt neun Monate vor der Geburt meiner Tochter Marie? Beziehungsweise Ihrer Tochter Marie? Das war ja unmöglich, war aussichtslos. Das wäre erst einmal mit Trudi zu besprechen. Sie mußte es ja schließlich auch wissen. Wenn es denn mit ihr zu besprechen wäre …

»Privat«, sagte ich abwesend, »heißt gar nichts, entschuldigen Sie«, trollte mich zum Ausgang und steckte mir zur Wahrung des Scheins einen der dort ausliegenden Hochglanzprospekte ein.

Schon von weitem sah ich, daß der rechte Rückscheinwerfer meines Wagens zersplittert war und das Blech eine tiefe Schramme abbekommen hatte. Die Scherben lagen auf dem Blausteinpflaster des Parkplatzes und funkelten in der Sonne. Sauerei. Fahrerflucht. Anzeige gegen Unbekannt. Ich stieg ein, ließ den Motor an, sah, daß hinter dem Scheibenwischer ein Zettel steckte, stieg wieder aus, nahm ihn an mich. Eine Visitenkarte.

Peter Neugebauer
Sportpark Wedel GmbH
Tennis Ibiza Touristik (TIT)

Eine Nummernflut. Telefone, Faxe, Handys, E-Mail-Adressen. Ich drehte die Karte um. Kugelschreibergekritzel:

Habe Ihren Wagen beschädigt. War in Eile.
Bitte um Rückruf.
Neugebauer.

Den Rückruf kannst du haben, du Arschloch, knurrte ich, und 'ne Anzeige wegen Fahrerflucht dazu. Die Beule, die ich in der Tiefgarage selber in die Stoßstange gefahren hatte, würde ich ihm gleich noch mit auf die Rechnung knallen. Aber zugleich begann sich in mir wieder die Was-wäre-wenn-Schraube zu drehen. Zwischen den Bäumen blinkte die Elbe. Besänftigend. Ein Spaziergang würde mir vielleicht gut tun. Zur Besinnung kommen. Noch einmal alles überdenken. Zumindest wußte ich jetzt, wofür *TIT* stand. Das war zwar von allen Informationen die mit Abstand unwichtigste, aber die Erfahrung zeigte eben, daß auch die wichtigen Informationen sich nicht einstellten, wenn man krampfhaft nach ihnen suchte, sondern wenn man über sie stolperte. Vielleicht war etwas mehr Gelassenheit gefragt? Ich stellte den Motor aus und machte mich auf den Weg.

Auf der Elbe zogen Schiffe, vom Meer kommend, dem Meer entgegen. Nach Sardinien. Der Klang der Sirenen. Nach Ibiza. *TIT.* Zum Kotzen. Dies Arschloch hatte es richtig gemacht. Alles hingeschmissen, Sicherheit, Beamtenstatus, Pensionsansprüche. Hatte immer Urlaub. Und wahrscheinlich einen ganzen Harem dazu. *TIT.* Der Wasserspiegel blinkte matt in der Sonne. Träges Fließen. Das Laub der Eichen errötete im gelben Kuß des Altweiberlichts, lange Schatten, Konturen wie weichgezeichnet, *when the autumn weather turns the leaves to flame.* Jogger zogen mit Walkmen auf den Ohren an mir vorbei. Auf den Bänken Liebespaare und alte Leute. Die Luft war ganz still, als atmete man kaum. Ich suchte mir auf dem Rasen einen Platz, kontrollierte ihn auf mögliche Hundescheiße, setzte mich, zog die Knie an, umschlang sie mit den Händen und stützte das Kinn darauf. So immer bleiben und nichts sagen müssen. Niemandem Rechenschaft ablegen. Niemandem. Auch Trudi nicht. Einfach so verdämmern und die Zeit verlieren. Keine Herkunft haben, keine Geschichte, keine Vergangenheit, die einen einholt. Keine Zukunft haben, keine Sorgen, auch keine Gier mehr. Würde man etwas vermissen? Die Sonne lag auf der kühlen Glätte des Flusses, als tränke sie aus ihm. Dunstschleier auf der Wasseroberfläche. Einfach so verdunsten, verschwinden in Licht und Wasser. So hatte ich schon einmal gesessen und aufs Wasser gestarrt. Auf der Hafenmole von Santa Teresa di Gallura. Die Augenblicke kehrten wieder. Aufschreiben konnte ich sie später. *One hasn't got time for the waiting game …*

***

Das Deodorant *Everfresh* enthält angeblich eine neuentwikkelte Wirkstoff-Formel, die selbst dem schlimmsten Schwitzer nach zwölf Stunden in Streß und Hitze noch »Sicherheit und sympathische Frische« verleiht. Sogar umweltfreundlich soll es sein, weil »in der Produktion konsequent auf Aerosole verzichtet« wird. Das behauptet jedenfalls das von der Frankfurter Werbeagentur *CSN* eigens und eilends für unser Team erstellte Produktbriefing, das Jens-Uwe, Pit und ich während des Flugs von Hamburg nach Rom zwangsweise zu studieren haben. Meine Frage, wie umweltfreundlich es sei, für den Dreh des dreißig Sekunden kurzen Werbespots nach Sardinien zu jetten, beantwortet Jens-Uwe, indem er mir einen Vogel zeigt. In der Kiesgrube, in der wir schon allerlei mediterrane Hochstapeleien gefilmt haben, hätte es diesmal allerdings auf keinen Fall funktioniert. Pit ist begeistert, weil das mediterrane Licht bekanntlich jedem sensiblen Kameramann eine Art Urerlebnis sei. Jens-Uwe sieht das Unternehmen pragmatischer, insofern er uns überschlägig vorrechnet, daß der Gewinn für das *KreaTiV-Team* proportional zu den Kosten steige. Und mir soll's allemal recht sein. Sardinien, warum nicht?

»Was heißt eigentlich *CSN*?« grübelt Pit und schiebt das Briefing ins Netz an der Sitzlehne.

»Crosby, Stills, Nash«, schlage ich vor.

»Quatsch«, sagt Jens-Uwe. »Creative Services Neubert. Der Agenturgründer heißt Neubert.«

»Kommt der etwa auch mit?« fragt Pit.

»Natürlich nicht.« Jens-Uwe zieht eine Liste aus der Tasche. »In Rom treffen wir die Frankfurter Gruppe, und die besteht aus, Moment mal, richtig. Erstens: Heinz Gellermann, Produktmanager für *Everfresh* …«

»Also der Wachhund des Herstellers«, sagt Pit. »Hoffentlich nicht so'n Erbsenzähler wie der Möcke auf Island. Wißt ihr noch, wie wir dem im Hotel die Nutte …«

»Genau«, sagt Jens-Uwe. »Zwotens: Dietmar Klocke, Kundenberater *CSN* …

»Der uns vor dem Wachhund beschützen soll«, sagt Pit.

»Genau. Drittens: Frank Struck, Creative-Director *CSN*.«

»Den kenn' ich«, sagt Pit. »Der war früher bei der *Lintas* in Hamburg. Vernünftiger Mann. Trinkt auch mal ganz gerne einen.«

»Genau. Viertens: Teamassistent/assistentin *CSN* N. N.«

»Und was heißt N. N.?« fragt Pit.

»Nachnominiert, glaub' ich«, sagt Jens-Uwe. »Wie beim Fußball. Das steht doch immer da, wenn man nicht genau weiß, wer's sein wird.«

»N. N. heißt *nomen nescio,* lateinisch«, sage ich. »Wörtlich übersetzt: Den Namen kenne ich nicht. Bedeutet also hier: Name noch unbekannt.«

»Okidoki«, sagt Jens-Uwe. »Sag' ich doch. Der Assi kommt wahrscheinlich auf Last Minute mit.«

»Mann, Kurt«, staunt Pit, »gut, daß du für uns studiert hast.«

»Genau. Fünftens: Testimonial Frau Britta Thalheim.«

»Oh, wow«, macht Pit. »Das ist doch diese Schauspielerin mit den beiden …«

»Genau. Die fliegt aber von München und trifft uns erst morgen vormittag im Hotel.«

»Mann, daß die Thalheim so was mitmacht, ich mein' Deo-Werbung und so. Das hätt' die doch gar nicht nötig.«

»Genau. Aber sie wird's ja nicht umsonst machen. Die verdient wahrscheinlich an den dreißig Sekunden mehr als wir alle zusammen. Ist eigentlich mit dem Tontechniker alles geritzt?«

»Logisch«, nickt Pit. »Den treffen wir mit seinem Assi morgen früh in Cagliari. Hoffentlich kann der Deutsch.«

»Englisch würd's auch tun.«

»Und die Komparsen?«

»Marina sagt, die warten in Santa Teresa auf uns.«

»Okidoki.«

Inzwischen haben wir uns angeschnallt, die Sitzlehnen senkrecht gestellt, das Flugzeug zieht eine langgezogene

Schleife über der Küste, rechts das tiefe Blau des Mittelmeers, links das braun und gelb verdorrte Land, und dann landen wir auf dem Flughafen von Rom. Als Treffpunkt ist der Alitalia-Schalter ausgemacht, wo die Frankfurter Fraktion uns bereits vollzählig erwartet. Allgemeines Händeschütteln, Vorstellen, Wiedersehen. N.N. entpuppt sich als weiblich, reicht mir die Hand und lächelt.

»Kurt Steenken. Ich bin das Mädchen für alles«, sage ich artig und leider sehr unkomisch. »Der Allrounder, falls das besser klingt.«

»Vera«, sagt Vera knapp, klingt leicht heiser, mustert mich spöttisch, wendet sich ab und schüttelt weiter Hände. Besonderen Eindruck macht sie nicht auf mich. Hübsches Gesicht unter dunklen Locken. Auch unübersehbar gut gebaut. Teamassistentinnen in Werbeagenturen müssen wahrscheinlich so aussehen.

Mit einer zweimotorigen Propellermaschine geht es weiter nach Calgiari. Unter uns das Meer. Vor uns, im Westen, versinkt die Sonne wie eine Blutorange im tiefen Blau.

»Hier, sehen Sie mal. Riechen Sie mal.« Produktmanager Gellermann öffnet stolz sein schwarzes Musterköfferchen, zieht eine Sprühdose *Everfresh* hervor und sprüht jedem von uns eine Ladung Deo unter die Nase. »Ein reines Pumpspray. Ökologisch unbedenklich. Umweltfreundlichkeit wird ja immer wichtiger als Verkaufsargument. Das fand die Frau Thalheim auch unheimlich sympathisch an unserem Produkt. Sonst hätten wir die als Testimonial gar nicht bekommen. Und riecht trotzdem klasse.«

Darüber sind die Meinungen offenbar geteilt. Kundenberater Klocke nickt zwar pflichtschuldige Zustimmung, Pit verzieht aber das Gesicht, Creative-Director Struck nippt an seinem Prosecco, Vera fächelt sich mit der Hand vor Mund und Nase herum, eine Geste, die alles und gar nichts bedeuten kann, und Jens-Uwe sagt: »Okidoki.«

Am Flughafen von Cagliari empfängt uns drückende Schwüle, obwohl es bereits dunkel ist. Alles stöhnt, Gellermann strahlt. Das sei genau das richtige Klima, um die Vorzüge von *Everfresh* rüberzubringen, »zu kommunizieren«, wie er das nennt.

Meine erste Amtshandlung besteht darin, den von Marina bestellten Kleinbus bei *Hertz* abzuholen. Die freundliche Frau am Schalter spricht zwar mäßiges Englisch, will von einer entsprechenden Buchung aber nie etwas gehört haben.

Ob ich denn einen Bus ohne Vorbestellung mieten könne?

»Subito?« fragt sie ungläubig. »I do not think-ä so. Scusi, uno momento.« Sie führt, heftig gestikulierend, offenbar komplizierte Telefonverhandlungen, die schließlich mit dem Resultat »va bene, no problem-ä« endet.

Ich unterschreibe diverse Formulare, bekomme die Wagenschlüssel ausgehändigt, ein Junge führt mich auf den Parkplatz. Dort steht ein uralter Mercedes Diesel, zwölf Sitze. Nicht perfekt, aber es wird gehen.

»Va bene?« fragt der Junge.

»Hoffentlich«, sage ich, stecke den Schlüssel ins Zündschloß, ziehe den Vorglühzug, zünde. Die Kiste springt stotternd und Dieselruß hustend an. Fährt. Sogar die Scheinwerfer funktionieren. Die Bremsen reagieren allerdings verdächtig schwergängig.

Am Ausgang des Terminals warten sie schon auf mich. Wir verstauen das Gepäck und die Filmausrüstung. Als ich Vera ihren Koffer abnehme und ins Gepäcknetz hebe, lächelt sie und dankt mit einem gekonnten Augenaufschlag. Pit hat inzwischen einen Stadtplan beschafft, nimmt auf dem Beifahrersitz Platz und lotst mich gelassen und zielbewußt durch den infernalischen Verkehr. Auch das Lenkgestänge scheint seit Jahren kein Öl gesehen zu haben. Abgasgestank dringt durch die geöffneten Fenster. Gellermann, immer noch im dreiteiligen Nadelstreifenanzug mit korrekter Krawatte, läuft gut gelaunt und offensichtlich glücklich, seiner Frankfurter Büroroutine entkommen zu sein, unter großem Hallo und Gelächter durch den Bus und versprüht als Gegengift Sicherheit und sympathische Frische aus seiner Ökodeodose.

Im *Hotel Boari* an der Peripherie der Stadt sind Marinas Zimmerbuchungen immerhin angekommen. Wir checken ein und versammeln uns anschließend zum Abendessen auf der Hotelterrasse. Unter einem leicht dunstigen Himmel, durch den nur manchmal eine scharfe Mondsichel bricht, erstreckt sich vor uns das Mittelmeer. Eine landwärtige Brise lindert die Schwüle, doch ist es immer noch mindestens fünfundzwanzig Grad. Aus dem Hotelgarten fächelt schwerer Blütenduft über die Terrasse, weitaus angenehmer als Gellermanns *Everfresh*-Aroma. Es gibt Antipasti, Pasta, Fisch, Salat und Eis. Trockener Weißwein, serviert in Ein-Liter-Karaffen, hebt die allgemein freundliche Stimmung schnell ins Ausgelassene, doch beim Espresso schleicht Müdigkeit wie eine ansteckende Krankheit durch unsere Runde, die langsam abbröckelt. Schließlich sitzen nur noch der aufgekratzte Gellermann, der für ihn zuständige Kundenberater Klocke, Pit, ich und Vera am Tisch. Gellermann hält Monologe über seine komplette Produktpalette, Klocke mimt Interesse, Pit gähnt mit offenem Mund und ich rauche, sehe den grauen Wirbeln nach und folge plötzlich, ohne es zu wollen, Veras Blick aufs Meer hinaus. Und in diesem Moment streicht sie sich mit der linken Hand ein paar Haarsträhnen aus der Stirn, bemerkt, daß ich sie anstarre, lächelt, hält ihr Glas in die Höhe, trinkt mir zu, setzt das Glas wieder ab und wiederholt, mich immer noch ansehend, diese Geste, als wolle sie sagen: Da hast du, was du willst. In diesem Moment weiß ich, daß wir miteinander schlafen werden. Dann steht sie auf, sagt gute Nacht und verschwindet im Hotel.

Eine halbe Stunde später liege auch ich in meinem Einzelzimmer. Durchs offene Fenster atmet das Meer wie ein sich hebender, senkender, kühler Körper. Von sehr weit her eine Schiffssirene. In dieser Nacht denke ich nicht an Dich. Oder wenn doch, dann so: Gut, daß Du nicht hier bist, Trudi, sondern zu Hause in Hamburg.

Die Schiffssirene tönte von der Elbe herüber. Die Sonne stand schon tief im Westen, berührte fast die Wasseroberfläche. *One hasn't got time for the waiting game.* Es war jetzt Zeit, nach Hause zu gehen.

XIII

»Wir züchten Pflanzen, die nur noch keimen und wachsen, sich aber nicht mehr fortpflanzen dürfen. Bevor sie Samen entwickeln, schneiden wir sie ab. Für Vasen, Kränze, Gräber. Das einzige, was die Blumen dort noch tun dürfen, ist sterben. Und das machen sie dann ja auch vorbildlich. Dafür werden sie schließlich gezüchtet und bezahlt. Das ist halt der Job der Schnittblumen. Und wir sehen gern dabei zu, wie die Schnittblumen ihren Job machen und pflichtbewußt verrecken. Wir kaufen große Sträuße und verschenken sie, damit die Beschenkten den Exitus genießen können. Gerade zu Geburtstagen ist das eine besondere Freude, weil man dann sieht, daß die Blumen noch früher ins Gras beißen als wir selbst. Aus dem gleichen Grund werden auch tonnenweise Blumensträuße in Krankenhäuser geschleppt. Die Patienten sind froh, weil sie …«

»Nun mal langsam, Günnie«, unterbrach ich Günther Villens blumige Todesapotheose, »wenn du dich an der Umlage nicht beteiligen willst, lass' es doch einfach bleiben.«

»Warum kaufen wir ihr keine Seidenblumen?« schlug er vor. »Sehen echter als echt aus und überleben uns alle.«

Günnie, Daniel, Gudrun Werchel und Martina Papst aus der Buchhaltung standen in der Mittagspause mit mir an einem von Enzos runden Stehtischchen. Daniel war beauftragt worden, von allen Verlagsmitarbeitern fünf Mark einzusammeln, um damit für Heidi Maifeld, die heute ihren mindestens zwölfundvierzigsten Geburtstag beging, einen Blumenstrauß und für die ganze Truppe ein paar Flaschen Sekt zu kaufen, um später auf den Geburtstag anzustoßen. Daß Günnie entsprechend vom Leder zog, überraschte uns natürlich nicht. Als ich neulich wegen des Cholesterins bei den Rigatoni statt Sahne- Tomatensauce geordert hatte, machte er die Bemerkung, Essen bringe bekanntlich sowieso nichts, weil man hinterher doch wieder Hunger bekomme. So funktionierte eben Günnies verquerer Biologenhumor – lustig war's schon, aber, wie auch im Fall des Blumenstraußes, gelegentlich leicht morbide, uneffektiv und lebenspraktisch schwer umsetzbar.

»Seidenblumen sind 'ne gute Idee«, fand Gudrun. »Die gibt's drüben in diesem Schnickschnackladen«, und legte fünf einzelne Markstücke auf den Tisch. Martina schloß sich an.

»Also Seidenblumen«, sagte ich und gab Daniel ein Fünfmarkstück.

»Meinetwegen Seidenblumen«, sagte Günnie, nahm meine fünf Mark an sich und schob Daniel einen Zehnmarkschein zu. »Damit überlistet ihr den Zahn der Zeit aber auch nicht.«

Daniel steckte das Geld ein und sagte: »Okidoki.«

»Was haben Sie da gerade gesagt?« fragte ich und setzte die Espressotasse auf die Untertasse zurück, daß es schepperte.

»Ich? Wieso?« Er sah mich verständnislos an.

»Sie haben doch eben okidoki gesagt, oder nicht?«

»Ja und?« sagte er.

»Woher kennen Sie das? Das ist doch ein völlig antiquierter Ausdruck. Und außerdem saublöd. Als ich so alt war wie Sie, da war das …«

»Hab' ich gestern oder vorgestern aufgeschnappt«, sagte er grinsend. »Scheint wieder in Mode zu kommen.«

»Alles kommt wieder«, sagte Günnie. »Schlaghosen kommen ja auch wieder. Und CDs der Beatles verkaufen sich wie warme Semmeln. Alles kommt wieder. Nur Schnittblumen nicht.«

»Die Beatles sind wahrscheinlich die Seidenblumen des Pop«, sagte Daniel und machte sich auf den Weg, Schnittblumen aus Seide für die Ewigkeit zu besorgen.

Heidi Maifeld heuchelte grenzenlose Überraschung, als wir nachmittags mit den weißen Seidenrosen in ihrem Zimmer erschienen, »Happy birthday, liebe Heidi« schmetterten, Gläser verteilten und Sekt ausschenkten. »Ohne euch hätt' ich's glatt vergessen«, sagte sie. »Wenn man in meinem Alter noch gerührt sein könnte, wär' ich jetzt gerührt.«

»Rein statistisch und streng biologisch gesehen können Frauen noch bis etwa sechzig auf natürlichem Wege schwanger werden«, tröstete Günnie sie.

»Nein danke«, sagte Heidi. »Ich hab' drei Kinder und bin froh, daß die alle aus dem Haus sind.«

»Schade«, sagte Günnie charmant und bekam dafür unter großem Hallo einen Kuß von Heidi.

»Du traust dir ja noch 'ne Menge zu«, sagte ich zu Günnie, als wir beide, mit Rücksicht auf die radikale Nichtraucherin Heidi, etwas später in der Teeküche am Fenster standen und den Rauch unserer Zigaretten in Richtung der Kastanie stießen, in deren Krone noch einige Flecken Grün ihren vergeblichen Kampf gegen das Braun und Gelb führten.

Er grinste. Mit alten Männern sei das eben so. Sehe man die beispielsweise am Fenster vom Altersheim sitzen, möchte man es ja gar nicht glauben, doch produzierten die noch Tag für Tag bis zum letzten Seufzer Samen in Millionenmenge. Darunter seien zwar jede Menge Platzpatronen, aber auch noch genügend scharfe Munition, um damit die Heimleiterin zu schwängern – vorausgesetzt, die sei dafür nicht zu alt. Verglichen mit manchen Meerestieren sei das aber noch gar nichts. Im Wasser lebende Männchen hätten oft nicht so eine praktische Spritze wie unsereiner, um den Samen zielgenau zu plazieren. Der werde deshalb flächendeckend ins Meer abgegeben und müsse da selber zusehen, wie er ein Ei zum Befruchten finde. Damit das ganze Unternehmen nicht von vorneherein zum Scheitern verurteilt sei, handele es sich um astronomische Mengen. Berücksichtige man noch die Tatsache, daß die zugehörigen Tiere ebenfalls in astronomischer Anzahl vorkämen, könne man das Meer als verdünntes Sperma bezeichnen. Und in so etwas, Günnie verzog das Gesicht, verbringe unsereiner dann freiwillig seinen bezahlten Urlaub.

»Verdünntes Sperma also«, murmelte ich nachdenklich. »Vielleicht riecht das Meer deshalb auch so.«

»Was heißt ›so‹?«

»So sinnlich irgendwie ...«

Günnie nickte lächelnd vor sich hin, als schwelgte er in irgendwelchen ozeanischen Erinnerungen, und in mir stieg der Geruch des Meeres hoch, der damals in der ersten Nacht auf Sardinien die Terrasse geradezu geschwängert hatte.

Hinter diesem unfaßbaren Überfluß, fuhr Günnie fort, als spürte er meinen Erklärungsbedarf, verberge sich lediglich das Ziel, schneller zu sein als die Konkurrenz. Je mehr Samen ein Mann in eine Frau pumpe, desto kleiner sei die Chance, daß der Samen eines Rivalen den Sieg erringe. Und je größer das Risiko der Untreue sei, desto stärker müsse die Samenproduktion angekurbelt werden. Das habe die Natur nun mal so eingerichtet. Sinnvoll sei das, höchst sinnvoll. Weil es uns sonst gar nicht mehr gäbe. Als Gattung, meine er.

Wir schwiegen eine Weile, drückten die Zigaretten aus und gingen wieder in Heidis Zimmer, wo jedoch die Party, pünktlich eine Viertelstunde vor Feierabend, bereits abbrökkelte. Als die Putzfrauen auf der Bildfläche erschienen, räumten alle das Feld.

Ich setzte mich noch einmal an meinen Schreibtisch, weil ich mir etwas von Günnies Aphorismen zur biologischen Lebensweisheit notieren wollte, verdünntes Sperma etwa oder auch Risiko der Untreue, aber da fiel mein Blick auf Peter Neugebauers Visitenkarte, die ich heute morgen neben das Telefon gelegt hatte, um in einem geeigneten Moment die unausweichlichen Verhandlungen zur Schadensregulierung zu führen – Schadensregulierung in einem allerdings sehr weitgefaßten Sinn.

Der Moment war da. Ich griff zum Hörer, wählte die angegebene Festnetznummer. Musik erklang in der Muschel. »*Vamos a la playa, ta ta ta ta ta, vamos a la playa.* Sie haben richtig gewählt. Leider bin ich zur Zeit nicht erreichbar. Versuchen Sie es später noch einmal. *Vamos a la playa, ta ta ta ta ta …*« Ende der Durchsage. *Ta ta ta ta ta,* infantiler Diskoschwachsinn. Das paßte zu dem. *Tit tit tit* auf Ibiza. So einfach ließ ich mich allerdings nicht abschütteln, sondern wählte jetzt die Handynummer.

»Hallo? Ja?« Muntere Stimme.

»Ja, hallo. Bin ich mit Herrn Neugebauer verbunden?«

»Mit wem spreche ich denn?«

»Mit, äh, Weill …« So ging es natürlich nicht. Im Hinblick

auf den Unfallschaden mußte ich wohl oder übel mit meinem richtigen Namen herausrücken. Im übrigen würde ihm dieser Name gar nichts sagen, weil Trudi damals noch Merkel geheißen …

»Welcher Weill?«

»Nein, nicht Weill. Mein Name ist Steenken. Ich rufe an, weil Sie gestern auf dem Parkplatz meinen Wagen beschädigt …«

»Ach, sieh mal an. Beschädigt ist aber vor allem, nicht, nicht jetzt, komm schon, laß das …«

»Wie bitte?«

»Beschädigt ist vor allem mein Fahrzeug, und zwar deshalb, weil Sie mit Ihrem Wagen zur Hälfte in einem Blumenbeet ge…, laß das doch, ich bin ja gleich wieder bei dir, geparkt haben und zur anderen Hälfte auf der Durchfahrt. Ich konnte Ihren Wagen beim Zurücksetzen gar nicht sehen, und … nun warte doch.«

»Moment mal«, sagte ich, und meine gutwillige Verhandlungsbereitschaft wurde nicht gerade durch den Umstand gesteigert, daß dies Arschloch vermutlich mit einer Hand gerade irgendeine brünstige Tennisschülerin auf Abstand hielt, während er mit der anderen telefonierte, »so geht's ja nun nicht. Schon mal was von Unfallflucht gehört?«

»Machen Sie sich doch nicht lächerlich«, sagte er. »Ich mach' Ihnen einen Vor… ja, ja, so ist es gut, einen Vorschlag. Sie tragen Ihren Schaden selbst und ich meinen und damit, gut machst du das, und damit basta!«

Der Mann kannte wirklich keine Hemmungen. Saß da wahrscheinlich mit offenem Hosenstall, ließ es sich von einer Praktikantin besorgen, und da sollte ich meinen Schaden auch noch selber tragen? Kam überhaupt nicht in

Frage. »Kommt überhaupt nicht in Frage«, sagte ich energisch.

»Na schön, dann zeigen Sie mich doch an. Meine Anschrift haben Sie ja. Ja ja ja, oh ja …«

»Wissen Sie überhaupt, mit wem Sie es zu tun haben?« fragte ich erbost. »Ich bin der Mann von …«, fast hätte ich gesagt: Der Mann der Mutter Ihrer Tochter, ließ es aber sein und sagte halb erbost, halb hilflos: »Egal, Sie hören noch von mir. Und viel Spaß beim Vögeln!«

»Was soll das denn jetzt?« sagte er. »Wollen Sie mich auch noch beleidigen?«

»Glauben Sie etwa nicht, daß ich hören kann, was für Schweinereien Sie da treiben?«

»Schweinereien? Sind Sie wahnsinnig? Wovon reden Sie denn, Mensch. Ich helf' dir sofort, Mark, bin gleich fertig.« Mark? War Neugebauer schwul geworden? Oder bi? »Tut mir leid«, sagte er, »ich hab' hier immer meinen kleinen Sohn im Blick, der versucht die ganze Zeit …«

»Ihr kleiner, Ihr kleiner Sohn? Ja, also … also gut, vielleicht lassen wir die Sache auf sich beruhen. Oder ich melde mich wieder. Oder mein Anwalt. Oder … Wiederhören.«

Ich legte auf, kippte mir den Rest Sekt, der schal geworden im Glas stand, hinter die Binde, steckte mir eine Zigarette an und starrte aus dem Fenster. Sein kleiner Sohn. Dann hatte Marie also am Ende noch einen Stiefbruder. Mark. Ein Vaterschaftstest mußte her. Unfallflucht. Vaterschaftsflucht. Der Knoten wurde komplizierter. Oder er war ein reines Hirngespinst. Genaugenommen mein persönliches Hirngespinst. Jedenfalls ein Riesenarschloch, dieser Neugebauer. Ich würde mit meinem Anwalt sprechen müssen.

Schließlich öffnete ich noch einmal die Datei ***, notierte

dort, was mir gestern an der Elbe durch den Kopf gegangen war, und setzte eine Art Fußnote, indem ich schrieb:

***

Aus biologischem Blickwinkel kann man das Meer als verdünntes Sperma bezeichnen. Aus psychologischem Blickwinkel könnte ich mein Gehirn in diesen Tagen und Nächten ebenfalls als verdünntes Sperma bezeichnen. Nur daß ich das noch nicht weiß, als ich endlich einschlafe, umweht vom Geruch des Mittelmeeres.

***

»Wie hast du dir denn die Beule ins Auto gefahren?« fragte Trudi, als ich ausstieg. Sie war gerade dabei, in der Einfahrt Laub zusammenzuharken. Die beiden großen Birken waren schon ganz licht geworden. Der Abendhimmel sah durch die Kronen. Bald würde es die ersten Nachtfröste geben. Unter meinen Schuhsohlen knisterten die trockenen Blätter.

Ich zuckte die Schultern. Was für eine Frage!

»Bist du schlecht gelaunt? Ärger im Verlag?« Sie lehnte die Harke gegen die Garagentür, kam auf mich zu, wollte mich umarmen und roch nach Laub und Humus.

»Laß das«, sagte ich. »Wenn du's genau wissen willst: Die Beule stammt von Neugebauer.«

»Von wem?«

»Sport und Englisch«, sagte ich. »Den müßtest du doch eigentlich noch kennen.«

Sie sah mich besorgt und zugleich mißtrauisch an, wie man einen vertrauten Menschen mustert, von dem man fürchten muß, daß er unmittelbar vor einem Nervenzusammenbruch steht.

»Kurt«, sagte sie, »ich mach' mir Sorgen um dich. Geh mal lieber zu Kleinschmidt. Der soll dich ein paar Tage krank schreiben.«

Ich nickte geistesabwesend, ging wortlos ins Haus und beantwortete nicht einmal Maries munteres »Hallo Papa, wie geht's?«.

Später spielte sie noch einmal *September Song.* Grauenhaftes Lied.

XIV

»Nun stell dich bloß nicht so an«, sagte Gerd Kleinschmidt. »Glaubst du etwa, mir macht das Spaß? Etwas lockerer müßtest du dich schon hinstellen. So. Da haben wir sie ja schon. Aha … alles klar.«

Er trat mit dem Fuß die Klappe des Mülleimers auf und warf den Plastikhandschuh hinein, während ich mir die Hose hochzog. »Und?«

»Etwas vergrößert vielleicht, aber das ist normal in deinem Alter. An der Prostata hast du's jedenfalls nicht.« Er blätterte in der Kartei, in der seit Jahren meine echten und eingebildeten Krankheiten, Verletzungen und Zipperlein vermerkt waren. Fast schon eine Akte. »Und die Sehstörungen, die du beim Tennis gehabt hast«, sagte er, »bedeuten vielleicht gar nichts. Vermutlich sind es nur Durchblutungsstörungen, im schlimmsten Fall Indizien für einen möglichen Schlaganfall.«

Ich wurde blaß. »Oh, mein Gott …«

»Hör mit dem Rauchen auf«, sagte er, »und leg dich da mal hin. Ohne Hemd natürlich. Ich check' dich per Ultraschall durch. Auf Herz und Nieren.«

Meine Bemerkung, der Sondenstab, mit dem er jetzt über meinen Oberkörper strich, sehe wie ein erigierter Penis aus, quittierte er mit einem Kopfschütteln und sagte, meine Phantasien würden mit zunehmendem Alter auch nicht gerade origineller. Wer wirklich alt werden wolle, müsse eine Frau sein, denn Männlichkeit sei sozusagen wie eine tödliche, angeborene Krankheit. Offen sei bloß die Frage, wie groß der erbliche Anteil sei und ob sich daran etwas ändern ließe. Und wenn Frauen länger lebten, was statistisch ja Fakt sei, warum säßen dann wohl stets mehr Frauen als Männer bei ihm in der Praxis? Gingen Frauen etwa eher kaputt? Oder lebten sie womöglich länger, weil sie früher und öfter zum Arzt gingen? Er fuhr mit der Stabspitze nun an meinen Halsschlagadern auf und ab und befand, daß im Prinzip alles im grünen Bereich sei. Während ich mir mit einem Papiertuch das Gleitgel vom Oberkörper wischte, warf er die Frage auf, ob Frauen sich eigentlich darüber freuen sollten, ihre Männer zu überleben. Ich zog mein Hemd wieder an. Ihre letzten Jahre müßten die fitten Frauen nämlich oft damit verschwenden, ihre kranken Männer zu pflegen, und die allerletzten Jahre verbrächten sie dann allein oder im Altersheim und schnappten sich gegenseitig die letzten fitten Männer weg. Während Gerd redete, machte er sich zugleich Notizen in der mich betreffenden Kartei. Alte Männer gälten als originell, alte Frauen als nörgelnde Hausdrachen, die nur in der Kneipe erschienen, um ihre Männer nach Haus zu holen. Würden die Frauen mehr rauchen und trinken, würden sie weniger nörgeln, und vor allem würden sie dann mit der gleichen Geschwindigkeit sterben wie die Männer. Im übrigen sei ich gesund, bestenfalls gestreßt. Ob ich Ärger zu Hause hätte? Oder zuviel Arbeit im Verlag? Konkurrenzdruck womöglich?

Ich schüttelte den Kopf. Nichts dergleichen. Was sollte ich ihm auch erzählen? Daß Maries erster Liebhaber mein Sohn, dafür aber Marie nicht meine Tochter sei? Er würde mich an einen Psychologen überweisen, womöglich an einen Psychiater. So weit war ich noch nicht.

»Ich schreib' dich für eine Woche krank«, sagte er. »Vegetative Dystonie. Entspann dich. Lies was Schönes. Geh spazieren. Joggen wäre nicht schlecht. Meinetwegen auch Tennis. Aber überschätz dich nicht.«

***

»Wo bleiben die denn? Wo bleiben die denn bloß?« jammert Heinz Gellermann beim Frühstück im Hotel und sieht immer wieder auf die Uhr, aber seine Panik ist ganz unbegründet, weil der italienische Toningenieur Romeo und sein Assistent Luigi mit nur halbstündiger Verspätung eintreffen.

Und da auch das Flugzeug aus Rom, mit dem unser Testimonial Britta Thalheim einfliegt, mit landesüblicher Verspätung gelandet ist, müssen wir sowieso warten. Die Thalheim, laut Gellermann »ein absoluter Weltstar«, hat sich per Taxi ins Hotel chauffieren lassen und bereitet sich in ihrem Zimmer nun schon eine geschlagene Stunde auf die Weiterfahrt nach Santa Teresa vor, wofür man, so Gellermann generös, selbstverständlich Verständnis aufbringen müsse. Schließlich erscheint sie in der Lobby, ausgerüstet wie für eine Safari durch Zentralafrika: tropenhelmartiger Strohhut auf der blond und gekonnt wildwallenden Mähne, Khakihemd mit Achselklappen und Taschen auf der bedeutenden Brust, Khakihose, hohe Schnürstiefel. Zwei Hotelangestellte schleppen vier Koffer, sie selbst trägt eine Wildledertasche mit Fransen über der Schulter und reicht allen huldvoll die Hand. Lila Fingernägel.

In ihrem klapprigen Fiat-Kleinbus fahren Romeo und Luigi als inselkundige Führer voraus, wir folgen mit dem Mercedes. Ich am Steuer, neben mir Pit, hinter uns Frank Struck, Jens-Uwe und Vera, auf der zweiten Bank die Thalheim, dekorativ gerahmt von Klocke und Gellermann, der in Glückseligkeit schwimmt, seinem »absoluten Weltstar« so nah sein zu dürfen. Für die Landschaft, auf deren Schönheiten sich meine Passagiere gegenseitig begeistert aufmerksam machen, kann ich keinen Blick riskieren, weil Romeo und Luigi ein abenteuerliches Tempo vorlegen. Sie kennen offenbar jede Kurve und jede schmale Ortsdurchfahrt, und als sich die Straße in scharfen Serpentinen durch bergiges Gelände windet, kann ich kaum noch folgen. Rechts der Abgrund, manchmal blau blinkende Buchten, von links vorne Gegenverkehr und steil aufragende Felswände. Die Lenkung ist so schwergängig, daß mir die Arme schmerzen, und die Bremse faßt erst, wenn ich sie bis auf die Bodenplatte durchtrete. Alle Seitenfenster sind heruntergekurbelt, aber der Fahrtwind bringt wenig Kühlung. Unter der Sonnenbrille läuft mir Schweiß in die Augen, mein T-Shirt klebt an der Rückenlehne, durchgeschwitzt, wie durch Wasser gezogen. In einer Ortsdurchfahrt, in der die Häuserfronten schattig bis an den Rand der Fahrbahn reichen, steht nach einer scharfen Linkskurve im grellstürzenden Sonnenlicht plötzlich ein Kind auf der Straße. Mitten auf der Straße. Wie aus dem Boden geschossen. Ich trete auf die Bremse, reiße das Lenkrad nach rechts, etwas schlägt mir ins Genick, der Wagen schleudert auf Armlänge an dem Kind vorbei, dreht sich um die eigene Achse, steht. Für ein paar Sekunden Totenstille. Dann stößt die Thalheim mehrere unartikulierte, spitze Schreie aus. Gepäckstücke sind durchs Wageninnere geflogen. Was mich im Genick getroffen hat, ist die Handtasche der Thalheim.

Wir steigen aus. Meine Knie weich wie Butter, meine Hände zittern, der Atem geht flach und schnell. Indem ich mehrmals tief durchatme, legt sich der leichte Schock. Das Kind, ein vier- bis fünfjähriges Mädchen, steht immer noch mitten auf der Straße und starrt uns mit großen Augen an. Eine Frau kommt lamentierend und gestikulierend aus dem letzten Haus, läuft auf das Kind zu, packt es am Arm und zieht es zeternd hinter sich her. Das Kind beginnt zu heulen. Dann ist alles still. Nur die Zikaden kreischen schrill in den Olivenbäumen. Die Sonne steht im Zenit.

»Gut gemacht«, sagt Pit und klopft mir auf die Schulter.

Die Thalheim verlangt nach Wasser. Klocke holt den Kühlcontainer, Gellermann reicht seinem Weltstar demutsvoll einen Pappbecher mit Mineralwasser.

»Das war knapp«, sagt Frank Struck. »Kann's weitergehen?«

Und dann kommt Vera auf mich zu. Unter ihrer leichten Bräune ist sie weiß wie die gekalkten Mauerwände der Häuser. Sie stellt sich auf die Zehenspitzen, haucht mir einen Kuß auf die Lippen und sagt: »Danke.« Ich stehe ganz starr, blicke ihr in die grünblauen Augen, rieche herbes Parfüm, vermischt mit Schweiß, sie erwidert meinen Blick, für den Bruchteil einer Sekunde nur. Dies Wort hat schon einmal eine zu mir gesagt, genau so leise, so tonlos fast. Dann dreht Vera sich abrupt um, als wollte sie meine Erinnerung unterbrechen und nicht für eine gehalten werden, die sie nicht ist, und geht mit leichten Schritten aufs Auto zu.

»Okidoki«, sagt Jens-Uwe und klettert in den Bus. »Also *andiamo.*«

»Soll ich dich als Fahrer ablösen?« bietet Pit an, aber ich schüttele mit dem Kopf.

»Kurt ist jetzt unser Held«, sagt Jens-Uwe. Struck lacht scheppernd.

»Laßt den Quatsch«, sage ich, und als ich beim Anfahren in den Rückspiegel schaue, sehe ich noch einmal tief in diese grünblauen Augen. Grünblau wie das Meer, das von fern durch die Olivenbäume blinkt.

***

»Ich bin's!« rief Trudi, als könnte sie eine andere sein, ließ die Haustür ins Schloß knallen und wunderte sich natürlich, daß ich zu Haus war. »Hast du etwa Urlaub?«

»Nee, Kleinschmidt hat mich krank geschrieben. Du hast mir doch gestern selbst empfohlen, zum Arzt zu gehen.«

»Krank? Was hast du denn?« Sie klang besorgt.

»Vegetative Dystonie.«

»Und was soll das sein?«

»Keine Ahnung.«

Sie ging ins Wohnzimmer, kam mit dem zerfledderten Fremdwörterlexikon zurück und blätterte. »Distorsion, Distribution …«

»Mit y«, sagte ich.

»Ach so. Klar, hier. Störung des normalen Spannungszustands der Muskeln und Gefäße.«

»So ist es«, sagte ich. »Bin total verspannt. Nacken, Schultern. Du könntest mich ruhig mal wieder massieren.«

Sie blätterte weiter. »Vegetativ. Pflanzlich, ungeschlechtlich. Du hast 'nen ungeschlechtlichen Spannungszustand?« Sie kicherte. »Sind das etwa die männlichen Wechseljahre?«

»So drollig finde ich das nun auch wieder nicht«, sagte ich.

»Na gut«, sagte sie, »dann hier, unter zwotens: dem Willen nicht unterliegend, das müßte es sein.«

Ich nickte ihr zu, bemühte mich um einen leidenden Gesichtsausdruck, geriet aber dabei ins Grinsen.

»Du hast also das, was wir in der Schule Faulfieber nennen.«

»Ganz so kraß würd ich's nicht ausdrücken«, sagte ich. »Nenn es einfach Streß.«

»Dann dürfte ich ja eigentlich überhaupt nicht mehr zur Schule gehen«, lachte sie. »Da ist immer Streß. Kannst du wenigstens noch Gurken und Tomaten schneiden?« Sie drückte mir ein Messer in die Hand. »Gleich kommt Marie aus der Schule. Und die hat Kohldampf.«

Während ich unbeholfen schnippelte und sägte, stand Trudi mit dem Rücken zu mir an der Spüle und wusch Salat.

»Hör mal«, sagte ich, »was ich da gestern gesagt hab', das mit diesem Neugebauer, das war wirklich nicht so …«

»Ist schon gut«, sagte sie, »schon vergessen.«

»Nein, es stimmt. Dies Arschloch hat unser Auto gerammt.«

Sie drehte sich langsam, wie in Zeitlupe, zu mir um. »Doch nicht … Peter Neugebauer?«

»Genau der«, sagte ich.

»Zufälle gibt's …«, sagte sie und wusch weiter Salat. Wir schwiegen. Der Kühlschrank summte. Die Uhr tickte. Trudi schaltete das Radio an. Ein Streichkonzert. »Und?« sagte sie dann sehr ruhig. »Hast du mit ihm gesprochen?«

»Am Telefon.«

»Dann ist ja alles in Ordnung«, sagte sie und schüttete die Salatblätter auf ein Küchenhandtuch. Die Streicher steigerten sich sehr *forte.*

»Hoffentlich«, sagte ich, und dann, so beiläufig, daß es kalkuliert klingen mußte: »Hast du eigentlich mit dem noch mal …, ich meine, hast du den später noch mal gesehen?«

Sie sah mich kopfschüttelnd an, während die Streicher einer Klimax entgegenfidelten. »Kurt, was soll das Theater? Den hab' ich seit mindestens fünfzehn Jahren nicht mehr …«

»Huhu! Ich bin's!« unterbrach Marie sie, und die Haustür knallte ins Schloß. Mutter und Tochter waren miteinander verwandt. Zumindest das stand einwandfrei fest.

***

»Das Licht«, sagt Pit. »Unglaublich. Wie das auf dem Wasser liegt. Guck doch mal, Kurt. Als ob das Meer Augen hat.«

Ich nicke müde vor mich hin. Für die Schönheiten solcher Reflexe bin ich jetzt zu erschöpft. Nach fast fünf Stunden am Steuer sind wir verschwitzt, durstig und wie gerädert am Hotel *Mare Lucia* angekommen, das an der Straße oberhalb des Hafens liegt. Gleich nach dem Einchecken sind Klocke, Struck und Vera in den Ort gegangen, um sich mit dem Tourismus-Manager zu treffen, der die Statisten angeheuert hat. Gellermann, der im nächsten Leben vermutlich als Kammerzofe der Thalheim zur Welt kommen wird, kümmert sich mit aufopferungsvoller Begeisterung um die Wünsche der Diva. Da sie sich beschwert hat, daß es in ihrem Zimmer keine Klimaanlage gibt, bin ich vorhin mit Gellermann in einen Supermarkt am Ortsausgang gefahren, wo er zwei große Stand- und einen kleinen Tischventilator gekauft und diese dann seinem Star zu Füßen gelegt hat. Schleppen mußte ich sie aber.

Und nun sitzen wir drei vom *KreaTiV-Team* mit Romeo und Luigi vor dem Hafencafé von Santa Teresa di Gallura, trinken Espresso und Wasser, starren aufs Meer, in den glühenden Sonnenuntergang, und warten auf das Fährschiff aus Korsika. Denn genau dies Café, dieser kleine Hafen mit den Segelyachten im Windschatten der Mole und das Fährschiff werden morgen und übermorgen unsere Location sein. Storyboards und Scripts sehen vor, daß Britta Thalheim auf dem Soziussitz einer Vespa, chauffiert von einem jungen Italiener, in letzter Sekunde vor Abfahrt der Fähre den Kai erreichen soll. Die Gangway soll bereits hochgezogen werden, als der Kapitän der Fähre die herrliche deutsche Frau erblickt, die ihm so zuwinken wird, daß man im *Close Up* ihre tadellos schweißfreien Achseln zu erkennen hat. Die Gangway wird sich wieder auf den Kai senken, die Thalheim an Bord gehen und an der Reling des ablegenden Schiffs ein letztes, dank *Everfresh* schweißfreies Winkewinke mimen. Und dann wird die Fähre Kurs auf den Sonnenball nehmen, der am Horizont den Meeresspiegel küßt.

Romeo, der zwei Jahre in Deutschland gearbeitet hat und recht, schlecht und charmant radebrecht, findet alles »erst-ä-klassigg-ä« und sieht rein tonmäßig »null Problemä«. Sein Assistent Luigi, der auch als Vespachauffeur auftreten soll, kann sein Glück gar nicht fassen, nunmehr Filmkarriere zu machen, und stößt in unregelmäßigen Abständen Superlative wie »bellissimo«, »fantastico« beziehungsweise »incredibile« aus.

Pit absolviert Trockenübungen, indem er mit Daumen und Zeigefinger beider Hände immer neue Kameraeinstellungen simuliert und dabei prosaische Hymnen auf das Licht ausbringt. Jens-Uwe nickt mit seinen gewohnten Okidokis zufrieden ab und macht sogar, was er noch nie gemacht hat, auf einem Stück Papier Skizzen und Notizen.

Dann läuft die Fähre ein, legt an, Autos rumpeln über die Rampe aus Stahlblech auf den Kai, Passagiere steigen die Gangway herunter.

»Viel zu spät«, sagt Pit. »Bevor die wieder ablegt, ist es dunkel.«

»Is-ä verspätä nur ein ora, ein Stundä«, nickt Romeo. »Is-ä totale normalä.«

»Das kann ja heiter werden«, sagt Pit.

»Nicht unser Problem«, sagt Jens-Uwe. »Mit der Reederei hat *CSN* verhandelt. Die Reederei kriegt ein paar tausend Mark, wenn die Fähre morgen und übermorgen rechtzeitig kommt.«

»Dann werdä *la nave,* wie sagt man? die Boot-ä kommen schon morgens und noch mehr kassierä ab.«

»Die wollen sogar für morgen und übermorgen einen besonders gutaussehenden Kapitän abstellen.«

»Wahrscheinlich navigiert der Reeder persönlich«, sagt Pit. »Dann erleben wir auch noch einen Schiffsuntergang.«

»Okidoki«, befindet Jens-Uwe, und wir machen uns auf den Weg ins Hotel.

Hier findet nach dem Essen das Meeting der kompletten Crew statt. Wir sitzen auf einer mit Wein überrankten Terrasse und lassen uns von Creative-Director Frank Struck versichern, daß alles seinen geplanten Gang nehme. Bekanntlich würden die Innenaufnahmen in vierzehn Tagen im Studio gedreht, also die Szenen im Bad, bei denen Britta Thalheim auch das Produkt selbst, die umweltfreundliche Pumpsprayflasche *Everfresh,* lächelnd in Händen halten und den genialen Slogan »*Everfresh* kühlt auch die heißesten Momente« sprechen werde, sowie die gemäß Storyboard einzuschneidenden Packshots als Close Ups und das komplette Lettering.

Hier und jetzt gehe es lediglich um die dramatische Fährenszene. Eine Probe werde morgen früh ab acht Uhr dreißig absolviert, wenn die Vormittagsfähre nach Korsika ablege. Gedreht werde dann am Spätnachmittag mit der Abendfähre. Falls etwas schiefgehen sollte, womit natürlich niemand rechne, habe man übermorgen als Reserve eingeplant. Dann aber müsse und werde »das Ding im Kasten« sein. Noch irgendwelche Fragen? Nicht? Bestens.

Zwischen Gellermann und Klocke sitzt die Thalheim in schulterfreiem dunkelrotem Kleid und fächelt sich mit einer Zeitung Kühlung ins perfekt geschminkte Antlitz. Romeo und Luigi fahren in den Ort. Angeblich wohnt dort eine Tante von Romeo, aber wie er das sagt und dabei das linke Auge zukneift, will er offenbar andeuten, daß die Tante noch sehr jung ist. Pit schlägt vor, noch einmal zum Hafen hinunterzugehen. Je mehr Gefühl man für eine Location habe, desto besser.

»Okidoki.«

»Absolut professionelle Einstellung«, befindet Struck und wendet sich an Vera. »Hab' dir doch gleich gesagt, daß die Jungs Vollprofis sind.«

Und dann sitzen wir zu fünft wieder vor dem Hafencafé, dessen Beleuchtung lange, zitternde Lichtspuren aufs Schwarz des Wassers wirft, bestellen Kaffee, dann Weißwein und Wasser. Im Innenraum spielt eine Jukebox *I'm Not In Love.* Pit fragt sich laut, ob man diese »irren, echt absolut irren« Lichtverhältnisse nicht nutzen und ein paar Zwischenschnitte mit irgendwelchen nächtlichen Szenen einbauen …

»Bei Nacht sieht man nichts«, sagt Struck.

»Man könnte ausleuchten«, sagt Pit.

»Vergiß es«, sagt Struck.

Pit nickt und schweigt. Nach einer Weile sagt er aber: »So was vergess' ich nicht. Wie das Licht sich aufs Wasser legt. Nie im Leben.«

Struck sitzt zwischen mir und Vera, so daß ich ihr Profil nur sehen kann, wenn ich mich zum Aschenbecher vorbeuge oder Wein aus der Karaffe nachschenke. Sie hat einen silbernen markstückgroßen Ring im rechten Ohrläppchen, der glitzert, wenn sie manchmal den Kopf in den Nakken legt und sich die Haare aus der Stirn streicht. Auf ihrer Nase schimmern ein paar Schweißtropfen, wenn sie etwas sagt, blitzen ihre kleinen, sehr weißen Zähne. Es ist, als ob sie Funken sprühte, Signale aussendete, und ich bin die Antenne. Als sie merkt, daß ich sie anschaue, blickt sie in die andere Richtung. Wie Licht und Wasser vermischen sich auch die trockene Hitze, die in matten Schüben aus dem Inselinneren drängt und schweren, süßlichen Blütenduft trägt, mit der salzigen Kühle des Meers. Von irgendwoher streift mich das Gefühl, schon einmal hier gewesen zu sein, diese Düfte schon einmal gerochen, diese Anblicke schon einmal gesehen, diesen wässerigen Samt aus Salz schon einmal auf der Haut gespürt zu haben.

»Hier könnte ich bleiben«, sagt Pit.

»Aber erst, wenn der Spot im Kasten ist«, sagt Jens-Uwe.

»Wir müssen morgen fit sein«, gähnt Struck. »Ich hau' mich hin.«

»Okidoki.«

In meinem Zimmer steht die schwüle Luft, ballt sich wie erhitzte Wattewolken. Das Fenster steht sperrangelweit offen, weist aber nicht aufs Meer, sondern zur Landseite. Die Brise ist eingeschlafen. Ich stelle mich ein paar Minuten unter die kalte Dusche, lege mich nackt aufs Bett, bin müde wie ein Stein. Ein dünner Schweißfilm bildet sich auf Armen und Brust. Das Laken unter meinem Rücken schenkt keine Kühlung. Von der Straße das muntere Knattern einer Vespa. Lichtfinger von Scheinwerfern wischen über die Zimmerdecke. Benzingeruch. Die Müdigkeit plötzlich verflogen, zerstreut wie eine schwere Wolke vor einer Böe. Jetzt bin ich wacher als wach. Irgendwo rumort eine Wasserleitung. Ich ziehe Jeans und T-Shirt an, tappe barfuß über die braunen Fliesenböden des Hotelflurs und setzte mich auf die Brüstung der Terrasse. Hier ist es kühler. Das Meer wie ein unendlicher, feuchter Fächer. Zikaden schrillen metallisch. Das leise Geräusch nackter Füße hinter mir. Ich drehe mich nicht um, weil ich weiß, daß sie es ist. Ihre Hand ganz leicht auf meiner Schulter. Sie setzt sich neben mich, schlingt die Arme um die angewinkelten Knie, stützt den Kopf darauf und sieht mich an.

»Ich konnte nicht einschlafen.«

»Ich auch nicht.«

Sie streicht sich Haarsträhnen aus der Stirn. Das Mondlicht glänzt auf ihrem Haar, auf dem Ohrring, auf ihren Zähnen, schimmert auf ihren Lippen. Unser Aufeinandertreffen ist wie ein Wiedersehen. Der Glanz, den wir sehen und vielleicht selbst verbreiten, ist der Abglanz von Erinnerungen an sehr ferne Orte, an denen wir uns schon einmal hätten begegnet sein können, zu anderen Zeiten. Und an diese fremden Orte und Zeiten erinnern wir uns, indem wir im Augenblick aufgehen.

Ich weiß nicht, ob Du das verstehen wirst. Aber besser kann ich es nicht ausdrücken. Du und ich, wir hatten auch solche Momente. Aber an die Momente mit Dir denke ich nicht, weil sie die Momente dieser Nacht zerstört hätten.

Und vielleicht habe ich doch an Dich gedacht, indem ich versuchte, die Erinnerung an Dich fernzuhalten.

***

Mein Name. Jemand rief aus großer Ferne, aber deutlich meinen Namen. Trudis Stimme.

»Was ist los?«

»Du hast im Schlaf gesprochen.«

»Und deshalb weckst du mich?«

»Du hast gesagt: Ich kann nicht einschlafen.«

»Ich kann nicht einschlafen?«

»Genau. Also hab' ich gedacht, daß du wach bist.«

»Aber ich hab' doch geschlafen.«

»Dann schlaf weiter. Und träum schön.«

XV

Ein Glück sei es, daß es die Canela gebe. Wenn der Stamm am Amazonas nicht existierte, müßte man ihn erfinden. Bei den Canela nämlich hätten die Frauen mehrere Männer gleichzeitig. Diese sorgten gemeinsam für die Kinder, die aus den Liebschaften entsprängen. Diese »teilbare Vaterschaft« sei am Amazonas bis vor wenigen Jahrzehnten gepflegt worden. Mithin sei die eheliche Treue keinesfalls naturgegeben.

So jedenfalls die Autorin des Tageszeitungs-Dossiers, in das ich mich beim Frühstück eingehend vertiefte. Zeit hatte ich als Kranker ja genug, und Kleinschmidt hatte mir sogar Lektüre empfohlen. Allerdings hätte man, um zu diesem Schluß zu kommen, nicht unbedingt bis an den Amazonas reisen müssen. Eine diskrete Umfrage unter hierzulande eingeborenen Frauen hätte genügt. Andererseits waren wir damals für fünfzehn Sekunden *Everfresh* mit zehn Personen und fast fünfzig einheimischen Statisten auf Sardinien an- und aufgetreten – auch das hätte man billiger haben können. Im übrigen waren die evolutionsbiologischen Forschungsergebnisse, die das Dossier preisgab, nicht so ohne weiteres übertragbar. Von gemeinsamer Sorge für Marie beziehungsweise den nach wie vor undeutlichen Curd M. aus München konnte ja keine Rede sein, obwohl Peter Neugebauer meiner beziehungsweise seiner Tochter ein Leben in Saus und Braus auf Ibiza hätte bieten können. TIT TIT. Und das wiederum war eine grauenhafte Vorstellung. Dann doch lieber alles lassen, wie es war, und nicht die Decke der Vergangenheit lüften. Darunter roch es nicht gut. Wenn ich Vera ausfindig machen könnte, würde sich der gordische Knoten vielleicht in Luft auflösen, als Hirngespinst meiner Angst entpuppen, Marie zu verlieren und Trudi dazu.

Fürs erste zurück nach Sardinien. Schreiben hatte Kleinschmidt mir zwar nicht empfohlen, schaden konnte es aber auch nicht. Die schreibend wach gerufene Erinnerung war in der Tat eine Art ungeschlechtlicher Spannungszustand, der womöglich auf homöopathische Weise auch meiner vegetativen Dystonie abhelfen konnte.

***

Weil CSN alle Kosten gegenüber dem Kunden vertreten muß, der in Person Heinz Gellermanns …

***

Momentchen mal. CSN … Aber natürlich! Wenn überhaupt jemand wissen konnte, wie Vera mit Nachnamen geheißen hatte, wie sie jetzt hieß, und wo sie abgeblieben war, dann CSN. Ich griff zum Telefon, wählte die Auskunft, ließ mich verbinden.

»CSN Frankfurt, Zentrale. Mein Name ist Frauke Schröder.«

»Steenken hier, guten Morgen. Ich hätte gern das Personalbüro.«

»Ein Personalbüro haben wir nicht. Wollen Sie mit der Buchhaltung sprechen?«

»Ja, gut.«

»Ich verbinde.« Musik in der Leitung. Windelweichgekochte Beatles, *Here, There and Everywhere* im James-Last-Sound. »Hallo?« eine andere Frauenstimme. »Mit wem wünschen Sie zu sprechen?«

»Mit Vera, beziehungsweise ich suche eine gewisse Vera, die bei Ihnen vor zirka, nein vor genau …«

»Ich verbinde.« Musik ohne Text, schleimiges Gegeige, als hätte man dem Song die Zähne ausgeschlagen, aber ich kannte den Text: *changing my life with a wave of her hand, nobody can deny that there's something there, there, running my hands through her hair …*

»Ja, hallo?« Noch eine Frauenstimme, außer Atem, als wäre die Person zum Telefon gesprintet.

»Ja, ich suche eine gewisse Vera, die früher mal bei CSN …«

»Am Apparat. Mit wem spreche ich denn?«

Am Apparat? Aber das war doch nie im Leben ihre Stimme, obwohl, nach fast zwanzig Jahren … »Mit Kurt, Kurt Steenken aus Hamburg. Aus dem *KreaTiV-Team.*«

»Aha. Und worum handelt es sich?« Ungeduldig, wohl unter Zeitdruck.

»Worum es sich handelt? Also hör mal zu, es handelt sich um die Sache auf Sardinien und um den Brief, den du mir damals geschrieben …«

»Ich glaube, Sie verwechseln mich mit jemandem.« Die Stimme abweisend, kühl.

»Wieso? Du bist doch die Vera von CSN, mit der ich ge…«

»Ich kenne Sie überhaupt nicht. Und außerdem bin ich nicht die Vera, mit der Sie was auch immer gemacht haben, sondern mein Name ist Dorothee Wehran. We e ha er a en.«

»We e ha … Oh, ich verstehe, es handelt sich, entschuldigen Sie bitte, es ist tatsächlich eine Verwechselung. Aber kennen Sie eventuell eine Frau, die mit Vornamen Vera heißt? Hat vor 18 Jahren bei CSN gearbeitet, müßte jetzt so um die Vierzig …«

»Ich arbeite hier erst seit drei Monaten. Und zwar ziemlich hart.«

»Ach so, ja, verstehe. Danke. Wiederhören.«

Und jetzt? Noch einmal die Buchhaltung? Lieber nicht. Der direktere Weg führte wohl doch über Marie. Auch wenn es nicht unbedingt der einfachere Weg sein würde.

Lieber zurück nach Sardinien. Die erste Nacht mit Vera hatte ich wohl hinreichend geschildert. Trudi würde sich die Details schon selber denken. War ja schließlich keine Klosterschülerin.

***

Weil CSN alle Kosten gegenüber dem Kunden vertreten muß, der in Person Heinz Gellermanns unsere Aktivitäten zu kontrollieren hat, sind die CSN-Leute schon fünf Minuten vor der Zeit am Hafen. Die hektische Planübererfüllung müßte gar nicht sein, weil Gellermann so hemmungslos wie hoffnungslos in Britta Thalheim vernarrt ist, daß er Mühe hat, sich selbst zu kontrollieren. Als sie am Set erscheint, folgt er ihr mit einem Garderobenkoffer auf den Fuß. Ein Hinterzimmer des Cafés haben wir als Garderobe für die Thalheim angemietet. Vera wird ihr dort beim Umziehen und Schminken assistieren, wogegen Gellermann nichts einwenden kann, was ihn ersichtlich schmerzt. Im nächsten Leben wird er als Thalheims Leibeigener zur Welt kommen.

Während Pit und ich die beiden Kameras aufbauen, instruieren Jens-Uwe und Struck die Statisten; Romeo fungiert als Dolmetscher. Die rund fünfzig Einheimischen haben am Kai alltägliche Betriebsamkeit zu mimen, und es stellt sich bald heraus, daß dies am besten funktioniert, wenn man sie nicht instruiert, sondern einfach tun läßt, was sie sowieso täten – in Gruppen schwatzen, in der Bar ein- und ausgehen, mit Motorrollern herumknattern, auf den als Requisiten mitgebrachten Koffern und Taschen hocken und aufs Meer sehen. Romeo läuft mit einem Mikrofongalgen durchs Getümmel und nimmt »Atmo« auf. Obwohl es sich nur um eine Probe handelt, läßt Pit die Kamera laufen. Später wird er sich diese Muster ansehen, um für den Ernstfall am Abend gerüstet zu sein.

Es folgt Luigis großer Auftritt, auf den er sich mit größeren Mengen Haargel und einem frischen dunkelblauen T-Shirt vorbereitet hat. Unter strenger Aufsicht und Assistenz Gellermanns setzt sich die Thalheim hinter Luigi auf die Vespa, legt die linke Hand an seine Hüfte und reckt die rechte schon einmal probeweise in die Höhe. Kein Schweiß. Im nächsten Leben wird Gellermann als Vespafahrer zur Welt kommen. Ich schlage die Klappe vor Pits Kamera zusammen, Jens-Uwe brüllt »Kamera läuft«, und Luigi rauscht, die dem noch imaginären Schiff zuwinkende Thalheim hinter sich, im eleganten Bogen von der oberen Zufahrt auf den Kai.

»Okidoki?« fragt Jens-Uwe.

Pit nickt zufrieden. »Proben klappen immer«, sagt er. »Die Katastrophen kommen noch früh genug.«

Es ist jetzt elf Uhr und unerträglich heiß. Meine Hauptaufgabe besteht inzwischen darin, gekühlte Mineralwasserflaschen aus der Bar zu schleppen und an die Crew zu verteilen. Vera hilft dabei. Wir sind nichts als Kollegen, die ihren Job machen. Das Strahlende, das uns in der Nacht umgeben hat, ist von der Sonne weggebrannt. Uns sieht niemand etwas an. Nicht einmal meine Müdigkeit, nicht einmal meine Gier. Nicht einmal ihre Müdigkeit, nicht einmal ihre Gier.

Kundenberater Klocke, der mit einem Fernglas ausgerüstet ist, hat schon vor geraumer Zeit die Vormittagsfähre erspäht. Das Anlegemanöver wird von Pit probeweise gefilmt. Passagiere kommen die Gangway herunter, die Bugklappe senkt sich rasselnd auf den Kai. Zuerst rumpeln zwei Lkws über das Stahlblech, dann folgen die Pkws. Beim Rangieren bleibt ein Fiat auf der Rampe stehen; offenbar hat der Fahrer den Motor abgewürgt. Der dicht folgende Renault knirscht gegen die Stoßstange des Fiats. Wüste Wortwechsel und stummfilmreifes Gestikulieren aus den offenen Wagenfenstern, aber keiner der beiden Fahrer nimmt die Sache so ernst, um auch nur auszusteigen. Beschimpfungen reichen.

***

Ich rief Rechtsanwalt Rubecke an, schilderte ihm das Zusammentreffen meines Wagens mit dem des Peter Neugebauer und dessen empörende Unfallflucht.

Leider, so Rubecke, sei das keineswegs empörend, da ich durch meine straßenverkehrswidrige Parkposition an diesem Unfall zumindest eine Teilschuld trüge. Er schlage vor, sich außergerichtlich und gütlich insofern zu einigen, als Neugebauer seinen und ich meinen Schaden beglichen, und damit sei der Fall erledigt. Da die gegnerische Partei dies bereits vorgeschlagen hätte, müsse ich ihr lediglich mein Einverständnis signalisieren.

»Na schön«, knurrte ich. Gegnerische Partei war ja doch

sehr treffend formuliert. »Jetzt aber noch mal ganz was anderes. Kennen Sie sich im Adoptivrecht aus?«

Das sei nicht eben sein Spezialgebiet. Er empfehle den Kollegen Dr. Vogts. Und wieso denn das eigentlich? Ob ich etwa die Absicht hätte, ein Kind zu adoptieren?

»Nein, das heißt eventuell doch. Meine Tochter, also wissen Sie …«

Meine Tochter? Ob die denn schon so alt sei, daß sie ein Kind adoptieren könne?

»Natürlich nicht. Es ist … das war nur mal so 'ne ganz allgemeine Frage«, log ich mich aus dem Gespräch, nahm Neugebauers Visitenkarte zur Hand und setzte eine E-Mail an die gegnerische Partei ab:

Bin mit Ihrem Vorschlag einverstanden, daß die gegnerischen Parteien ihren jeweiligen Schaden selber tragen.

Zum Kotzen!

Um meine vegetative Dystonie auch im Haushalt produktiv zu nutzen, hatte ich mich bereit erklärt, das Mittagessen vorzubereiten. Da weder Trudi noch Marie irgendwelche konkreten Wünsche geäußert hatten und zu radikaleren Experimenten keine Zeit blieb, setzte ich mit Spaghetti Bolognese auf Nummer Sicher. Dennoch war ich überrascht, daß Marie, kaum die Haustür ins Schloß geknallt und knapp in der Küche angekommen, mich umarmte und »megageil« sagte.

»Die sind zwar *al dente*«, bemerkte ich bescheiden, »aber es sind nur ganz normale Spaghetti. Und die Sauce ist aus dem Glas.«

»Das macht ja nix«, sagte sie, »hab' eh keinen Hunger. Hab' schon Pommes gesnackt.«

»Und warum bist du so aufgedreht?«

»Weil ich nach München fahre. In den Herbstferien. Es hat geklappt!«

»Wie? Was hat geklappt?«

»Die Leute aus der Clique, die das Video gedreht haben. Unsere Filmcrew. Wir treffen uns alle in München und fahren dann zusammen an den Starnberger See. Die Eltern von Curd haben da ein Wochenendhaus.«

»Die Eltern von Curd …«, echote ich ton- und einigermaßen ratlos und rührte in der Tomatensauce herum. »Dieser Curd, das ist doch der, mit dem du … ich meine …«

»Das ist einer aus der Clique. Und sonst gar nix.«

»Na schön«, sagte ich, griff zur Käsereibe und schmirgelte Parmesan vom Stück. »Wie heißt die Familie eigentlich?«

»Mautberg«, sagte Marie.

»Und wissen die, wie du mit Nachnamen heißt?«

»Keine Ahnung.«

»Was ist der Vater von Beruf?«

»Also ehrlich, Papa, ist das jetzt ein Verhör oder was?«

»Natürlich nicht, aber man macht sich doch so seine Gedanken.«

»Der Vater ist Arzt, glaub' ich«, sagte sie versöhnlich.

»Und die Mutter?«

Sie zuckte mit den Schultern. »Keine Ahnung. Hausfrau wahrscheinlich.«

»Und wie heißt sie?«

»Natürlich auch Mautberg.«

»Nein, ich meine mit Vornamen.«

»Woher soll ich wissen, wie die mit Vornamen heißt? Das ist doch total egal.«

»Ist es nicht«, sagte ich, »weil nämlich …«, aber bevor ich

mich aufs dünne Eis der Wahrheit, die vielleicht nur eine fixe Idee war, verirren konnte, rummste die Tür ein weiteres Mal: Trudi ex machina, der Marie sogleich die frohe Botschaft verkündete, mit der sie auch mich überfallen hatte. Mutter und Tochter hatten sich in dieser Angelegenheit offensichtlich mal wieder konspirativ geeinigt.

»Warum weiß ich nichts von diesen Plänen?« maulte ich, als Marie sich nach dem Essen in ihr Zimmer verzogen hatte.

»Jetzt weißt du es ja«, sagte Trudi und stellte die Kaffeemaschine an. »Es stand bislang nicht fest, weil natürlich erst die Eltern gefragt werden mußten, diese Mautbergs. Die werden sogar noch einen Rundbrief an alle Eltern schicken, damit sich niemand Sorgen machen muß. Scheinen sehr geordnete Verhältnisse zu sein.«

»Geordnete Verhältnisse?« grummelte ich. »Ich dachte, Marie hat schon wieder einen neuen Flirt, und mit diesem Münchner Typen läuft nichts mehr. Da geht ja alles drunter und drüber.«

»Ach, du lieber Gott, Kurt, stell dich doch nicht so an. Das ist 'ne Teenager-Clique mit gemeinsamen Interessen. Sei doch froh, daß Marie die Sache gar nicht so ernst nimmt. Und selbst wenn, wäre nichts gegen den Jungen einzuwenden. Arztfamilie, Wochenendhaus am Starnberger See. Ich meine, das klingt wirklich solide.«

»Tja, so was kann ich dir leider nicht bieten«, murrte ich und tat mir dabei selber leid. »Kein Wochenendhaus, keine Winter auf Ibiza, auch keine …«

»Winter auf Ibiza? Wer will denn so was? War keine Rede von. Wir wollten im Herbst ins Elsaß.«

»Herr Neugebauer verbringt die Winter auf Ibiza.«

»Nun fang bloß nicht schon wieder mit dem an.«

»Dieser Sporttycoon schwimmt im Geld. Der könnte euch das alles bieten.«

»Hör auf!«

»Wenn dies Arschloch Maries Vater wäre, dann könnte …«

»Maries Vater? Du hast ja nicht mehr alle Latten am Zaun.«

»Wieso nicht? Wär' doch möglich, jedenfalls rein rechnerisch …«

»Laß es sein, Kurt, laß es jetzt bitte sein!«

»Ich will ja nur wissen, ob du mit diesem Arschloch noch gevögelt hast, nachdem …«

»Du bist das Arschloch. Frag ich dich etwa, was du damals in deiner steilen Karriere als Werbefuzzi getrieben hast? Mit wem du rumgebumst hast auf euren albernen Locations? Island, Sardinien, während ich …«

»Während du mit Neugebauer …«

»Ich weiß Dinge von dir, die sofort als Scheidungsgründe …«

»Scheidungsgründe? Du willst dich scheiden lassen? Von mir? Das ist ja drollig, das ist ja geradezu … Du drohst mir mit Scheidung?!«

Die Tür von Maries Zimmer öffnete sich, und sie rief durch den Flur: »Ihr müßt gar nicht so brüllen. Ich versteh' auch so jedes Wort.«

»Siehste«, knurrte ich.

»Siehste was?« schnappte Trudi.

»Leck mich doch!« Ich knallte den Kaffeebecher so heftig in die Spüle, daß er zerbrach.

»Da kannst du lange drauf warten«, rief sie mir nach, als ich mich ins Arbeitszimmer verzog und die Tür hinter mir zuknallte. Das konnte ich mindestens genauso laut wie meine beiden Weiber zusammen.

Ich starrte aus dem Fenster. Grauer Nieselregen. Hamburger Schmuddel. Nasses Laub in der Einfahrt. Zwei fette Tauben pickten vor sich hin. Dumm und selbstzufrieden. Die mal mit einer Schrotflinte abknallen. Scheidungsgründe? Leere Drohungen. Trudi wußte von gar nichts. Woher denn auch? Von wem denn? Angeblich redete ich manchmal im Schlaf. Ob mir da mal was über die Lippen gekommen war? Auf dem Schreibtisch lag der Reiseprospekt. Wir ins Elsaß. Konnte ja heiter werden. Marie nach München. Vorbei die Zeit, in der wir zu dritt Urlaub gemacht hatten. Marie ging jetzt ihren eigenen Weg; dummerweise kreuzte er sich mit einem allzu verschwiegenen Trampelpfad, den ich vor achtzehn Jahren einmal gegangen war. Zusammen mit Vera. Der Pfad führte ans Meer. Da noch einmal langgehen können, noch einmal diese Nacht erleben. Und Vera hatte also den Jackpot in Form eines Arztes mit Wochenendhaus am Starnberger See geknackt. Wahrscheinlich Schönheitschirurg. Einer dieser smarten Scharlatane mit eigenen Kliniken, denen alternde Frauen auf der Suche nach ewiger Jugend die Bude einrannten. Daß sie heiraten würde, hatte schon damals festgestanden, und daß ich Trudi heiraten würde, eigentlich auch. Vielleicht waren Vera und ich deshalb so frei gewesen, weil wir wußten, daß wir niemals Ansprüche aneinander stellen würden. Wir waren frei und hemmungslos, weil wir gemeinsam keine Vergangenheit und keine Zukunft hatten. Nur die Gegenwart. Diese glühenden Augenblicke.

***

Unter der betäubenden Mittagssonne liegt das Meer, erstarrt wie graues Wellblech. Der Himmel ist weiß vor Dunst und

Hitze, mit einem toten Glanz, als ob die Sonne flüssig geworden sei.

Unter den Statisten hat sich längst lähmende Apathie breitgemacht. Nichts geht und bewegt sich mehr. Klocke, Struck und Gellermann wollen eigentlich noch die Szene auf der Fähre einmal durchproben, aber da legt nun Britta Thalheim ein energisches Veto ein. Genug sei genug – und ihr Make-up eine Schlammwüste. Gellermann reißt augenblicklich das Ruder herum, biegt auf den Kurs seines Stars ein und verkündet die Wiederaufnahme der Proben für siebzehn Uhr. Der Kai leert sich.

Während die Statisten ihrer wohlverdienten Siesta entgegenschlurfen, finden wir uns auf der Hotelterrasse ein, wo uns im Schatten des Weinlaubs Salat, Fisch und Brot serviert werden. Auf den Karaffen kondensiert die Kühle des Weins. Tropfen ziehen träge nach unten, bilden Schlieren und Muster, eine Bilderschrift, die man nur entziffern kann, wenn man jetzt in jenen Halbschlaf versinkt, in dem sich Traum und Wachen ununterscheidbar mischen wie Wasser und Wein. Die Blätter der Olivenbäume glänzen wie metallischer Schaum, bewegen sich in der kaum wahrnehmbaren Brise, lautlos, Algen im Meer. Kaum jemand spricht ein Wort, sogar die Zikaden sind verstummt. Vera beugt sich vor, um zu einer Wasserflasche zu greifen, zeigt mir die schattige Schlucht ihrer Brust, füllt das Glas zur Hälfte, sieht mich grünblau und unergründlich an, füllt das Glas mit Wein auf, trinkt, setzt das Glas ab und streicht sich Haare und ein paar silbrige Schweißperlen aus der Stirn. Meine Blicke folgen ihren Gesten, als wäre ihr Körper ein Magnet und meine Wahrnehmung ein chaotisches Feld aus Eisenspänen, das bei der leisesten Berührung des Magneten unter Spannung gesetzt wird und sich zu einem vorbestimmten Muster ordnet.

Wir achten nicht darauf, ob jemand beobachtet, wie wir uns in einem wortlosen Selbstanschluß gemeinsam vom Tisch erheben, gemeinsam von der Terrasse in den kühleren Strom des Flurs eintauchen, wie ich den Schlüssel aus der Hosentasche fingere, ins Schloß der Zimmertür stoße und drehe, wie die Tür mit einem schnalzenden Laut hinter uns zufällt. Die Sonne siebt durch die Jalousien, das Zimmer ein Bassin von durchsichtigem Halbdunkel, in dessen Mitte das weiße Rechteck des Betts steht, aufragt wie ein Schneeplateau in einem Ozean der Hitze. Wir streifen uns gegenseitig die schweißnassen Sachen von den Körpern, die von dieser Hitze, die wie eine alles beleckende Zunge ist, einem flüssigen Zustand entgegengetrieben werden, fallen auf die Lakenlandschaft und versinken in einem Strudel aus elektrisch geladener Feuchtigkeit, einem Strom, der sich in langen, an- und abschwellenden Windungen vorwärtsschiebt, in heftigen Stößen aufschäumt, um schließlich in weich auslaufenden Wellen an den Stränden unserer Körper zu versickern. Durchs Fenster dringt ein bläulicher und gelber Geruch nach Muscheln und Wein, Öl und Knoblauch, mischt sich mit dem sanften Essigaroma von Schweiß, dem weißen Duft von Sperma, und das metallische Rascheln der Granatäpfel, die draußen in der Brise gegeneinanderstoßen, verbindet sich mit dem satten Seufzen einer Gier, die für einen Moment zur Ruhe gekommen ist und doch nie gestillt werden kann. Während ich in einen Halbschlaf der Erschöpfung falle, streift mich das verführerische Gefühl, diese Frau nicht gewählt zu haben, sondern von etwas gewählt worden zu sein, ohne Widerstand leisten zu können – gewählt, getrieben von etwas, das ich nicht kenne, das sich aber zeigt, indem ich es zulasse.

***

Ob das wirklich so gewesen war? So elegisch und irgendwie auch so kitschig? Ob aus dieser durchgefickten Siesta tatsächlich der erste Liebhaber Maries hervorgegangen sein sollte? Ein Kind der hirnlosen, halbschlafenden Geilheit? Je mehr ich der Sache nachging, desto weniger kam ich ihr auf den Grund, als ob meine Erinnerungen mir etwas vorlogen oder zumindest vordichteten. Vera und ich hatten miteinander gebumst, und zwar ziemlich heftig. Nicht mehr und nicht weniger. Zwar war mir schon damals sonnenklar gewesen, daß ich sie nicht liebte, daß die ganze Affäre nur der Gelegenheit gestohlen war. Frauen verzeihen unsereinem ja manchmal, wenn man gute Gelegenheiten ausnutzt; nur das Auslassen solcher Gelegenheiten verzeihen sie einem nie. Das mußte auch Trudi wissen. Und zwar sehr genau. Mit Neugebauer im Landschulheim. Und vermutlich später immer mal wieder gern, zum Beispiel, als ich auf Sardinien war. Und trotzdem kam es mir jetzt so vor, als ob diese Spontanficks mit Vera irgendwie und irgendwo mit einer anderen, ganz fremden Seite verknüpft gewesen wären und nun, indem ich mich daran erinnerte, wie aus einem Abgrund auftauchten und von jener völligen Fremdheit her durchschimmerten. Diese Verklärung war vielleicht eine Verzerrung, weil ich mit Vera nur diese Erfahrung teilte, weil wir nicht gemeinsam alt wurden und weil sie deshalb für mich immer fünfundzwanzig Jahre jung und bodenlos geil bleiben mußte. Und dann dieser Brief, mit dem sie mir einen Haken ins Gehirn geschraubt hatte, an dem die Erinnerung an sie immer hängenbleiben mußte.

Auch Trudi und ich waren ähnlich heftig ineinander verliebt gewesen, so daß ein einziger Blick genügte, uns augenblicklich nach einem halbwegs ruhigen Plätzchen für einen Quickie umzusehen. Verdammt lang her allerdings. Und vielleicht war gerade dieser glühende Zündpunkt unserer Liebe der Grund dafür, daß ich später erschrak, wenn solche Erfahrungen vom Alltag fadenscheinig gemacht wurden, wenn wir uns über Lappalien stritten – als ob selbst dieser Zündpunkt zur Karikatur, zur vexierten Schrift eines Zustands geworden wäre, der jeder Erklärung oder Beschreibung spottete. Das Leben war eben zynisch, und es war mir fast unmöglich geworden, im Alltag die wahren und deshalb gar nicht so kitschigen Worte der Liebe von früher über die Lippen zu bringen. Offenbar verbarg ich Gefühle, um sie nicht peinlich werden zu lassen, sie nicht der Lächerlichkeit auszusetzen. Ohne Ironie war es mir jedenfalls unmöglich geworden, über meine Liebe zu Trudi zu sprechen. Ich war ja wirklich nicht mehr wild auf ihren Erdbeermund, sondern höchstens noch auf ihre Erdbeermarmelade. Darüber müßte ich mit ihr sprechen, wenn ich ihr diese Aufzeichnungen geben würde. Wenn ich sie ihr denn überhaupt geben würde. Wenn ich …

Das Telefon klingelte, und ich war vor Marie am Hörer.

»Steenken.«

»Ja, hallo, ähm …« Junge männliche Stimme, die sich, offenbar verdutzt, noch einmal versicherte: »Steenken?«

»Ganz recht. Mit wem spreche ich denn?«

»Mit, ähm, na ja … also, könnte ich bitte mal Marie sprechen.«

Hätte Marie nicht bereits neben mir gestanden und durch

nervöse Handbewegungen und gequälte Blicke zur Zimmerdecke darauf aufmerksam gemacht, daß dieser Anruf ausschließlich ihr gelten konnte, hätte ich auf einer Namensnennung des Anrufers bestanden. Dessen Stimme kam mir nämlich sehr bekannt vor. Es war die Stimme, die sich gemeldet hatte, als ich die vom Display abgelesene Nummer ohne Vorwahl angerufen hatte. Maries Münchner Curd mit dem Knopf im Ohr war das also schon mal nicht. Ich kannte die Stimme, aber ich wußte nicht, woher. Und seltsamerweise hatte ich auch das Gefühl, als würde die Person, zu der diese Stimme gehörte, mich kennen.

Marie flötete etwas wie »hallo, ja … hi hi, ja, mein Alter« und verschwand, das Telefon wie die Hand eines anderen ans Ohr gedrückt, in ihrem Zimmer.

Offensichtlich handelte es sich um ihre Neuerwerbung, und ich fragte mich, ob sie noch einen Beziehungsspagat zwischen Hamburg und München aufführte oder bereits ins Stadium serieller Monogamie übergewechselt war.

XVI

Feuerstein hatte ein Glas Mineralwasser vor sich, paffte eine clintondicke Zigarre und blies mit routinierter Kunstfertigkeit abgezirkelte Rauchringe in Richtung Yvonne.

»Was ist denn jetzt los?« erkundigte ich mich, nachdem ich meinen durchnäßten Trenchcoat an der Garderobe der *Alten Mühle* aufgehängt und Feuerstein die Hand gegeben hatte. »Ich denk', du hast dir das Rauchen abgewöhnt? Und Wasser, hast du mal behauptet, könne man nicht trinken, weil da die Fische reinpinkeln.«

»Ist ja auch nur so 'ne Art Test«, sagte er. »Lisa-Mette hat neulich mal was von irgendeiner Diät aus Nordnorwegen erzählt. Wenn die Männer da nicht mehr so ganz den Anforderungen ihrer Frauen entsprechen können, essen die angeblich zwei Wochen lang nur Knäckebrot und trinken Schneewasser. Das soll dann wie 'ne Rohrreinigung wirken.«

»Sag bloß«, staunte ich, »Knäckebrot also«, und bestellte Kaffee und Cognac, um die herbstliche Nässe und Kälte zumindest innerlich zu vertreiben. Mit dem Altweibersommer war es endgültig vorbei. Draußen brauste der erste Herbststurm durch die Stadt. »Und Zigarren heizen das Rohr auf, oder was?«

»Das wohl nicht«, sagte er und blies mir einen leicht schlingernden Rauchring ins Gesicht, »aber Lisa-Mette fährt voll auf Ærverdighet ab.«

»Auf was?«

»Muß so was Ähnliches wie Ehrwürdigkeit sein. Sie hat das deutsche Wort extra im Lexikon nachgeschlagen.«

»Auf … Ehrwürdigkeit fährt die ab?« War das etwa irgendeine skandinavische Perversion?

»Genau.« Er nickte, sah dabei allerdings eher mißmutig bis verächtlich auf sein Wasserglas hinab. »Ehrwürdigkeit, behauptet sie, wachse mit dem Alter. Alte Häuser strahlten so etwas aus, irgendwelche Stabkirchen in Norwegen, alte Bäume auch. Planen könne man Ehrwürdigkeit nicht, man brauche Geduld. Ein paar vergammelte Säulen auf einem Hügel in Griechenland seien viel beeindruckender als der ganze postmoderne Größenwahn am Potsdamer Platz. Lisa-Mette denkt eben postpostmodern. Ehrwürdig findet sie zum Beispiel das Hamburger Rathaus, aber nicht das Congress Centrum. Das habe irgendwie was mit dem Sieg über die Zeit zu tun. Ehrwürdigkeit sei das Gegenteil von Verfall, nämlich Erfüllung.« Er seufzte ziemlich schwer und nippte pflichtbewußt an seinem Wasser.

»Und du kommst ihr vermutlich besonders ehrwürdig vor, nehme ich an«, sagte ich und winkte Yvonne. »Gib mir mal bitte 'n Glas von dem Côtes du Rhône. Kommst du ihr etwa wie die personifizierte Erfüllung vor? Oder erfüllst du sie mit deinem … na ja, lassen wir das.«

Feuerstein zuckte mit den Schultern, schob die Zigarre im Mund hin und her, paffte dunkle Wolken und sah plötzlich so alt aus, wie er war. Fünfundfünzig schätzungsweise. »Ich erinnere sie an ihren Opa«, murmelte er müde.

»Herzliches Beileid«, sagte ich und sog, von Feuerstein sehnsüchtig bis unerfüllt dabei beobachtet, genüßlich den Rotwein an.

»Im Gegensatz zu diesen furchtbaren Rentnerexistenzen,

die durch Lifting von Nase bis Arsch und auf jugendlich gequälte Klamotten krampfhaft versuchen, jung auszusehen, ist Lisa-Mettes Opa angeblich schon alt gewesen, als er noch jung war.«

»Wie denn das?« fragte ich und steckte mir eine Zigarette an.

»Der sei schon als Dreißigjähriger immer tadellos gekleidet gewesen, vom Hut bis zu den Gamaschen. Im Sommer den Sommerhut auf, im Winter eben den Winterhut.«

»Seit wann trägst du Hüte und Gamaschen?« fragte ich, obwohl mir die Sache insofern einleuchtete, als Feuerstein zwar stets ein chaotisches Lotterleben geführt, dabei jedoch immer eine Art dezente Eleganz an den Tag gelegt hatte. Den Dreitagebart pflegte er täglich, trug fast immer sehr gut sitzende, wenn auch leicht abgetragene Anzüge, allerdings nie mit Krawatte, aus einem Second-Hand-Shop in Eppendorf, wo die Garderobe dennoch doppelt so teuer wie Klamotten von der Kaufhausstange waren, und er war bereits in den frühen achtziger Jahren regelmäßig zum Friseur gegangen. Deshalb wirkte er rein äußerlich wie ein verarmter Adeliger aus dem Baltikum oder wie ein großbürgerlicher russischer Emigrant in Frankreich. Dazu kam jetzt noch stilverstärkend die Zigarre. Nur das Wasser war unpassend, aber das empfand er ganz offensichtlich selbst als schweren Makel, da er das Glas nach jedem Schluck ein paar Zentimeter weiter von sich entfernt absetzte, als wäre es mit einer ansteckenden Krankheit verseucht.

»Ich habe einen Panamahut«, sagte er, »und als ich Lisa-Mette kennengelernt habe, bei einem Spaziergang im Alsterpark, hatte ich den auf.«

»Ach so«, sagte ich, »dann sollte ich mir vielleicht auch mal einen Hut zulegen.«

»So simpel ist das nun auch wieder nicht«, sagte er. »Da könnte ja jeder kommen. Einen gewissen Geistesadel braucht es schon. Ausstrahlung. Meinetwegen Charisma. Das hat laut Lisa-Mette übrigens auch was mit Ehrwürdigkeit zu tun. Ihr Opa habe jedenfalls an seiner Uhrkette immer einen Zigarrenabschneider hängen gehabt. Du weißt schon, so 'ne Guillotine in Miniaturformat. Das regt wahrscheinlich die Phantasie von Frauen mächtig an. Na ja, und was so 'n richtiger, ehrwürdiger Opa ist, der raucht natürlich keine Zigaretten, sondern Zigarren. Opas, die keine Zigarren rauchen, haben irgendwie ihren Beruf verfehlt. Entweder man ist siebzig, oder man ist es nicht.«

»Bist du ja noch gar nicht«, sagte ich. »Laß dich doch von dieser Norwegerin nicht zum Greis machen. Knäckebrot, Uhrketten, Schneewasser. Warum nicht gleich Viagra? Mann, Feuerstein, komm zu dir. Und fang gleich mit 'nem schönen Côtes du Rhône an.«

»Ich könnte es ja mal mit 'ner Weinschorle versuchen«, sagte er zögerlich, »ist ja praktisch Wasser«, und winkte Yvonne. »Trotzdem, jedes Alter hat seine eigene Ehrwürdigkeit. Meinetwegen seine Rolle. Babys müssen Windeln vollkacken. Pubertierende müssen die Welt hassen. Mädchen wie deine Marie müssen sich entjungfern lassen, da hilft nix, und …«

»Moment mal«, sagte ich, »Marie bleibt aus dem Spiel, sonst werd' ich stinkig.«

Er winkte beschwichtigend ab. »Ist doch nur so 'n Beispiel, Kurt. Nicht persönlich gemeint. Ah ja, die Schorle. Halber Kram, aber immerhin. Junge Männer müssen wirre Ideale haben, die sie dann später bereuen. Stichwort Joschka Fischer. Von seiner Vergangenheit kann nur eingeholt werden, wer auch eine hat. Kann' ich dir ein Lied von singen. Weißt du ja selber auch sehr gut. Stichwort Vera oder wie die hieß. Und in unserem Alter muß man eben so alt sein, wie man ist. Kinder haben es eilig, erwachsen zu werden. Wenn sie es sind, bereuen sie diese Eile und sehnen sich in die Kindheit zurück. Wenn aber einer mit, sagen wir mal, so zirka fünfundfünfzig versucht, zwanzig Jahre jünger auszusehen und sich so zu verhalten, dann kann eine mit, sagen wir mal, knapp dreißig für so einen Berufsjugendlichen natürlich keinen Respekt aufbringen.«

»Lisa-Mette«, vermutete ich, »ist knapp dreißig?«

»So zirka«, nickte er und kaute auf dem erloschenen Zigarrenstumpen herum. »Menschen, die nicht alt werden wollen, verkürzen ihr Leben doch nur. Sie haben so lange nach oben geschaut, daß sie sich nicht trauen, nach unten zu schauen, wenn's bergab geht. Das ist so, als wollte man nach der Pause nicht mehr ins Theater zurück, weil man Angst hat, daß das Stück zu Ende geht. Aber das Ende ist nun mal das Entscheidende an einem Drama, Film oder Roman. Je besser die Story, desto gespannter ist man aufs Ende.« Wir schwiegen eine Weile und beobachteten die routinierte Koketterie, mit der Yvonne ihren Tresenjob versah. Heute trug sie einen weitgeschnittenen Pullover, dessen Verhüllungseffekt durch eine extrem körperbetonte Jeans erfreulich kompensiert wurde.

»Woran denkst du?« fragte ich ihn.

»An das gleiche«, sagte er.

»Und deshalb trinkst du Wasser und rauchst Zigarren?«

»Zigarren sind was anderes«, sagte er. »Das ist nicht dies fickerige Suchtrauchen, sondern Genuß. Da spürt man auch viel intensiver, wenn's dem Ende zugeht. Zigaretten sind doch schon geraucht, wenn man den ersten Zug macht. Zigaretten sind pubertär. Zigarrenrauchen ist gewissermaßen 'ne Kunst. Willst du eine?«

Ich schüttelte den Kopf, bestellte aber noch einen Rotwein.

»Apropos Kunst«, sagte er und verschlang das volle Glas, das Yvonne mir vorsetzte, mit einem weniger ehrwürdigen als vielmehr sehnsuchtsvollen Blick, »was macht denn eigentlich deine literarische Vergangenheitsbewältigung? Diese Legitimationsnovelle für Trudi.«

»Schwierig«, seufzte ich.

»Wieso?« Er wurde schlagartig munterer. Die Probleme anderer Leute richteten ihn auf, das kannte ich zur Genüge. Schadenfroh war er zwar nicht, aber offenbar tröstete es ihn, von den Schwierigkeiten anderer zu erfahren. Dann war er mit sich selbst nicht so allein. Und wenn es sich um künstlerische, möglichst literarische Probleme handelte, gab es für ihn kein Halten mehr. Er behauptete, selber so viele zu haben, daß er per gutgemeinter Ratschläge gern davon abgab.

»Weil das, was ich aufschreibe, die Wahrheit ist und trotzdem nicht stimmt. Die ganze Sache war viel simpler. Und zugleich viel komplizierter. Oder sie kommt mir in der Erinnerung komplizierter vor. Indem ich aufschreibe, was war, schreibe ich etwas ganz anderes auf. Im übrigen will ich nur reinen Tisch machen. Meine Familie retten, um's mal dramatisch auszudrücken. Mit Kunst hat das gar nix zu tun.«

Feuerstein strahlte, sah plötzlich mindestens zehn Jahre jünger aus – und bestellte sich ein Glas Côtes du Rhône. »Oh doch«, sagte er und trank bedächtig, »das hat es sehr wohl. Siehst du Yvonne?«

»Logisch, die kann man ja nicht übersehen.«

»Und was siehst du?«

»Einen zu weiten Pullover. Und eine zu enge Hose.«

»Genau«, nickte er eifrig. »Da hast du dein Problem.«

»Wie das?«

»Verbergung«, raunte er feierlich, und wenn seine Stimme derart tremolierte, dann griff er meistens tief in seine unerschöpfliche Zitatenschatulle. »Verbergung und Entblößung im gleichen Moment. Gib mir mal 'ne Zigarette. Und – Yvonne! Ich nehm' dann gleich auch noch ein Glas. Und eins für Kurt auf meinen Deckel, ja?«

»Ich denke, Zigaretten sind pubertär«, sagte ich und hielt ihm die Schachtel hin. »Und was ist mit dem Schneewasser?«

Er zog eine Zigarette heraus, ließ sich von mir Feuer geben, inhalierte tief, ignorierte meine Frage mit einer Handbewegung, als verscheuchte er ein lästiges Insekt. »Ist Nacktheit etwa sexy?«

»Kommt drauf an«, sagte ich. »In unserem Alter wohl weniger.«

»Sexy ist immer nur das, was unsere Phantasie anregt«, sagte er. »Yvonnes Pullover ist sexy. Ihre Hose nicht. Die Kombination ist allerdings interessant.«

»Und was, bitte, hat das mit dem zu tun, was ich aufzuschreiben versuche?«

»Ist doch sonnenklar«, behauptete er. »Du kannst Trudi die Wahrheit nur verklickern, wenn du sie verpackst. Mit anderen Worten mußt du ihr was erzählen, was du direkt, also nackt, nicht aussprechen kannst. Entblößung durch Verbergung eben. Und umgekehrt. Sonst würdest du es nicht aufschreiben. Sonst würde niemand etwas aufschreiben. Sonst gäbe es überhaupt keine Literatur.«

»Die Literatur kann mich mal kreuzweise«, sagte ich. »Die

Sache auf Sardinien, das war 'ne reine Fickgeschichte. Da gab's gar nicht viel zu entblößen.«

»Ist doch mein Reden«, sagte er. »Ohne Sex keine Kunst, weil die erste Materie, an der sich das mimetische Vermögen versucht, der menschliche Körper ist und …«

»Hör bloß auf«, schnitt ich ihm die nun vermutlich schon präpostpostmoderne Theorie ab. »Es ist leider viel primitiver und zugleich viel komplizierter. Ich weiß einfach nicht, wie ich es beschreiben soll. Wenn ich sage: Ich habe mit Vera geschlafen, klingt's total neutral, klinisch, als wollte ich das Entscheidende verschweigen. Wenn ich sage: Wir liebten uns in der Hitze des Nachmittags, klingt's hemmungslos verkitscht, und Trudi wird erst recht eifersüchtig. Wenn ich sage: Wir haben bis zur Erschöpfung gefickt, klingt's pornographisch und also …«

»Und also wird Trudi wahrscheinlich noch eifersüchtiger«, unterbrach er mich grinsend.

»Auf jeden Fall klingt es so, als wäre das Ficken das wichtigste gewesen.«

»Ja und? War's das etwa nicht? Ist es doch immer.« Er nahm einen Schluck Wein und tremolierte wieder. »Man kann nämlich sagen, daß der Mensch konkreter Geschlechtstrieb ist, weil seine Entstehung ein Kopulationsakt war und der Wunsch seiner Wünsche ein Kopulationsakt ist und bleibt, und dieser Trieb allein hält seine ganze Erscheinung zusammen und setzt sie fort.«

»Kann schon sein«, sagte ich, »aber da war noch etwas anderes. Mein Streß mit Trudi, die Situation, die Landschaft, das Klima …«

»Hast du denn noch was anderes von Vera gewollt? Willst du etwa immer noch was von der?«

»Tja«, ich kratzte mich am Hinterkopf und bestellte noch zwei Gläser Wein, »das ist 'ne gute Frage. Ich glaube …«

»Scheiße!« Er zuckte plötzlich zusammen, wurde blaß, drückte die Zigarette aus, senkte den Kopf und hielt sich eine Hand vor die Augen.

»Feuerstein, was ist los?« Mir schossen in Erinnerung an meinen Tennispartner Heiner sofort Horrorszenarien wie Herzinfarkt und Schlaganfall durch den Kopf, und ich legte ihm die Hand auf die Schulter. Heiner auf dem Court, Feuerstein am Tresen. Ehrwürdige Todesarten. »Bist du okay?«

»Da kommt Lisa-Mette«, flüsterte er, »die war im Theater, im Ballett«, winkte mit dem Kopf zum Eingang und schob den überquellenden Aschenbecher, der zwischen uns stand, in meine Richtung. »Yvonne, ein Mineralwasser. Kann ruhig schnell gehen.«

Lisa-Mette, die ich mir nordisch blond und ausladend walkürenhaft gedacht hatte, war zierlich, dunkelhaarig und hatte ein paar Sommersprossen auf den Nasenflügeln. Sie sah sich suchend in der *Alten Mühle* um, entdeckte Feuerstein, der sich nun umständlich, mit vermutlich ehrwürdig gemeinten Gesten, eine Zigarre ansteckte, und kam zu uns an den Tresen.

»Ach, da steckst du ja«, sagte sie sehr hübsch, »god kveld«, was immer das heißen mochte, schlang die Arme um seinen Hals und küßte ihn auf den Mund.

»Ja«, sagte er, »da stecke ich«, nahm demonstrativ einen Schluck Wasser und deutete auf mich. »Das ist mein alter Freund Kurt.«

»Sehr angenehm«, sagte sie artig, lächelte strahlend zahngesund und gab mir ihre schmale Hand.

»Was willst du trinken?« fragte Feuerstein sie.

»Einen Kaffee«, sagte sie. »Einen schönen heißen Kaffee. Ein echtes Sauwedder, kann man so sagen? Unwedder is da draußen.«

»Und wie war das Ballett?« erkundigte sich Feuerstein.

»Eine sehr gude Dabiedung«, lobte sie. »Sehr sehr kroppslig.«

»Sehr was?« fragte ich.

»Körbermäsig?« schlug sie vor.

»Körperbetont«, dolmetschte Feuerstein.

»Körberbedont, ganz so. Sehr sehr erotisk. Schade, daß du nicht mit gewest bist.«

»Tja, tut mir natürlich auch sehr leid«, sagte er, »das Kroppslige hätt' ich schon gern gesehen. Aber ich hatte Kurt versprochen, heute abend hier zu sein. Er schreibt nämlich eine Novelle und brauchte meinen Rat.«

»Eine Novelle!« Sie sah mich begeistert an. »Da sind Sie ja gewiß ein Dikter. Ich liebe die Lidderadur so sehr. Was schreiben Sie denn Schönes in die Novelle?«

»Na ja«, druckste ich und trank aus einem der beiden Gläser, die jetzt vor mir standen, weil Feuerstein mir sein Weinglas zugeschoben hatte. »Es geht um ... ich weiß nicht, wie ich Ihnen das erklären soll.« Wahrscheinlich sah das besonders dichterisch aus – zwei Gläser auf einmal. Vielleicht schon nahezu ehrwürdig. Jedenfalls schien sich Lisa-Mettes Liebe nicht nur auf die Literatur als solche zu beschränken, sondern lebende Dichter einzuschließen, denn sie rückte so dicht an mich heran, daß ihr Busen meine Brust berührte.

»Es geht um die Liebe«, sagte Feuerstein.

Lisa-Mette strahlte mich begeistert an. Vielleicht hätte ich wirklich Dichter werden sollen. Und daß Feuerstein trotz

Knäckebrot- und Schneewasser-Diät von Lisa-Mette beeindruckt war, leuchtete mir heftig ein.

»Extrem körperbetont, der Text«, präzisierte Feuerstein.

»Ich liebe körberbedont«, hauchte Lisa-Mette und sah mir tief in die Augen. »Das ist doch sehr opphisselselig.«

»Das heißt erregend«, sagte Feuerstein. »Das kenn' ich schon.«

»Erregend, ganz recht. In meinem inderdissiblinäre Seminar über Textkörber und Körbertexte besprechen wir gerade, ich bidde ein bißchen Geduld ...« Sie wühlte in ihrer Handtasche herum, holte ein Notizbuch heraus, blätterte, und ich konnte gar nicht den Blick von ihr wenden und dachte plötzlich an die Szene, die Trudi mir gemacht hatte: Scheidungsgründe und so weiter. Die könnte glatt zum Scheidungsgrund werden, dachte ich, als Lisa-Mette nun vorlas, wobei sie leider ihren niedlichen Akzent fast völlig unterdrückte. »Illusionen, Auseinandersetzungen und Sackgassen, denen das Begehren Gelegenheit gibt, das Liebesgefühl in einer Schöpfung, namentlich schriftstellerischer Akt, auszudrükken. Verstehen Sie das?«

»Selbstverständlich«, sagte ich, »beziehungsweise, um ehrlich zu sein ... Feuerstein versteht wahrscheinlich mehr davon.«

»Aber Sie sind doch der leibliche Dikter«, hauchte sie mir ins Gesicht. »Flintestein redet nur so. Hier, das will ich Sie noch sitieren, das ist doch ja so sehr schön. Wissen, daß man nicht für den anderen schreibt, wissen, daß diese Dinge, die ich schreibe, mir nie die Liebe derjenigen eintragen werden, die ich liebe, daß das Schreiben nichts kompensiert, nichts sublimiert, daß es eben da ist, wo du nicht bist, das ist der Anfang ...«

»Entschuldigung«, sagte ich, »das ist wirklich ungemein kroppslig, wenn nicht schon fast bezaubernd, ich könnte stundenlang zuhören, aber ich muß mal eben …«, erhob mich vom Tresen und strebte dem Klo zu.

Als ich mir die Hände wusch und dabei in den Spiegel sah, kam Feuerstein in den Toilettenraum. Er sah mich über die Schulter im Spiegel an und sagte ohne jede Vorrede: »Kannst du mir vielleicht mal so zwei- bis fünfhundert Mark pumpen? Bin im Moment etwas klamm. Schulde auch dem Herrn Klößen noch hundert und Frank Schulz fuffzich und …«

»Schon gut.« Geld hatte er sich immer wieder gern von mir geliehen, und da er es allerdings stets getreulich zurückgezahlt hatte, wenn auch gelegentlich mit monatelanger, in einem Fall sogar jahrelanger Verspätung, hatte ich ihm immer mal wieder ausgeholfen. So griff ich also zum Portemonnaie, zählte meine Barschaft und sagte: »Zweihundertfuffzig maximal.«

»Tusen takk«, sagte er. »Ich hab' im Leben zuviel für Weiber und Alkohol ausgegeben, Kurt. Und den Rest hab' ich einfach verpraßt. Ach so, und noch was.«

»Ja?«

»Hast du Trudi wirklich nie was von dieser Vera erzählt?«

»Natürlich nicht. Ich bin doch nicht wahnsinnig. Der Genießer schweigt. Ich hab's überhaupt niemandem erzählt.«

»Außer mir«, sagte er.

»Da war ich besoffen«, sagte ich. »Und du hast es Trudi ja wohl kaum weitererzählt.«

»Um Gottes willen«, sagte er hastig, machte eine Pause, als dächte er über irgend etwas nach, und brummte dann: »Dumme Sache irgendwie. Wirklich saudumm …«

»Du sagst es.«

»Du wolltest ja angeblich nie was von dieser Vera«, sagte er. »Außer Ficken natürlich. Aber jetzt willst du vielleicht etwas von ihr.«

»Und das wäre?« fragte ich mißtrauisch und rieb die nassen Hände im warmen Strom des Lufttrockners.

»Du sehnst dich nach dir selbst zurück«, sagte er, als er ans Becken trat und seinen Hosenschlitz öffnete. »Nach dieser Zeit, in der du jünger warst und noch alles offen stand. Und du hoffst vielleicht, daß Vera dir diese Zeit zurückgeben kann. Oder zumindest die Erinnerung daran. Weil in der Phantasie, die du von ihr hast, diese Zeit stehengeblieben ist.«

Ich sah noch einmal in den Spiegel und fuhr mir mit dem Kamm durch die schütteren Haare. »Was ich besitze, seh' ich wie im Weiten«, sagte ich etwas abwesend. »Und was verschwand, wird mir zu Wirklichkeiten.«

»So kann man's natürlich auch ausdrücken«, sagte Feuerstein und knöpfte sich die Hose wieder zu.

XVII

Auf der Rückseite des Briefumschlags war die Adresse noch in edlem Understatement aufgedruckt: Werner Mautberg – München. Auf dem Briefbogen prahlte und protzte Veras Gatte dann aber mit allem los, was er aufzubieten hatte: Prof. Dr. med. Dr. h.c. Werner Mautberg. Da ich mich in München kaum auskenne, sagte mir der Straßenname nichts, doch vor meinem inneren Auge erstand sogleich ein von Neureichen und arroganten Schickimickis bewohntes Villenviertel mit tiptop gepflegten Gärten, Dreifachgaragen für den familiären Fuhrpark, videoüberwachten Pforten. Mitzuteilen hatte der honorige Herr Professor im übrigen folgendes:

München, am 1. Oktober 2000

Liebe Eltern!

Wie Ihre Kinder Ihnen sicherlich längst erzählt haben, soll es in den Herbstferien zu einem Wiedersehen einiger Mädchen und Jungen kommen, die sich im Sommer im Feriencamp in Frankreich kennengelernt haben. Insgesamt handelt es sich um vier Mädchen und drei Jungen, darunter mein Sohn Curd.

Meine Frau und ich haben uns bereit erklärt, für dies Treffen unser Sommerhaus am Starnberger See zur Verfügung zu stellen. Es gibt dort vier Schlafzimmer und separate Bäder, so daß Mädchen und Jungen ihre eigenen Bereiche haben werden.

Die Gruppe trifft sich am 12. Oktober bis spätestens

18 Uhr an der oben angegebenen Münchner Adresse. Für den Transfer an den Starnberger See steht dort ein Kleinbus bereit, der die Gruppe am 17. Oktober auch wieder abholen wird.
Verpflegen und bekochen wollen sich die Kinder selbst. Mit den örtlichen Gegebenheiten ist mein Sohn bestens vertraut

Mit freundlichen Grüßen, auch im Namen meiner Frau und meines Sohnes,
Ihr
Prof. Dr. Mautberg
(nach Diktat verreist)

Nach Diktat verreist! Die Sekretärin oder Sprechstundenhilfe, der er das diktiert hatte, konnte ich mir ebenso lebhaft vorstellen wie die protzige Stadtvilla und das Lustschlößchen am Starnberger See. Vier Schlafzimmer, Bäder. Getrennte Bereiche. Und der Sohn natürlich bestens vertraut mit den Gegebenheiten. Der alte Schwerenöter wußte also haargenau, was da abgehen würde. Ob ich vielleicht mal Rechtsanwalt Rubecke anrufen und mich nach den Feinheiten des Kuppelei-Paragraphen erkundigen sollte? Die Sekretärin hatte während des Diktats wahrscheinlich auf dem Schoß des Professors gesessen. Honoris causa und et cetera. Und dann hatte der sich gleich wieder aus dem Staub gemacht. Verreist. Mit der Sekretärin vermutlich. Ob Vera davon wußte? Die wußte wahrscheinlich von nichts. Hockte im goldenen Käfig, während ihr sauberer Gatte mit seiner Sekretärin durch die Welt jettete. Da mal nachhaken. Das war doch ein vielversprechender Anknüpfungspunkt. Von Vera wollte ich nichts. Gar nichts. Von der hatte ich schon damals nichts gewollt. Und sie nicht von mir. Deshalb hatten wir uns ja so gut verstanden. Verstanden war nicht das richtige Wort. Deshalb waren wir uns einig gewesen. Einig, ja. Warum sollte sich daran etwas geändert haben, zumal sie jetzt auch noch die Mutter meines Sohns war? Da mal auf den Busch klopfen. Vera mal besuchen, wenn ihr Mann »nach Diktat verreist« war. Gemeinsam in Erinnerungen schwelgen. Und so weiter. Zumindest hatte ich jetzt die Telefonnummer, fein säuberlich im Briefkopf. Ich griff zum Telefon und wählte.

»Bei Mautberg«, weibliche Stimme.

»Steenken, guten Tag. Spreche ich mit Frau Mautberg?«

»Nein, mein Name ist Deisler«, bayrischer Akzent, »ich bin die Haushälterin. Herr und Frau Mautberg sind verreist.«

»Aha, ach so, na ja. Und wann kann ich Vera beziehungsweise Frau Mautberg, ich meine, wann kommen die wieder?«

»Worum handelt es sich denn?«

»Ich bin der Vater, einer der Väter beziehungsweise Maries, also es handelt sich um das Treffen der, äh Kinder im Oktober. Der Brief, den mir Herr Mautberg …«

»Darüber bin ich informiert«, sagte die Haushälterin. »Herr und Frau Mautberg werden allerdings erst am 12. Oktober zurück sein. Sie befinden sich auf einem internationalen Kongreß in Lissabon.«

»Lissabon …«, echote ich.

»Ganz recht«, sagte Frau Deisler, »allerdings bin ich befugt, Ihnen über sämtliche Dinge Auskunft zu geben, die das Treffen von Curds Freunden betrifft. Wenn Sie einer der Väter sind …«

»Natürlich bin ich einer der Väter. Vielleicht sogar zwei.«

»Wie bitte?«

»Nichts.«

»Sie können Curd aber auch gern selber anrufen. Nachmittags. Jetzt ist er ja noch in der Schule. Unter dieser Nummer. Nur die letzte Ziffer ist nicht die Drei, sondern die Vier. Das ist sein persönlicher Anschluß.«

»Die Vier also«, murmelte ich, »danke. Und auf Wiederhören«, und legte auf.

Sein persönlicher Anschluß. Einen eigenen Telefonanschluß hatte Marie sich schon lange gewünscht, ISDN und so. Kein Wunder, daß sie auf jemanden abfuhr, der einen besaß.

***

»Kamera ab«, ruft Jens-Uwe.

»Kamera läuft«, sagt Pit.

»*Everfresh,* die erste!« rufe ich und knalle die Holzklappe vor Pits Kameralinse zusammen.

Jens-Uwe gestikuliert in Richtung Luigis, der, die Thalheim hinter sich auf der Vespa, im schneidigen Bogen zum Kai hinunterkurvt, dabei aber einem Kind aus der Statistenschar zu nahe kommt, so daß er ausweichen muß und beinah stürzt.

»Aus! Aus!! Aus!!!« schreit Jens-Uwe, und wir drehen die zweite, bei der eine plötzliche Böe vom Wasser der Thalheim die Haare ins Gesicht weht, so daß wir die dritte drehen, mit der Pit unzufrieden ist, weil er angeblich »Fehllicht« von links bekommen haben will, was in der vierten nicht der Fall ist, aber die Thalheim hebt da einen Moment zu spät den Arm mit der schweißfreien Achsel, die in der fünften punktgenau ins Bild kommt, weshalb Pit »zur Sicherheit« nur noch eine sechste einfordert, in der Luigis Bogen zu kurz gerät, worauf er in der siebten einen zu langen Bogen fährt, was aber laut Pit »eh scheißegal« ist, weil die fünfte »diejenige welche« ist, und Jens-Uwe quittiert diese Einschätzung gleich mit einem doppelten Okidoki.

Die Kamera wird an den zweiten, mit Kreide auf dem Pflaster markierten Standort gebracht und hält auf die einlaufende Fähre. Nachdem sie festgemacht hat, die Passagiere und Fahrzeuge aus Korsika von Bord sind, gehen Gellermann, Klocke und Jens-Uwe mit der Thalheim und Romeo als Dolmetscher auf die Brücke. Pit zoomt das Gesicht des Kapitäns in Großaufnahme heran. Die Reederei hat Wort gehalten und für den Spot einem feurig aussehenden Mittdreißiger das Kommando erteilt. Auf dem Kontrollmonitor ist gut zu erkennen, daß er vor eitlen Glücksgefühlen fast aus der weißen Uniform platzt und ölig grinsend auf die Thalheim einredet. Pit hält close up auf Gellermann. Der wird, es ist ihm anzusehen, im nächsten Leben als Fährkapitän der Linie Korsika-Sardinien auf die Welt kommen. Inzwischen sind die Fährgäste an Bord gegangen und die Autos verladen. Die Thalheim kommt in Begleitung Gellermanns über die Gangway auf den Kai zurück, die anderen bleiben an Bord, um den Kapitän zu instruieren. Ich schlage die Klappe. Kamera läuft. Die Fähre legt ab. Der Kapitän erscheint auf der Brücke und mimt überzeugend, daß er nun die auf der Vespa winkende Thalheim zu erblicken hat.

»Das ist ja 'n Profi«, sagt Pit anerkennend. »Volltreffer. Besser kriegen wir das nie hin.«

Die Fähre legt wieder an, die Gangway senkt sich auf den Kai. Ich schlage die Klappe. Kamera läuft. Die Thalheim eilt im wehenden weißen Kleid über die Gangway, stolpert, hält sich aber am Geländer fest, kommt zurück, Klappe, die zweite, Kamera läuft, die Thalheim auf der Gangway, die Thalheim an Bord.

»Paßt, wackelt und hat Luft.« Pit ist zufrieden.

Jens-Uwe erscheint auf der Brücke und brüllt: »Okidoki!«

Gangway hoch, Fähre legt ab, Klappe, Kamera läuft, Fähre nimmt Kurs auf Hafenausfahrt, Thalheim und Kapitän auf Brücke, Thalheim winkt schweißfrei, Kapitän platzt vor Glück, Gellermann läuft vor Eifersucht grün an, Sonnenuntergang wie auf Bestellung, Fähre nimmt Kurs aufs offene Meer, Kielwasser schäumt weiß.

»Licht zum Verlieben«, sagt Pit, »Kamera aus. Ich glaub', wir's haben's im Sack.«

Fähre kommt zurück, erneutes Anlegen, Jens-Uwes einschlägige Jubelschreie von der Brücke, die Statisten auf dem Kai klatschen Beifall, die Thalheim haucht dem Kapitän ein Küßchen auf die Wange, Gellermann kann gar nicht hinsehen, Klocke macht mit den Fingern das V-Zeichen.

An meinem Rücken eine sanfte Berührung. Vera steht hinter mir, und als ich mich zu ihr umdrehe, schiebt sie sich mit den Fingerspitzen die Haare aus der Stirn und lächelt blaugrün. Die Sonne sinkt und wird schon vor dem Horizont vom Dunst verschlungen. Dann dunkelt das Wasser. Aber die kurze Dämmerung sinkt nicht aufs Meer. Aus der kühlen Tiefe, die die Sonne langsam in sich einsaugt, steigt sie empor zum blasser werdenden Himmel.

Wir lassen die gesamte Ausrüstung im Hafencafé stehen, falls morgen nachgedreht werden muß, aber nachdem wir uns im Hotel die Muster angesehen haben, steht fest, daß der Job im Kasten ist. Gellermann ist glücklich: einen Drehtag eingespart. Klocke, Struck und Jens-Uwe lassen sich gratulieren und gratulieren sich gegenseitig. Gellermann ist aber auch unglücklich: einen Tag weniger mit seiner Angebeteten. Das Abendessen auf der Terrasse wird zur Siegesfeier. Champagner fließt, auch für alle anderen Hotelgäste, auf Kosten des *Everfresh*-Etats. Die bislang gedämpfte Musik wird auf Gellermanns Wunsch, wenn nicht Befehl, lauter gedreht. Man beginnt zu tanzen. Romeo fordert Vera auf, Pit eine füllige Engländerin, andere Hotelgäste tanzen ebenfalls, Klocke walzt mit der Kellnerin, und als Adriano Celentano *Una festa sui prati* aus den Lautsprechern röhrt, eilt Gellermann der Thalheim entgegen und stürzt sich mit ihr ins Körpergewimmel. Ich sehe Vera beim Tanzen zu. Ihre schmalen Hüften kreisen, unter dem T-Shirt die Bewegungen ihrer Brüste, ihre Hände auf Romeos Schultern. Sie fängt meinen Blick auf, nickt mir zu, geht nach dem nächsten Musikstück die Treppe hinunter, dem Meer entgegen, und ich folge ihr wie ein Schatten.

Venus steht einsam über der blauschwarzen Fläche. Der Mond steigt höher und schreibt Zeichen auf die Wellen, Liebesbriefe des Lichts. Dann strahlt er eine leuchtende Straße aufs Meer, den nie versiegenden Fluß. Wir gehen nebeneinanderher, ohne uns zu berühren. Der leichte Wind ist satt mit Salbeiduft und Wermut. Der Himmel mit Silberstaub überpudert. Die Milchstraße eine Spermawolke. Die Erde atmet leise, und die Dunkelheit wird dichter.

»Ich werde demnächst heiraten«, sagt sie plötzlich, so sanft wie entschieden.

Der schmale Pfad, dem wir im Mondlicht folgen, wie die Spur einer Schlange.

»Ich bin auch nicht allein«, sage ich. Und indem ich das sage, bist Du bei mir in allem, was folgt. Und ich bin bei Dir. Und werde bei Dir bleiben.

Ein schwankender Vorhang von Schilfrohr öffnet den

Ausblick auf die glitzernde Glashaut des Meeres, den schmalen Streifen hellschimmernden Sandes. Das Aufschäumen der Wellen gegen diese warme Trockenheit.

»Es gibt ein Lied«, sagt sie, als wir nackt voreinander knien, »es geht so: If you can't be with the one you love …«

»Love the one you're with«, sage ich.

»Love the one you're with«, sagt sie.

»Love the one you're with«, sagen wir beide und sagen nichts mehr. Liegen auf der Schwelle zwischen Meer und Land. Die Wellen kommen zu uns, spülen über unsere Körper. Die Wellen sind auch in uns, setzen uns in Bewegung, lassen uns aufschäumen, lassen uns brechen, verebben. Sie hebt ihre Lippen von meinen, flüstert »ich will dir nie wieder begegnen«, und schiebt mir die Zunge wieder in den Mund. Wortlos im Sand, die Augen zu den Sternen. »Versprich mir, daß du mich nie suchen wirst.« Ich nicke mit geschlossenen Augen, ziehe mit der Zunge Linien auf ihre Haut, übers Kinn den Hals entlang, hinweg über die Nachgiebigkeit der Brust, das steil aufgerichtete Zentrum, hinunter über die Ebene des Bauchs, tiefer ins Delta, der Geschmack von Salz und Süße, während die Wellen zu uns kommen, über uns kommen, aus uns kommen und weiter ins Unbekannte ziehen, ein endloser Weg, niemals begonnen, nie beendet. Das Meer durchströmt uns, fließt vorbei und dauert. So lieben wir uns in dieser Nacht. Treu und flüchtig. Nichts als wortlose Lust, und ich bin nicht so eitel, sie für mich allein zu beanspruchen. Ich werde immer danach suchen. Wir lieben, weil wir geliebt werden wollen. Noch einmal. Und nie wieder.

***

»Ja, bidde?« Lisa-Mettes muntere Stimme aus der Gegensprechanlage neben den Haustürklingeln.

»Ja, hallo, Lisa-Mette? Hier ist Kurt, Feuersteins Freund aus der Kneipe, gestern abend, Sie wissen schon …«

»Ja, ah, der Dikter. Guden Dag. Flintestein ist aber nicht da.«

Deswegen bin ich ja hier, dachte ich grinsend, da ich eben in der *Alten Mühle* gehört hatte, daß Feuerstein zu einem Arzttermin gefahren war, und ging sogleich zum Angriff über. »Eigentlich wollte ich auch eher Sie etwas fragen. Wegen dieser Zitate von, na, Sie wissen schon …«

»Aber ja«, sagte sie, »kommen Sie hoch.«

Bei dir immer, dachte ich. Bei Trudi ist das nicht mehr so garantiert. Der Öffner summte, ich drückte die Tür auf und stieg in die dritte Etage. Sie stand in der Wohnungstür, trug eins von Feuersteins edlen Herrenhemden aus zweiter Hand. Der Saum reichte ihr bis knapp übers Knie. Sie gab mir fest die Hand, lächelte sommersprossig, sagte, sie habe sich gerade einen Lindenblütentee gebraut. Ob ich vielleicht ein Täßchen mit ihr …

»Sehr gern, danke.«

Sie führte mich in die Küche. Wir setzten uns, und sie schob mir eine Tasse Tee über den Tisch. Ich hasse Lindenblütentee, trank mit spitzen Lippen einen Schluck, dachte, immer noch besser als Knäckebrot und Schneewasser und sagte: »Köstlich.«

»Und so sehr gesund«, strahlte sie. »Honig dazu?«

»Nein, danke. Und wo ist Feuerstein?«

»Beim Arzt.«

»Was hat er denn?«

»Flintestein hat heute nacht bei, bei …«, sie lächelte verlegen und honigsüß, »na ja, hat etwas gerenkt bei starke Bewegtheit, bei …«

»Verrenkt? Hat sich verrenkt beim …«

»Ja. Verrenkt sich ryggradsskive dabei. Böser Schmerz.«

»Das Rückrat verrenkt?«

»Die Bandseibe, ja, sehr böse Sache.«

»Na schön, ich …«

»Nein, das ist gar nicht schön …«

»Ja, klar. Natürlich ist das nicht schön, wenn man es an der Bandscheibe hat. Im Grunde trifft sich das aber ganz gut, weil ich nämlich Sie etwas fragen wollte. Persönlich sozusagen.« Ich rückte mit dem Küchenhocker dichter an sie heran.

»Ja, bidde sehr doch.«

Ich rückte noch ein Stückchen dichter. »Sie haben mir da gestern was erzählt beziehungsweise vorgelesen, was mir als, tja, als Dichter doch wichtig vorkommt für meine, also für diese Novelle, die ich schreibe.« Noch dichter. Und sie rückte mir entgegen. »Diese Stelle da, die …«

»Hier? An meinem Knie?«

»Nein nein«, sagte ich, ließ die Hand aber liegen. »Ich meine, da war doch irgend etwas mit Kompensation und Sublimation und so weiter. Erinnern Sie sich daran?« Wenn Trudi unbedingt einen Scheidungsgrund brauchte – bitte sehr.

»Ja klar. Daß Dinge, die man schreibt, uns nie die Liebe von denen bringen, die man liebt, daß Schreiben also nichts kompensiert, ja, was machen Sie denn da?« und legte ihre Hand kühl und fest auf meine. »Also nichts sublimiert, daß es ist, wo die andere nicht ist«, folgte mit ihrer Hand meiner, vielleicht schob sie meine Hand sogar höher, »und so geht das ja immer los und …«

»Genau, ja, so ähnlich hatte ich es auch in Erinnerung. So geht es immer los. Das hilft mir sehr. Überhaupt das Körper, äh Körperbetonte. Ich habe natürlich auch so meine Stellen im Kopf und überhaupt …«, und ihre Hand ließ meine gewähren, um sich auf die Suche nach solchen und anderen Stellen zu machen.

»Die Noveller, die Sie schreiben, ist das etwas mit unerhörter Begebenheit? Mit … unerhört … oh, Sie sind sehr stark jetzt, Sie … ja, sehr empfindsam, so körberbetont, kroppslig, so …«

»Es, also ja, die Stelle meinte ich, ja, so körpermäßig, so betont kroppslig … äh, es geht um eine Liebe, die unerhört, nein, die aufhörte und so weiter, ja, aufhörte und so weiter und so …«

»Nicht aufhören jetzt, bidde, ganz so weiter, bidde, ja ja. Liebe, die aufhört, traurig ist das. Sie verliert sich in eine andere Welt, wie ein Raumschiff, das keine Signale mehr sendet. Tief im All, so tief, so so so so …«

»Schneller, es verschwindet immer schneller, im All, oh ja …«

»Ach, wie gut. Der Dikter kann seine Liebesgeschichte nicht selbst zu Ende, noch nicht aufhören, noch nicht, er dichtet nur den Anfang, das Ende gehört den anderen, wie der Tod, so kann ich mitdichten an Ihrem, an Ihrer, am … ach, es kommt, es kommt anders als … ach … ja.«

»Ja, sehr gut. Das war doch eine große … Hilfe für mich. Das bringt mich weiter.«

»Es erfreut mich, wenn ich beitragen kann zu Noveller über Liebe und so weiter. Noch einen Tee?«

»Ach nein, danke, aber geben Sie mir doch bitte mal das Küchenhandtuch, damit ich … So. Ich denke, ich mache mich wieder auf den Weg, bevor Feuer… ich meine … Vielen Dank für den … für die literarischen Tips. Und gute Besserung für Feuerstein.«

Auf der Treppe kam er mir leibhaftig entgegen, unnatürlich aufrecht, als hätte man ihm einen Besenstiel ins Rückgrat gerammt. Bei jeder Treppenstufe verzog er das Gesicht. »Was machst du denn hier?«

»Wollte fragen, ob du Lust auf ein Bier hast«, log ich.

»Lust schon«, stöhnte er, »aber meine Bandscheibe macht das heute nicht mit.«

»Ja, böse Sache«, sagte ich, »hat Lisa-Mette mir eben erzählt.«

»Und sonst? Hat sie dir kroppsliges Knäckebrot angeboten?« Er grinste schmerzverzerrt.

»Nein, nur … Lindenblütentee.«

»Na«, sagte er und schleppte sich an mir vorbei, »dann weißt du ja jetzt Bescheid.«

***

Diese Frau ist wie ein Raumschiff, das längst keine Signale mehr aussendet, im All verschwunden. Und diese Dinge, die ich achtzehn Jahre später schreibe, um Dir zu erklären, wie das damals geschehen konnte – diese Dinge werden mir nicht die Liebe derjenigen erhalten, die ich wirklich liebe: Dich. Aber das Schreiben kompensiert auch nichts, sublimiert nichts, sondern ist da, wo Du nicht bist und wo Du damals nicht warst. Und dennoch warst Du dabei in dieser Geschichte. Von Anfang bis …

***

»Huhu«, rief Marie, »ich bin's«, und ließ zur Bestätigung die Haustür ins Schloß knallen.

»Das hast du von deiner Mutter geerbt«, sagte ich. »Kann man Türen denn nicht leiser zumachen?«

»Okidoki, klar, beim nächsten Mal …«

»Woher hast du das?«

»Von Mama. Hast du doch grad gesagt.« Sie feuerte ihre Schultasche in den Flur.

»Nein, ich meine dies saublöde Okidoki. Woher kennst du …«

»Von dir. Hast du mir doch neulich erzählt, daß ihr das früher gesagt habt. Schrill.«

»Ja, aber ist das denn jetzt wieder angesagt?«

»Nö, glaub' ich nicht. Kennt außer mir ja auch keiner.«

»Doch. Bei mir in der Firma arbeitet ein Praktikant. Und der hat neulich auch okidoki gesagt.«

»Na und?« sagte sie und drehte sich schnell um. Aber nicht schnell genug, als daß ich nicht die leichte Röte bemerkt hätte, die auf ihren Wangen blühte.

Später spielte sie in ihrem Zimmer Klarinette. *Oh, it's a long, long while from May to December,* was gar nicht mehr nach Üben klang, sondern schon fast brillant. Sie hangelte sich nicht mehr von Note zu Note, sie hatte jetzt den Bogen raus. Ich stellte mir vor, daß sie mit geschlossenen Augen dastünde und sich von der Melodie tragen ließ. Der Text spielte für sie keine Rolle, vielleicht kannte sie ihn gar nicht. *When the autumn weather turns the leaves to flame.* Je länger ich lauschte, desto stärker hatte ich das Gefühl, daß sie für mich spielte, mir etwas sagte, was sie anders nicht sagen konnte. *One hasn't got time for the waiting game.* Ich blickte durch die Fenster des Wintergartens auf das Durcheinander auf der

Terrasse, auf umgekippte Gartenstühle, den zusammengefalteten Sonnenschirm, den feuchten Flickenteppich des Laubs in Rot, Gelb und Braun, auf drei gelangweilt pickende, fette Tauben, ihr Gefieder gefleckt wie die Blätter in der blassen Sonne, die immer noch Wärme oder einen Anschein von Wärme verbreitete, aber ganz matt. Und der Hundertwasser hing auch schon wieder trostlos schief.

XVIII

»All diese herrlichen Farben, die das Laub annimmt, wenn das Chlorophyll sich im Herbst zersetzt, wenn die an die Chlorophyll-Moleküle gebundenen Proteine zu Aminosäuren werden, die in Stengel und Wurzel absinken. Genau das geschieht auch mit uns, wenn wir älter werden. Die Proteine zersetzen sich schneller, als sie ersetzt werden können, und dann, weil Proteine ja das wesentliche Element in allen lebenden Zellen sind, beginnt das ganze System auseinanderzufa…«

»Laß es, Günnie, laß es einfach sein«, sagte ich genervt. Wir standen in der Teeküche, rauchten und schauten in die gelichtete Krone der Kastanie. Nach den ersten Nachtfrösten würde sie kahl sein wie meine hohe Stirn.

»Was bist du denn heute so dünnhäutig?« sagte Günnie. »Hast doch gerade erst eine Woche bezahlten Sonderurlaub hinter dir.« Er grinste.

»Ich war krank«, sagte ich entschieden hypochondrisch.

Dennoch beziehungsweise deshalb lachte er. »Vegetative Dystonie? Dazu kann man jedem krankenversicherten Arbeitnehmer nur gratulieren. Du mußt ’n guten Arzt haben. Da geh’ ich nächste Woche auch mal hin. Dann muß ich wenigstens nicht auf die beschissene Didacta. Und du vertrittst mich. Am 12. Oktober geht’s los.«

»Ich fahr’ mit meiner Frau ins Elsaß«, sagte ich, wobei mir einfiel, daß ich die Buchungsbestätigung immer noch nicht erledigt hatte. »Und meine Tochter fährt nach München. Übrigens auch am 12. Oktober. Wo steckt eigentlich unser Praktikant?«

»Daniel? Der ist weg«, sagte Günnie und drückte seine Kippe aus. »Leider. Das war ein patenter Junge. Hätt' ich gern zur Didacta mitgenommen. Aber sein Praktikum ging nur bis Ende September. Der wird garantiert 'n besseren Job finden als wir.«

Das dürfte auch nicht allzu schwer werden, dachte ich, als ich mir die Lesebrille auf die Nase schob und mich wieder an die Redaktion des Arbeitsbuchs *Politik/Mittelstufe* machte – Kapitel *Männer und Frauen in Schule, Familie und Beruf*. Arbeitstext 21 begann schauerlich. »Frauen bekommen Kinder – das ist klar. Kinder haben Väter – auch das ist klar. Mütter und Väter bilden mit ihren Kindern eine Familie. So weit, so gut. Für viele Menschen beginnen an dieser Stelle aber Probleme. Drei Fallbeispiele verdeutlichen …«

Alles war undeutlich, gar nichts war klar, gar nichts war gut, so weit es gekommen war, kommen mußte. Vielleicht sollte ich Vera einen Brief schreiben? Sie würde sich womöglich freuen. Die Adresse war mir ja inzwischen bekannt. Schließlich hatte sie mir damals auch diesen unseligen Brief geschrieben und damit das ganze Elend erst losgetreten. Frauen bekommen Kinder, Kinder haben Väter, Mütter und Väter bilden Familien. Veras Familie wäre ruiniert. Meine Familie desgleichen. Doch lieber alles unter der Decke lassen? Einfach so tun, als wäre nie irgend etwas passiert? Und was, wenn Marie von diesem Curd ein Kind bekäme, von ihrem Halbbruder, und mit dem eine Familie bildete? Am 12. Oktober würde sie nach München fahren. Und Trudi und ich einen Tag später ins Elsaß. Am 12. sollte Vera wieder zu Hause erreichbar sein. Am 12. begann auch die Didacta in

Hannover. Das paßte im Grunde zusammen, zumindest zeitlich. Wie Vera wohl reagieren würde? Alles leugnen? Mich nicht kennen, mir nie im Leben begegnet sein wollen? Oder vielleicht umgekehrt? Noch immer scharf auf mich und froh über willkommene Abwechselung im familiären Liebesleben? Wenn ihr Gatte »nach Diktat verreiste« … Da müßte sich doch etwas arrangieren lassen. Das müßte ihr doch sehr gefallen.

Ich rief das Hotel im Elsaß an, bestätigte unsere Buchung, verschob aber den Anreisetermin auf den 14. Oktober. Dann würde ich Klarheit haben, so oder so. Und Trudi alles erklären. Ihr diesen Text zu lesen geben. Oder eben auch nicht. Man würde ja sehen.

***

Es wird kein Wiedersehen geben. Nie im Leben. Das haben wir uns gegenseitig versichert zwischen Land und Meer, auf der Scheidelinie, auf der Schwelle. Am Morgen vermeiden wir, uns anzusehen. Auf der Fahrt zurück nach Cagliari sitzt sie auf der hinteren Bank zwischen Struck und Klocke. Im Rückspiegel sehe ich manchmal ihre Haare, nie die Augen. Sie hat eine Sonnenbrille auf, sieht aus dem Fenster oder sitzt, den Kopf auf die Schulter gelegt, wie schlafend da. Müde sind alle. So müde wie sie und ich sind nur ich und sie. Im Bus herrscht Hochstimmung über den gelungenen und ungewöhnlich reibungslosen Dreh. Gellermann freut sich schon auf die Studioaufnahmen, bei denen die Thalheim vor einem Badezimmerspiegel die Segnungen von *Everfresh* herbeten wird. Im nächsten Leben wird Gellermann als Badezimmerspiegel zur Welt kommen. Was wird er seiner Frau erzählen?

Vielleicht wird er einfach die Augen schließen und sich vorstellen, seine Frau wäre die Thalheim. Was soll ich Dir erzählen? Nichts. Es gibt nichts zu erzählen. Was gewesen ist, ist zwischen Vera und mir gewesen. Es geht sonst niemanden etwas an. Weder Dich noch den Mann, den Vera heiraten wird.

Die Propellermaschine von Sardinien nach Rom hat so wenig Verspätung, daß die Thalheim ihren Flug nach München in aller Ruhe erreicht, die CSN-Truppe ihren Flug nach Frankfurt knapp erwischt und wir vom *KreaTiV-Team* unseren Flug nach Hamburg in letzter Minute. Der Abschied in der Halle deshalb hektisch, flüchtiges Händeschütteln. Gesagt ist sowieso alles und der Job getan. Pit, Jens-Uwe und ich hasten dem Abflug-Gate entgegen. An der Sperre drehe ich mich noch einmal um. Vera hebt die Hand, aber sie winkt nicht, sondern schiebt sich nur die Haare aus der Stirn.

Während des Flugs von Rom nach Hamburg taste ich in der Brusttasche meines Hemdes nach dem Ring, der ihr gestern nacht am Strand vom Ohr gerutscht ist und den ich eingesteckt habe und behalten werde – als Souvenir an etwas, das nie geschehen ist. Dann falle ich in einen flachen, traumlosen Schlaf, und als wir landen, geht Vera mich nichts mehr an. Nie gesehen, die Frau.

Die Wohnung ist leer. Du bist nicht da. Auch kein Zettel auf dem Küchentisch. Natürlich nicht, Du hast ja erst morgen mit mir gerechnet. Ich dusche alle Düfte Sardiniens von mir ab, lege mich ins Bett, schlafe Erinnerungen fort. Deine Stimme, Deine Hände, Dein Mund wecken mich mitten in der Nacht.

»Schöne Überraschung«, sagst Du, und wir lieben uns sehr.

Warum Du an diesem Abend so spät nach Hause gekommen bist, frage ich Dich nicht. Habe ich Dich auch später nie gefragt. Später in dieser Nacht frage ich Dich aber, ob Du mich heiraten willst.

Und Du sagst ja.

***

Ich löschte die delikate Datei *** von der Festplatte, speicherte sie jedoch auf einer Diskette ab und deponierte sie dort, wo sie hingehörte, im Geheimfach meines Schreibtisches nämlich, legte sie auf den Brief Veras von Anno Zwieback, mit dem sie mich zu permanenter Erinnerung hatte erpressen wollen. Brief und Diskette konnten meinetwegen in der Abgeschiedenheit dieses Giftschranks miteinander treiben, was sie wollten, konnten kopulieren und imaginäre Kinder im Dutzend zeugen. Mich ging das alles nichts mehr an. Hätte ich mich von Feuerstein nicht in die Erinnerung an diese vermutlich völlig folgenlose Affäre jagen lassen, hätte sich der angeblich gordische Knoten über kurz oder lang in Luft aufgelöst, in ein lauwarmes Lüftchen. Erst die Niederschrift hatte die Erinnerung wachgerufen – und mich zu fast paranoiden Verrenkungen verführt. Strafverschärfend kam hinzu, daß ich mir keineswegs mehr sicher war, ob die Sache mit Vera tatsächlich so gelaufen war, wie ich sie beschrieben hatte. Da waren wohl allerlei peinlich erotische Phantasien ungefragt ins Spiel gekommen. Und um das zu überprüfen, stand mein Entschluß fest. Ich würde nach München fahren und Vera mit der ganzen Geschichte konfrontieren; mit der Geschichte, aber auch mit mir höchstpersönlich, um das Nie-Wieder in ein unverhofftes Noch-Einmal zu verwandeln.

Im übrigen hatte wahrscheinlich auch meine Absicht, mich Trudi gegenüber zu legitimieren, die Wahrheit zweifelhaft getrübt. Ich brauchte diese unselige Legitimationsnovelle aber überhaupt nicht, und Trudi brauchte sie schon mal gar nicht. Dieser Text war ein Schmarren, losgetreten von Feuersteins notorischer Unfähigkeit, selber etwas zu Papier zu bringen. Und deshalb und vielleicht auch, weil das Gefummel mit Lisa-Mette mir peinlich nachging, ging ich Feuerstein lieber aus dem Weg. Er würde mich nur erneut zulabern, würde Ideen entwickeln, wie der Text doch noch zu machen, zu retten, zu legitimieren ... Der Affe war tot. Die Kiste war zu.

»Ach, du Armer«, sagte Trudi, als ich beim Abendessen ohne rot zu werden erklärte, daß unsere Fahrt ins Elsaß zu verschieben sei. Zuvor müsse ich nämlich leider, leider für zwei Tage nach Hannover. Auf die drohende Didacta.

»Was'n das?« erkundigte sich Marie.

»Eine Messe, auf der es nur um Schule geht. Schulbuchverlage wie wir, Schreibwaren, Möbel, Informationsstände und so weiter und so weiter.«

»In den Ferien? Ist ja voll kraß!«

»In der Tat. Aber die ersten beiden Tage muß ich unbedingt dabeisein. Mit Autoren sprechen. Lizenzen aushandeln. Der ganze Streß. Mit unserem Chef ist kaum zu rechnen, der liegt auf Gran Canaria in der Hängematte. Und außerdem ist unser Praktikant nicht mehr da, ein gewisser Daniel. Netter Kerl. Der hätte sonst am Messestand aushelfen können.«

Marie starrte mit hochgezogenen Augenbrauen angestrengt in ihre Teetasse.

Trudi legte den Kopf schief. Lächelte sie? »Auf die zwei Tage kommt's nicht an«, befand sie. »Fährst du denn auch am 12. Oktober?«

»Ja. Wieso?«

»Dann kannst du doch bis Hannover mit Marie fahren. Und sie fährt weiter bis München.«

Marie hob den Kopf und sah mich an. »Das wär' schön«, sagte sie. »Ich weiß noch ganz genau, wie du mich zum ersten Mal auf eine Bahnreise mitgenommen hast. Wir beide sind da mal Weihnachten zu Oma und Opa gefahren. Mama kam erst später nach. Ich war noch ganz klein. Und total aufgeregt.«

»Ja«, sagte ich, »ich weiß es auch noch genau. Das war wirklich schön, als du noch so klein warst. Und ganz furchtbar.«

XIX

Sie hatte den knallroten Schneeanzug getragen, den langen, lila Wollschal, gefütterte Stiefel mit bunten Sternchen und die rotgepunktete Wollmütze, die unter dem Kinn wie ein Helm zugeknöpft werden konnte. Den kleinen Koffer hatte sie schon drei Tage vor der Abreise gepackt: ein Bilderbuch zum Angucken, ein Buch, aus dem ich ihr vorlesen sollte, die Lieblingspuppe mit Puppengarderobe, Gummibärchen, Karamelbonbons und ein Trinkpäckchen als Überlebensration, Fotos aus dem Kindergarten, die sie ihren Großeltern zeigen wollte, ein Puzzlespiel, Malstifte und Papier. Bautz, den Teddybär, hatte sie sich unter den Arm geklemmt, und so hatte sie also komplett ausgerüstet neben mir auf dem Bahnsteig gestanden und auf den Zug gewartet, der uns zu meinen Eltern bringen würde. Sie war aufgeregt und etwas zappelig gewesen, weil es ihre allererste Bahnfahrt werden sollte – sonst machten wir solche Reisen mit dem Auto, aber da Trudi erst einen Tag später nachkommen konnte und den Wagen brauchte, wollten Marie und ich mit dem Zug fahren. Warum Trudi damals noch in Hamburg bleiben mußte, wußte ich nicht mehr. Vielleicht hatte ich den wahren Grund nie gewußt? Kurz vor Weihnachten war das jedenfalls gewesen, 1988. Auf dem Bahnsteig hatte es erbärmlich gezogen. Bis der Zug eingelaufen war, hatte ich Marie bereits zweimal das Taschentuch unter die Triefnase gehalten. Und dann war endlich der Zug gekommen und war furchtbar voll gewesen, aber wir hatten Plätze im Großraumwagen reserviert, Maries wegen natürlich Nichtraucher. Sie hatte sich das Bilderbuch angeguckt, gemalt, an ihrem Puzzle herumgepuzzelt, sich von mir im Speisewagen zu einem Kakao einladen lassen und war fasziniert gewesen, daß man in einem Restaurant sitzen und gleichzeitig durch die weite Welt rauschen konnte, hatte sich, zurück an unseren Plätzen, vorlesen lassen und war dabei schließlich eingeschlafen, Bautz im Arm, Daumen im Mund. Ich hatte die Gelegenheit genutzt und mich für eine schnelle Zigarette im Stehen ins nächste Raucherabteil verkrümelt, wo solche Gastsüchtigen immer mit einem wissenden Grinsen empfangen werden. Als ich zurück an meinen Platz komme, sind Marie und der Teddybär verschwunden. Ich frage die Leute, die vor, hinter und neben uns auf der anderen Seite des Gangs sitzen. Achselzucken. Kopfschütteln. Schnarchen. In Richtung des Raucherabteils kann sie nicht verschwunden sein; da wäre ich ihr begegnet. Also haste ich in Gegenrichtung durch den Zug, der jetzt an einem Bahnhof hält. An den Ausgängen ist kein Durchkommen, die Reisenden stauen sich weit in die Waggons zurück. Die Türen werden geöffnet. Um Gottes willen. Wenn Marie da jetzt aussteigt. Oder von irgend jemand zum Aussteigen gezwungen wird. Entführt. Marie ist entführt worden. Mein Herz schlägt bis zum Hals. Hitzewallungen. Ich dränge mich rücksichtslos durch die Aus- und Einsteigenden. Meine Tochter entführt. Mein einziges Kind. Der Zug fährt wieder an. Ich starre auf den Bahnsteig hinaus, der vor meinen Augen wegrutscht, sehe ein Kind, rot gekleidet. Wo ist die Notbremse? Ich haste vorwärts, stoße mit einem Schaffner zusammen. Meine Tochter. Entführt! Notbremse sofort.

Wie alt das Kind sei? fragt der Mann gelassen.

Vier.

Und wie gekleidet?

Roter Schneeanzug.

Im Speisewagen säße ein kleines Mädchen. Allerdings nicht im Schneeanzug, sondern …

Natürlich nicht im Schneeanzug. Den hat sie ja vorhin ausgezogen. Marie sitzt, Bautz im Arm, im Speisewagen. Neben einer älteren Dame. Ließ sich von der aus ihrem Buch vorlesen. Und hatte sich zu einem Kakao einladen lassen.

»Weißt du das noch?« fragte ich Marie, als wir im ICE nach München via Hannover saßen. Draußen ödete die norddeutsche Tiefebene unter Dauerregen.

»Irgendwie schon«, sagte sie, »aber vielleicht nur deshalb, weil du es später so oft erzählt hast.«

»Furchtbar war das.« In der Erinnerung verkrampfte ich immer noch.

»Wieso? Ich war doch gar nicht weg.«

»Doch. Für fünf Minuten warst du weg. Ich dachte, ich hätte dich verloren. Und diese fünf Minuten waren die einsamste und hoffnungsloseste Zeit meines Lebens. Als ob ich tot war. Marie, wenn du wüßtest …«

»Okidoki«, sagte sie. »Die Story kenn' ich ja nun schon. Find' ich aber echt voll süß, daß dich das immer noch so beschäftigt.«

»Und weißt du, was das schlimmste war? Als Opa uns dann am Bahnhof abgeholt hat, hat er gesagt, du seist Mama wie aus dem Gesicht geschnitten.«

»Was war denn da so schlimm dran?«

»Es hat mich gekränkt, daß du angeblich keine Ähnlichkeit mit mir haben solltest. Irgendwie beschäftigt mich das immer noch, weil nämlich …«

»Ich finde aber, daß ich Ähnlichkeit mit dir habe«, sagte

sie, warf mir eine Kußhand zu, klappte den Reiseführer *Wander- und Radtouren rund um den Starnberger See* auf und blätterte darin herum.

»Wollt ihr da etwa wandern?« fragte ich.

»Warum nicht?« sagte sie. »Man kann ja nicht nur den ganzen Tag …« Sie sprach den Satz nicht zu Ende, las.

»Nicht nur was?«

»Rumhängen«, sagte sie, blätterte, las.

Ich schlug den *Spiegel* auf und überflog eine Story, die schon gar nicht mehr der Frage nachging, ob überhaupt, sondern wann das erste geklonte Kind geboren werden würde. »Ich hätte gern ein Kind von der Frau, die ich liebe«, wurde da eine Frau zitiert. Eine Frau? »Die andere Möglichkeit wäre, mich selbst zu klonen.« Die als »experimentierfreudige Lesbe« apostrophierte Durchgeknallte habe außerdem »gut gelaunt« erläutert: »Unsere Tochter wäre ein echtes Wunschkind.« Es war ja wirklich nicht zu fassen.

Über den Rand der Zeitschrift schielte ich zu Marie hinüber. Mein Klon war sie in der Tat nicht. Hatte sie dennoch irgendwelche Ähnlichkeiten mit mir? Die Haarfarbe immerhin. Die etwas zu großen Ohren vielleicht. Sehr allgemein und generös der leptosome Typ. Gewissermaßen als solcher. Schlank, lange Beine. Schon als Kind war sie groß gewesen. Wie sie da neben der netten Dame im Speisewagen gesessen und mir in aller Unschuld zugewunken hatte, als sie mich sah. Hallo Papa, hatte sie gesagt, willst du auch die Geschichte hören? Schon als Baby war sie groß gewesen. Schon als Ungeborene. Im dritten Monat hatte Trudi in keine Hose, keinen Rock, kein Kleid mehr gepaßt, ab dem sechsten Monat nahm sie Tonnenform an. Pünktlich am errechneten Geburtstermin setzen Wehen ein. Wir fahren in die

Klinik, werden aber nach kurzer Untersuchung gleich wieder nach Haus geschickt. Blinder Alarm. Morgens um drei wache ich auf. Trudi liegt nicht neben mir. Sie steht zusammengekrümmt im Badezimmer. Die Fruchtblase ist geplatzt. Ich helfe Trudi ins Auto, sie legt sich auf die Rückbank, ich rase zurück zur Klinik. Als wir die Einfahrt erreichen, stöhnt Trudi, da gehe sie nicht rein. Die hätten uns gestern abgewiesen, seien unfreundlich bis brutal gewesen. Was das heißen solle, da gehe sie nicht rein? frage ich mit krampfhafter Ruhe. Sie wolle in eine andere Klinik, sagt sie, Barmbek zum Beispiel. Die Entbindungsstation habe einen guten Ruf. Nach Barmbek sind es fünfzehn bis zwanzig Minuten, aber sie besteht darauf, und während ich mit Tempo 100 durchs nächtliche Hamburg brettere, stöhnt und wimmert sie vor sich hin. Der Schwester an der Notaufnahme reicht ein einziger Blick, um Trudi umgehend in den Kreißsaal bringen zu lassen, aber weil das Kind so ungewöhnlich groß ist und in einer ungünstigen Position liegt, nützt alles Pressen und Einatmen und Pressen und Drücken und Ausatmen nichts. Die Hebamme der Klinik holt einen Arzt, der Arzt rät zum Kaiserschnitt, Trudi weigert sich, und als ich auf sie einrede, dem Rat des Arztes zu folgen, schreit sie mich zwischen zwei Wehen an, ich solle verschwinden. Die Hebamme nickt mir zu, ich verlasse den Kreißsaal, sitze in einem spartanisch eingerichteten Warteraum, rauche, bin froh, es nicht erleben zu müssen, bin unglücklich, hinausgeworfen zu sein und es nicht erleben zu dürfen. Eine der Neonlampen über mir ist defekt und flackert nervös, gern würde ich jetzt einen Schnaps trinken, zerdrücke die Kippe, rauche die nächste Zigarette, bin überzeugt, daß weder Trudi noch das Kind diese Sache überleben werden, über die mir zuvor romantisches Gesülze von der angeblich schönsten Erfahrung im Leben überhaupt zugetragen worden ist, aber es ist nichts als Blut und Schweiß und Schmerz und Panik und Todesangst und Angst, allein zu sein, wenn alles vorbei ist, und das Neonlicht flattert wie mein Herz, es wäre ein Mädchen geworden, das wissen wir dank Ultraschall, wir hätten es Marie genannt, das haben wir entschieden, aber es wird eine Katastrophe geben, und ich rauche, und das Neonlicht irrlichtert wie mein Puls, und ich kann es nicht ertragen und werde mich umbringen, wenn die Katastrophe geschehen ist, und jetzt kommt eine Schwester in den Raum, der Todesengel, und sagt streng, ich könne das Kind sehen. Ob es tot sei? frage ich tonlos. Unsinn, sagt sie, auch die Mutter sei wohlauf, aber es habe ein paar kleine Komplikationen gegeben, so ein großes Kind, Sauerstoffmangel. Und dann stehe ich vor einem Glaskasten, und da liegt sie drin, bläulich am ganzen Körper, ein verschrumpeltes Etwas, nasse Härchen auf dem Kopf, dreht mir das Gesicht zu, große, weitaufgerissene Augen, bewegt einen Arm, als reckte sie ihn mir entgegen, ich sehe alles verschwommen, weil ich Tränen in den Augen habe, lege eine Handfläche gegen das Glas, wo ihr Arm sich mir nähert, das Glas scheint zu schmelzen, verschwindet für den Bruchteil des Augenblicks, in dem sich unsere Blicke treffen, und so berühren wir uns zum ersten Mal im Leben durch eine Glasscheibe hindurch, und diese Berührung sagt mir mit einer Bestimmtheit, die erst jetzt, da ich mich daran erinnerte, wirklich in mir aufging, daß dies Kind meine Tochter ist. Und mein Herz schlägt ruhiger, mein Puls geht langsamer, ich bekomme wieder Luft und sage leise: Hallo Marie, da bist du ja endlich.

Daß ich auf ihrem Gesicht plötzlich den zerknautschten ersten Blick entdeckte, mit dem sie mich auf dieser Welt begrüßt hatte, konnte sie nicht ahnen, aber sie spürte, daß ich sie anstarrte und klappte den Reiseführer zu. »Ist was?«

»Nein, nein«, sagte ich, »als du geboren wurdest, da habe ich gefürchtet, daß du, also daß wir dich verlieren.«

»Ist ja noch mal gutgegangen«, sagte sie, lächelte mir zu und klappte ihr Buch wieder auf.

»Ja«, sagte ich leise und sah ihr beim Lesen zu, und im ruhigen Rollen des Zugs kamen die Tage und Nächte zurück, in denen sie noch einmal auf der Schwelle gestanden hatte. Ich erinnerte mich an das schwache Sonnenlicht, das zwischen den Möbeln geistert, mit mageren Fingern über den Tisch streicht, über das Grün der Sesselbezüge, und so gleicht das Licht einer, die noch zu müde ist, sich unter den Lebenden zurechtzufinden. Wenn es sich dann, von der Zeit vertrieben, hebt, scheint auf den Fußbodenfliesen ein matt-milchiger Glanz zurückzubleiben, als ob die Strahlen Blut verloren oder die Angst sie ausgewaschen hätten. Die Sonne scheint auch keine Schatten zu werfen, färbt die Stoffe, die Steine, das Papier der Bücher nur dunkler, matter, lockt aus den Dingen keinen Glanz, sondern fällt in sie ein wie in blinde Spiegel. In den Zimmern hängt zäh eine unnatürliche Ruhe und verstärkt das schwere Atmen aus dem Krankenzimmer. Und wenn dann, ängstlich erwartet und furchtbar vertraut, das würgende Husten aus der geöffneten Tür dringt, sich im Flur fängt und tobt, fallen alle Gegensätze und Widersprüche, mit denen wir leben, zu einem verfluchten Stoßgebet zusammen. Der zwischen Behauptung und Selbstaufgabe schwankende Wille des Kindes, das Visionen an der Grenze ihres kleinen Lebens begegnet, schallt als Husten durch die Zimmer, dem Echo einer Erfahrung ähnlich, die wir als Kinder besessen haben; eine Erfahrung, die sich nun in gemeinsamer Sorge zurückmeldet und unsere Wichtigkeiten und Streitereien nichtig macht.

Die Erfahrung des Lebendigseins, der Freude am schlichten Dasein. Die schwindende Distanz zwischen diesem Dasein und dem drohenden Verlöschen prüfen wir Tag und Nacht mit dem Thermometer. Wenn ich das Röhrchen gegen das Licht des Fensters oder den Schein der Lampe hebe, kommt es mir vor, als wäre Maries Leben in dem schmalen Glas eingeschlossen. Meine von beginnender Resignation wie durchlöcherten Ohren saugen in der stumpfen Dunkelheit der Nächte alle Regungen und Laute ein, die das Kind ausfiebert, als ob ich die Krankheit zu einem Handel bewegen könnte, der darin besteht, den kleinen Körper freizugeben und statt dessen in meinem zu wüten. Tagsüber wechseln Trudi und ich uns damit ab, Marie Mut zuzusprechen, obwohl unser Mut längst ganz mürbe geworden ist. Ich sitze dann auf dem Bettrand, halte ihre schmale Hand, die manchmal heiß ist und sich im nächsten Moment eisig anfühlt, streiche ihr über Kopf und Stirn, eigentlich gar nicht tröstend, weil ich nicht mehr weiß, wie ich sie trösten kann, sondern beistehend, um ihr zu versichern, daß die Zeit, die ich sonst nicht für sie aufgebracht habe, nun grenzenlos zur Verfügung steht. Manchmal, wenn unsere Blicke ineinanderschwimmen, ihr glanzloser in meinen besorgten, ergibt sich ein Ausdruck bewußter Teilhabe an der Situation des anderen. Es ist ein Verständnis, wie ich es zwischen Erwachsenem und Kind für unmöglich gehalten habe – zwischen Erwachsenen ist es ohnehin völlig undenkbar: Inseln gegenseitiger Geborgenheit, auf denen wir Rast machen; dort fällt die Niedergeschlagenheit von ihr ab, gesellt sich mir zu und verwandelt sich in Hoffnung. Wenn ich vorschlage, ihr Geschichten vorzulesen, lehnt sie das manchmal ab, als wollte sie von den fremden Bildern und Gedanken nicht gestört werden; oder sie findet eigene Geschichten, die unter ihren fiebrigen Blicken aus den Kalkrissen in der Zimmerdecke rieseln, hört Geschichten im Flügelschlag der Schwalben, die ums Haus jagen, sieht Geschichten in den sanften Hebungen und Senkungen des Lakenlands auf ihrem Körper. Sie liegt so, daß sie aus dem Fenster sehen kann, in dessen linken Flügel ein blaues Laken des Himmels gespannt ist; im rechten Flügel stehen, wie für immer mit den hölzernen Rahmen eingefaßt, die Kronen sehr alter Buchen, die beim geringsten Lufthauch in Bewegung geraten und selbst bei Windstille nicht erstarren. Das, sagt sie einmal, seien ihre Märchenbäume; blicke sie nur lange genug ins Gewirr der Äste und Zweige, dann erschienen dort Figuren und Gestalten, Tiere vor allem, und zwar solche, die sie schon einmal gesehen habe, aber auch solche, von denen sie sich vorher gar nicht habe vorstellen können, daß es sie überhaupt gebe. Wie sie das sagt und dabei mit dem Finger auf die Baumkronen deutet, sehe ich es plötzlich selbst: Aus den Linien und unregelmäßigen Bögen des Astwerks entstehen Wesen, die im eigentlichen Sinn *fabelhaft* sind, leben flüchtig auf unter unseren Blicken und verfallen mit der nächsten Bewegung des Baums wieder zu einem grünen unerschöpflichen Grund. Wenn sie dem Vorschlag zustimmt, eine Geschichte aus Büchern vorzulesen, ist es manchmal so, als wollte sie mir damit einen Gefallen tun, als käme sie mir auf einem Weg entgegen, den sie noch kaum kennt. Manchmal aber, wenn sie selbst darum bittet, werden die Bücher zu Brücken, und mein Lesen und ihr Lauschen verschmelzen mit den Geschichten. Vor allem die Erzählungen und Märchen Astrid Lindgrens ermöglichen es Marie und mir, uns im Medium der Worte an die Hand zu nehmen; dem Kind, weil diese Geschichten ein tiefes Bewußtsein von Kindlichkeit entfalten, ohne kindisch zu werden; mir, weil die bekannten Märchenmuster in der Ausweglosigkeit der Situation in neue Konstellationen eintreten und eine Verflüchtigung der Bedeutungen erzeugen; uns beiden, weil die Geschichten einen Raum öffnen, eine Landschaft, in der alles möglich ist – zuletzt sogar das Gesundwerden. Eine dieser Erzählungen heißt *Das Land der Dämmerung,* und sie handelt von einem kranken Kind, das von einem lustigen Mann mit Zauberkräften aus den Beklemmungen des Krankenzimmers in die Weite seiner Wünsche und Phantasien geführt wird. Das ist keine Geschichte mehr, je weiter wir in sie hineingeraten, sondern die Wirklichkeit meines Kindes und, indem ich die Worte ausspreche, die ich auf dem Papier finde, wird sie auch zu meiner eigenen. So wandern wir durch das Buch, leben zwischen den Zeilen und spüren, wie sich die Endlichkeit unseres Daseins in den Unterbrechungen und Absätzen der Sprache spiegelt. Jedes Satzende ist wie eine Erinnerung des Todes, aber jedes Ende einer Geschichte verspricht auch eine neue. Und als wir endlich *unser* Land der Dämmerung verlassen haben, die Sonne wieder wärmt und der Gedanke an die überstandene Krankheit nur noch ein flüchtiger Schatten unter den Augen Maries ist, bleibt mir die Erinnerung an gemeinsame Lektüre, die wie ein Medikament gewirkt hat, das nicht verschrieben wurde – kaum ein Arzt weiß um seine Kraft, keine Apotheke hält es vor.

Das Buch von Astrid Lindgren stand vielleicht immer noch auf dem Bücherregal in Maries Zimmer, neben dem Poster Kurt Cobains, abgegriffen, zerlesen und mit brüchiger Bindung. Es müßte heute so aussehen, als hätte es eine schwere Krankheit in sich aufgenommen – und meine Angst, Marie zu verlieren.

»Sag mal«, wandte ich mich an Marie, »hast du eigentlich noch das Buch von …«

»Sehr geehrte Fahrgäste«, zerknarzte der Bordlautsprecher meinen Versuch, etwas zu erklären, was ich nie würde erklären können, »in Kürze erreichen wir Hannover Hauptbahnhof. Sie haben dort Anschluß …«

»Tja«, sagte ich, »hier muß ich raus. Kommst du ohne mich klar?«

»Also ehrlich, Papa …«

»Schon gut.« Ich nahm den Trenchcoat vom Haken und hob meinen Koffer aus der Gepäckablage. Für einen Moment spürte ich den Drang, den Koffer aufzumachen, die alberne Maskerade, die ich vorbereitet hatte, zu entlarven, die Vergangenheit auszupacken wie diesen Koffer, ihr in zwei, drei kurzen Sätzen alles zu erklären, ihr zu sagen, daß sie meine Tochter sei, meine, meine, daß aber der Junge, dem sie sich jetzt wieder in die Arme werfen wollte, ihr Bruder sei, doch dann kapitulierte ich erneut vor der Kompliziertheit des gesamten Falls, beugte mich nur zu ihr hinunter, küßte sie auf die Wangen und sagte: »Viel Spaß in München. Paß auf dich auf.«

»Okidoki«, sagte sie.

Der Zug hatte fünf Minuten Aufenthalt. Ich stürzte aus dem Zug, rannte zum Treppenabgang in der Bahnsteigmitte, hastete über die Rolltreppe abwärts und nahm auf der anderen Seite die Rolltreppe aufwärts, rempelte Passanten an, lief bis zur Zugspitze, Wagen 1, Raucher 1. Klasse, stieg ein, suchte nach dem Platz, den ich reserviert hatte, und als ich mich atemlos, mit Schweiß auf der Stirn, auf den Sitz fallen ließ, fuhr der Zug an, fuhr weiter Richtung München, fuhr Vera entgegen, fuhr mit meiner Tochter im hinteren Zugteil meinem Sohn entgegen, fuhr mich mit meiner Vergangenheit im vorderen Zugteil in die Gegenwart. Oder fuhr er längst in die Gegenrichtung?

XX

Kurz vor München öffnete ich den Koffer und nahm die Tarnkleidung heraus, die ich mir vorgestern gekauft hatte: einen schwarzen Wollmantel, einen grauen, breitkrempigen Filzhut und eine verspiegelte Sonnenbrille. Den beigen Trenchcoat rollte ich zusammen und verstaute ihn im Koffer. Dann ging ich auf die Toilette, zog den Mantel an, setzte Hut und Sonnenbrille auf, musterte mich im Spiegel. Schüttelte den Kopf. Grinste mir zu. Ehrwürdig sah ich nicht aus, eher schon mafiotisch. Von weitem jedenfalls würde ich mich selbst nicht wiedererkennen. Und allzu nahe müßte ich Marie nicht kommen. Das kleine Opernglas, das Trudi mir vor ein paar Jahren zu Weihnachten geschenkt, das ich aber nie benutzt hatte, würde mir auch aus der Distanz die Dinge so zeigen, wie sie wirklich waren.

Auf dem Weg zurück an meinen Platz lief ich dem Schaffner in die Arme, der mich mißtrauisch ansah und meinen Fahrausweis zu sehen verlangte, obwohl er ihn bereits kontrolliert und abgestempelt hatte. Ich nahm das als geglückte Generalprobe meines Inkognitos.

Auf dem Bahnsteig stellte ich mich vor einen der Fahrplanaushänge, lauerte aus den Augenwinkeln auf Marie, bis sie die Treppe hinunter war, und folgte ihr dann mit einigem Abstand zum Ausgang. In der Halle warteten sie schon unübersehbar, wenn auch durch die dunklen Brillengläser stark braunstichig gefärbt: zwei Mädchen, wenn man sie denn noch als Mädchen bezeichnen konnte, und Curd, die dunklen Locken tief in der Stirn. Marie stieß spitze Jubellaute aus und lief auf die Gruppe zu, ließ ihre Tasche fallen, umarmte allerdings bemerkenswerterweise zuerst eins der Mädchen, küßte und wurde geküßt, umarmte Curd, aber ich konnte aus meiner Position nicht erkennen, ob und wie die beiden sich küßten, umarmte das zweite Mädchen. Curd hob ihre Tasche auf, Marie hakte sich bei einem der Mädchen unter, und dann strebten sie albernd und plaudernd dem Ausgang entgegen.

Draußen gingen sie feixend über den Parkplatz zu einem roten Golf Cabrio, dessen Verdeck aufgeklappt war. Das war ja mal wieder typisch. Arztsohn. Beziehungsweise eben nicht. Mit so einem Angeberauto bei naßkaltem Herbstwetter offen durch die Stadt kariolen. Unverantwortlich. Marie würde sich den Tod holen. Unter dem Hut und in dem Wollmantel schwitzte ich stark, und erst, als die vier eingestiegen waren und mit quietschenden Reifen vom Parkplatz kurvten, fiel mir auf, daß in München heiterster Sonnenschein bei spätsommerlichen Temperaturen herrschte, weshalb auch niemand so winterlich verpackt wie ich herumlief. Sommerkleider, leichte Jacketts oder T-Shirts, wohin ich auch blickte.

Dergleichen Witterungsverhältnisse segelten vermutlich unter Föhn, und vielleicht fühlte ich Norddeutscher mich deshalb plötzlich matt und abgeschlagen. Nachdem ich mir ein Taxi genommen und die Adresse genannt hatte, überkam mich eine so bleierne Müdigkeit, daß ich auf der Rückbank einschlief und in flache Träume verfiel, die so dicht der Wirklichkeit auflagen, daß sie mir erst später, als alles vorbei war, als Träume dämmerten. Ich träumte nämlich, Vera habe sich von ihrem Mann scheiden lassen und warte seit Jahren in einem Hotel auf einer Mittelmeerinsel auf meinen Besuch, wartete darauf, daß ich ihr den Ohrring zurückbringen würde, den ich damals an mich genommen und dann gleich verloren hatte. Sie saß im verflimmernden Gegenlicht auf der Scheidelinie zwischen Meer und Strand, Wellen schäumten an ihrem Körper empor, und die Handbewegung, mit der sie sich die Haare aus der Stirn wischte, war wie ein Winken, das vorüberziehenden Schiffen galt. Curd, wußte ich im Traum, ohne zu wissen, warum, lebte im Winter bei ihr, im Sommer bei seinem Stiefvater in München, und erst, wenn ich Vera auf ihrer Insel erlöst hätte, würden sie und ich Curd seine wahre Herkunft enthüllen. Trudi und Marie spielten auch eine Rolle, aber bevor der Traum diese Rolle erklärte, weckte mich der Fahrer, sagte, wir hätten die Straße erreicht und fragte nach der Hausnummer. Da ich kein Aufsehen erregen und keinesfalls direkt vor dem Haus vorfahren wollte, stieg ich, noch leicht benommen, an der Straßenecke aus, um mich das letzte Stück zu Fuß anzuschleichen.

Die Straße war linksseitig mit Stadtvillen bebaut, Gründerzeit und Jugendstil, und zwischen den Gebäuden erkannte man tiefe Hintergärten. Auf der rechten Straßenseite befand sich ein kleiner Park. Rentner saßen auf Bänken in den letzten Strahlen der Abendsonne, auf einem Weg wurde Boule gespielt, Hunde tollten über die Rasenflächen und ein paar Jogger kämpften ihren vergeblichen Kampf gegen Gewicht und Alter. Im Süden zogen dunkle Wolken auf, leichter, schwüler Wind kräuselte letztes Laub.

Dann sah ich den VW-Bus. Er parkte auf der linken Seite vor einer weißen Jugendstilvilla mit tief heruntergezogenem Walmdach und einem vorgesetzten Wintergarten mit Blick auf den Park. Ich verkrümelte mich in die Deckung der Büsche und Bäume, bis ich auf Höhe des Hauses war. Zwischen

Trottoir und Parkweg wuchsen einige dichte Rhododendronbüsche. Ich blieb stehen, sah mich um und schlug mich dann kurzentschlossen in dies Dickicht, wobei mir ein Zweig den Hut vom Kopf wischte und ein anderer mir in die Nase stach. Zwischen dem dichten, fettig glänzenden Blattwerk hatte ich gute Sicht auf Haus und Bus, wenn ich ein paar Zweige beiseite schob. Ich ging in die Hocke, zog das Opernglas aus der Manteltasche und richtete es auf die Haustür. Nichts regte sich dort. Der VW-Bus stand unter einem Ahorn, dessen gelblich lichte Höhen jetzt von allerletzten Sonnenstrahlen verteidigt wurden. Der Gartenzaun zum Nachbarhaus brach fast zusammen unter einem herbstlichen Überfluß wilden Weins, der schon schwammig-gelb war, braungefleckt und, wie ich im Opernglas genau erkennen konnte, in den Blattansätzen grünblau geädert wie alte Hände, die er der Nacktheit einer entlaubten Kirsche entgegenstreckte. Deren Äste, wie auch die schuppige Rinde des Stamms, waren verkrümmt, tot, und die kahlen Äste ermöglichten nur noch dem blaßgelben Baumwürger seinen kurzlebigen Aufstieg. Der Wind hatte zugenommen, fuhr in heftigen Stößen durch die Blätter des Rhododendron, die Sonne war untergegangen oder von den Gewitterwolken verschluckt, aber die Schwüle nahm immer noch zu, und Donner grollte über Häuserdächern und Baumwipfeln. Dumpfer Kopfschmerz nistete hinter Stirn und Schläfen, Knie, Waden und Kreuz schmerzten in meiner verkrampften Hockstellung, aus der ich mich aber nur erlösen konnte, wenn ich mich hinsetzte, und zwar in mehrere Haufen Hundescheiße, in die ich bereits, wie ich jetzt sah und immer deutlicher roch, getreten war.

Plötzlich öffnete sich die Haustür, und da quollen sie dann heraus. Zwei, vier, sechs Teenager. Und Marie. Sie trugen Taschen, Rucksäcke, zusammengerollte Schlafsäcke, verstauten das Gepäck hinter der Heckklappe. Einer der Jungs hantierte mit einer Videokamera herum, schien die Szene zu filmen. Ich richtete das Opernglas auf Curds Gesicht, entdeckte den Ohrring, fixierte die Augenpartie. Der sollte Ähnlichkeit mit mir haben? Nie und nimmer! Er ging auf Marie zu, streckte die Arme nach ihr aus, als wollte er sie umarmen, aber sie tat so, als bemerkte sie die Geste nicht und alberte mit einem der Mädchen herum. Sah so die große Liebe aus? Nun erschien ein Mann in der Haustür und ging die Stufen der Außentreppe hinunter. Ich drehte an der Scharfeinstellung des Glases – der war dem Jungen wie aus dem Gesicht geschnitten, nur grauhaarig, hatte auch eine ähnliche Figur, ähnliche Gestik. Das war Curds Vater, kein Zweifel möglich. Erleichterung überkam mich, vermischte sich mit – ja, was? Enttäuschung? Der Mann setzte sich in den Bus hinters Lenkrad, und in diesem Moment begann es schlagartig und heftig zu regnen. Alle flohen in den Bus, der anfuhr und schneller werdend aus meinem Blickfeld verschwand.

Der Platzregen hatte sich längst Bahnen durchs Blattwerk des Gebüschs gesucht. Da ich den Hut nicht mehr aufhatte, lief mir das Wasser vom Hinterkopf in den Mantelkragen, der Mantel und meine Hosenbeine trieften vor Nässe. Ich nahm den Hut in eine, den Koffer in die andere Hand, arbeitete mich ins Freie, versuchte, mir am Kantstein die Hundescheiße von den Schuhen zu schaben, trat zum gleichen Zweck absichtlich in Pfützen und ging entschlossen, wenn auch mit leicht schwankenden Schritten, aufs Haus zu.

Unter der Türklingel aus Messing der Name in altmodisch verschnörkelter Gravur: *Mautberg.* Ich drückte den Klingelknopf. Sanftes Summen. Nach einigen Sekunden hörte ich, wie sich von innen Schritte näherten. Die Tür wurde geöffnet, eine Frau musterte mich skeptisch, wenn nicht entsetzt und schloß die Tür wieder bis auf einen schmalen Spalt. Vera? Unmöglich. Weder schönheitschirurgische Kunstfehler im Dutzend noch ein komplettes Gebiß der Zeit hätten sie in knapp zwanzig Jahren derart verändern können. Es mußte die Haushälterin sein, mit der ich vor einiger Zeit telefoniert hatte.

»Sie wünschen?« fragte sie durch den Türspalt.

»Guten Tag, meine Name ist Steenken. Ich bin der Vater von Marie, die eben mit dem Bus abgefahren ist.«

Die Tür öffnete sich wieder ein Stück weiter, aber das Mißtrauen wich nicht aus dem Blick der Frau. »Ja dann«, sagte sie zögerlich. »Und was kann ich für Sie tun?«

»Dürfte ich vielleicht für einen Moment hereinkommen?« bat ich. »Es ist sehr dringend.«

Sie öffnete die Tür vollständig, trat einen Schritt beiseite und ließ mich in die Diele. In einem Wandspiegel stand ich mir gegenüber. Hut und Koffer in Händen, triefend vor Nässe – und immer noch die verspiegelte Sonnenbrille auf der Nase. Das Grauen hatte einen Namen: meinen. Übelkeit stieg in mir hoch, Schwäche nebelte mich ein. Hastig setzte ich den Koffer auf den Fußboden, nahm die Sonnenbrille ab und schob sie in die Manteltasche. So konnte ich Vera nicht entgegentreten. So hätte ich mich selbst nicht wiedererkannt.

»Die Toilette ist gleich hier«, sagte die Frau kopfschüttelnd, als hätte sie meine Gedanken gelesen, und deutete auf eine Tür, die von der Diele abging.

In dem schmalen Gäste-WC zog ich mir den triefenden Mantel aus, riß das Handtuch vom Halter, frottierte mir die Haare und kämmte mich. Von meinen Schuhen stieg übler

Geruch auf. Ich hielt sie unter den Wasserhahn, säuberte sie notdürftig mit Toilettenpapier, zog sie wieder an und ging zurück in die Diele. Die Haushälterin stand dort immer noch wie angewurzelt, mit verschränkten Armen, aber als sie mich nun halbwegs arrangiert erblickte, milderte sich ihr strenger Blick um einige Nuancen.

»Tja«, sagte ich, »wie gesagt, ich bin der Vater von Marie. Und ich würde gerne mit Vera, also ich meine mit Frau Mautberg sprechen.«

»Ich weiß nicht, ob das möglich ist«, sagte die Haushälterin, »Frau Mautberg ist gerade im Begriff, das Haus zu verlassen.«

»Dann sagen Sie ihr bitte, daß ich, also Herr Steenken aus Hamburg da ist. Oder nein, sagen Sie: Kurt aus Sardinien.«

»Kurt aus Sardinien?« Sie sah mich wieder sehr skeptisch an, wandte sich dann aber ab und sagte im Weggehen: »Warten Sie bitte einen Moment.« Zwei Minuten später kam sie zurück. »Frau Mautberg wird gleich herunterkommen.«

Sie führte mich aus der Diele in eine Bibliothek, Bücherregale an den Wänden, ein Schreibtisch unterm Fenster, in einer Ecke zwei Ledersessel, ein Sofa, ein Teetisch. »Nehmen Sie Platz.« Sie wies auf einen der Sessel, und ich ließ mich ächzend hineinfallen. »Kann ich Ihnen etwas anbieten?« fragte sie.

»Anbieten? Nein, nein, danke. Oder … vielleicht doch. Einen Schna… ich meine, ein Glas Wasser vielleicht, ja.«

Sie lächelte, verschwand, kam mit einem runden Silbertablett zurück, auf dem ein Glas Wasser, eine Karaffe mit teegoldener Flüssigkeit und ein Cognacschwenker standen, und setzte das Tablett vor mir auf dem Tischchen ab. »Bedienen Sie sich.«

Der Ruf war sowieso ruiniert. Es kam nicht mehr darauf an. Auf nichts. Ich griff zur Karaffe, goß den Cognacschwenker unmäßig voll und stürzte es in einem Zug runter. Tatsächlich Cognac. Sanfter Biß in der Kehle, im Magen wohlig. In meinem Kopf bildete sich eine Rotation, die in Form einer Acht zu kreisen begann.

»Darf ich rauchen?« fragte ich, zog die Packung aus der Tasche und steckte mir, ohne eine Antwort abzuwarten, eine Zigarette an, während die Haushälterin den Raum verließ. Einige Augenblicke herrschte vollkommene Stille im Raum. Dann, wie entferntes Kastagnettengeklapper, das Stakkato hochhackiger Pumps auf Parkett. Ich zerdrückte die kaum angerauchte Zigarette im Aschenbecher, stand auf, fuhr mir mit den Fingern durch die Haare und sah in Richtung der Tür, durch die die Haushälterin abgetreten war.

»Was kann ich für Sie tun?«

Die Stimme erklang hinter mir, eisig. Ich fuhr herum. In der halbgeöffneten Schiebetür auf der anderen Seite des Zimmers stand, im enganliegenden, weinroten Abendkleid, tief dekolletiert, sorgfältig geschminkt, älter geworden und schön geblieben: Vera.

»Was … also bitte, Vera! Und seit wann siezt du mich?« Ich ging auf sie zu, mit ausgebreiteten Armen, aber sie verschränkte die Arme vor der Brust mit einer unmißverständlichen Geste: Keinen Schritt weiter. »Vera«, stammelte ich, »du hast dich überhaupt nicht ver…«

»Es gibt eine Abmachung zwischen uns«, sagte sie und zog die Augenbrauen hoch. »Diese Abmachung besagt, daß wir uns nicht kennen.«

»Schon klar, aber diese Abmachung hast du zuerst gebrochen.«

»Wie darf ich das verstehen?«

»Wie du das verstehen … Dein Brief. Der war doch wohl unmißverständlich.«

Sie musterte mich wie einen Fremden aus ungeheurer, in diesem Leben nicht zu überbrückender Ferne. »Welcher Brief?«

»Du hast mir vor achtzehn Jahren einen Brief geschrieben und mitgeteilt, daß dein Sohn Curd sehr wahrscheinlich auch mein Sohn ist. Und deshalb bin ich hier, weil nämlich ganz zufällig Marie, mit der Curd offenbar …«

»Du bist ja … verrückt.« Sie starrte mich fast schon entsetzt an. Immerhin duzte sie mich wieder. »Ich habe dir nie einen Brief geschrieben. Ich kenne ja nicht einmal deine Adresse. Daß diese Marie deine Tochter ist, wußte ich nicht. Und Curd soll dein Sohn sein? Wie kommst du darauf? Verrückt ist das. Oder lachhaft, absolut lachhaft.« Aber sie lachte nicht, sondern schüttelte nur langsam, wie in Zeitlupe, fast wie festgefroren, den Kopf. Und wie sie sagte, was sie sagte, klang das so frei von jedem Zweifel, daß sogar ich es verstand. Wenn sie mir diesen Brief nicht geschrieben hatte, dann hatte ihn mir allerdings jemand anderes … »Hast du mich verstanden?«

»Aber er könnte es doch sein, Curd könnte unser …«, murmelte ich. »Ich meine, immerhin haben wir beide … na, du weißt schon. Weißt du das etwa nicht mehr? Unsere gemeinsame Siesta? Der Pfad zum Strand? Und all das?«

»Es ist nie passiert«, sagte sie, »und wenn du das nicht kapierst, dann …«

»Aber, ich meine, ich bitte dich … Vera! Weißt du das denn alles nicht mehr?« Und ich machte einen Schritt auf sie zu. »Love the one you're with, love the one …«

»Bleib mir vom Leib. Und halt den Mund. Sonst werfe ich dich auf der Stelle raus.«

»Es gibt sogar eine gewisse Ähnlichkeit«, sagte ich.

»Ähnlichkeit? Zwischen wem?«

»Na ja, zwischen Curd und … und mir.«

»Das ist doch …, also hast du in den letzten achtzehn Jahren mal in den Spiegel gesehen? Ähnlichkeit zwischen dir und Curd? Daß ich nicht lache!« Und nun lachte sie wirklich, leise glucksend erst, dann lauter, schließlich aus vollem Hals, löste die vor der Brust verschränkten Arme, stemmte sie in die Hüften und lachte und lachte, und das Zimmer begann, sich um mich zu drehen, die Bücherregale, der Tisch, die Karaffe, alles schwankte und drehte sich, die Zimmerdecke senkte sich, der Fußboden hob sich, und mir wurde rot und schwarz vor Augen, und um nicht umzufallen, um nicht vor Veras Füßen auf den Boden fallen zu müssen, rettete ich mich in den Sessel, kippte mir mit zitternden Händen noch ein Cognacglas voll, trank, und dann verebbte auch das Gelächter zu keckernden Geräuschen, die schließlich nur noch wie ein Schluckauf klangen, und endlich war es wieder so still im Zimmer, wie es vor Veras Erscheinen gewesen war.

Dann saß sie plötzlich auf der anderen Seite des Teetisches in einem Sessel, schlug die Beine übereinander, und ich bemühte mich, nicht hinzusehen. »Gib mir eine Zigarette«, sagte sie, griff nach der Schachtel, steckte die Zigarette an, »und erklär mir deinen albernen Auftritt hier. Ich habe noch«, sie sah auf ihre Armbanduhr, »zwanzig Minuten Zeit.«

Ich nickte. »Meine Tochter«, begann ich, »also Marie, ist aus dem Feriencamp nach Haus gekommen …«, und erzählte, so kurz und klar, wie es mir möglich war, die ganze

Geschichte, vom Einlaufen des Zugs in den Dammtor-Bahnhof bis zur Abfahrt des Busses vor dem Haus, in dem ich nun saß. »Und deshalb sitze ich hier«, sagte ich schließlich und schwieg.

Auch Vera schwieg eine Weile, vermied es, mich anzusehen, und sagte dann: »Du hast deine Probleme, und ich habe meine. Zum Glück gehen sie dich nichts an. Daß wir uns einmal begegnet sind, war nur ein Zufall. Daß deine Tochter und mein Sohn sich begegnet sind, war auch nur ein Zufall. Merkwürdig genug. Aber so etwas kommt vor im Leben. Ich kann dich übrigens beruhigen: Curd und Marie sind kein Paar. Oder jedenfalls nicht mehr. Es kann sein, daß er in sie verliebt ist. Aber sie ist nicht in ihn verliebt.«

»Woher willst du das wissen?«

»Das sieht ein Blinder«, sagte sie.

Ich wischte mir mit Daumen und Zeigefinger die Augenwinkel und nickte blöde vor mich hin. »Aber der Brief«, sagte ich leise, »der Brief …«

Und da lächelte sie mich an, zum ersten Mal an diesem Tag. »Keine üble Idee«, sagte sie. »Hätte von mir sein können. War aber nicht von mir. Und jetzt muß ich gehen. Und du auch. Für immer.«

Sie ging mir voran zur Haustür, durch deren Milchglas der Schatten einer draußen stehenden Person fiel. Als Vera die Haustür öffnete, stand Marie auf der Schwelle.

Wir sahen uns an und sagten wie aus einem Munde: »Was machst du denn hier?«

XXI

Der Orchesterleiter, ein Musiklehrer aus Maries Gymnasium, hob den Taktstock, das Tuscheln, Rascheln und Räuspern im Saal verstummte. Das Jugendorchester begann sein Herbstkonzert *Evergreens aus Musical, Jazz und Pop* mit einer swingenden Instrumentalversion von *When I'm Sixty-Four.*

In vierzehn Tagen würde ich zwar noch vierzehn Jahre jünger sein, aber fünfzig blieb fünfzig, würde es allerdings nicht lange bleiben. Ich wäre am liebsten irgendwohin gefahren, wo mich niemand vermuten und finden würde, nach Island vielleicht oder ins Weserbergland, keinesfalls jedoch nach Sardinien, aber Trudi und Marie hatten mich überredet, die heikle Angelegenheit selbstbewußt hochzuhängen und so ziemlich alle und jeden einzuladen, mit denen ich irgendwie und irgendwann freundschaftlich oder kollegial je verbunden war.

»Zu deinem siebzigsten Geburtstag kommt nur noch die Hälfte«, hatte Trudi gesagt, »und von denen sitzt dann wieder die Hälfte im Rollstuhl. Das macht doch keinen Spaß mehr.«

So hatten wir also gemeinsam eine Gästeliste erstellt. Die von Trudi eingesetzten Namen Feuerstein und Lisa-Mette hatte ich allerdings heftig ausgestrichen.

»Wieso das denn?« hatte Trudi gefragt. »Das ist doch nun einer deiner besten und ältesten Freunde. Und diese Lisa-Mette soll doch auch sehr nett …«

»Der älteste vielleicht«, hatte ich gesagt, »aber das Arschloch hat mich in die Scheiße geritten. Ohne Feuersteins literarische Wahnvorstellungen wäre ich nie nach München gefahren. Der hat mich doch zu allem angestiftet …«

»Du solltest ihm dafür dankbar sein«, hatte Trudi gesagt und ihre Hand auf meine gelegt. »Oder wollen wir das etwa alles noch mal durchdiskutieren?«

»Um Gottes willen«, hatte ich gesagt, hatte als Klügerer nachgegeben, Feuerstein wieder auf die Liste gesetzt und Lisa-Mette gleich dazu. Die würde sich wahrscheinlich gut mit Trudi verstehen. Schneewasser, Knäckebrot und Lindenblütentee …

Das Orchester schrammelte sich jetzt durch eine nervös synkopierte Fassung von *New York, New York*. Trudi flüsterte mir zum wiederholten Mal zu, daß sie Marie – da säße dauernd dieser lange Cellist vor – selbst unter Einsatz des Opernglases zwar nicht erkennen, daß sie den Klang ihrer Klarinette aber selbstverständlich klar heraushören könne. »Du auch?«

»Ja doch«, flüsterte ich, versuchte, an dem langen Cellisten vorbeizuschielen, sah aber nur Maries Schatten, den das Scheinwerferlicht auf die Bühne warf.

Als Vera mich zur Haustür gebracht hatte, war Maries Schatten auf mich zugefallen, und als wir plötzlich voreinander gestanden hatten mit diesem doppelten »Was machst du denn hier?«, da war mir schlagartig klar gewesen, daß nun die Schatten der Vergangenheit ins Licht gesetzt werden mußten, ins Licht der Diskette aus dem Geheimfach. Marie war übrigens nur deshalb zum Haus der Mautbergs zurückgekehrt, weil sie ihre Handtasche dort vergessen hatte. Komplizierter war es da schon gewesen, ihr meine Anwesenheit zu erklären. »Hast du mir etwa nachspioniert?« hatte sie mein Gestottere unterbrochen.

»Ich wollte nur, ich wollte nur mal sehen, also ich weiß nicht, wie ich dir das jetzt erklären soll …«

Da hatte sie mich angelächelt und genickt, als wüßte sie alles, und gesagt: »Du wolltest mich nicht verlieren, stimmt's?«

Ich hatte auch nur genickt, fast schon tränenden Auges, und plötzlich gewußt, daß ich meine Tochter nie würde verlieren können. Und Trudi auch nicht. Hoffentlich nicht.

»Jetzt«, sagte Trudi, stieß mich in die Seite und riß mich aus meiner Nachlese, »jetzt kommt Maries Solo. Beziehungsweise Duett.«

Und tatsächlich kam jetzt Marie, die ich natürlich auch ohne Opernglas sofort erkannte – allein schon ihr unvergleichlicher Gang, in den ich so verliebt war wie in ihr Lächeln – aus den hinteren Reihen des Orchesters nach vorn. Aber sie kam nicht allein, sondern ein junger Mann mit einem Saxophon in der Hand stellte sich neben sie, und das Orchester begann Weills *September Song*, schön schmelzend, melancholisch, dennoch heiter und leicht, aber ohne Maxwell Andersons Text. Der mußte auch nicht sein, die Worte kannte ich. *Oh, it's a long, long while from May to December,* und auch der junge Mann mit dem Saxophon kam mir bekannt vor, *but the days grow short when you reach September,* sehr bekannt sogar.

Zurück aus München hatte ich die Diskette aus dem Geheimfach geholt, den Text ausgedruckt und zusammen mit dem ominösen Brief auf Trudis Sekretär im Wintergarten gelegt, neben einen Stapel Aufsatzhefte. Und als Trudi sich ans Korrigieren gemacht hatte, war ich wortlos zu einem sehr ausgedehnten Spaziergang an der Elbe verschwunden, die grau und träge dem Meer entgegenfloß. Laub war gefallen, fiel immer noch, war in Böen über die Wege des Parks gewirbelt, hatte unter meinen Schritten geraschelt wie Papier. Was Trudis Reaktion anging, hatte ich mit allem gerechnet – mit türenknallenden Wutausbrüchen, demonstrativem Kofferpacken, stummer, migränenhafter Verzweifelung, und selbst die Präsenz einer Scheidungsanwältin hätte mich nicht überrascht. Aber als ich mich schließlich wie ein Dieb ins eigene Haus zurückgeschlichen und einen bangen Blick in den Wintergarten riskiert hatte, war Trudi mir ganz ruhig entgegengekommen, hatte sogar gelächelt.

»Gut, daß du wieder da bist«, hatte sie gesagt. »Achtzehn Jahre zu spät, aber immerhin.« Dabei hatte sie mir ihre linke, zur Faust geballte Hand vors Gesicht gehalten und ganz langsam die Finger geöffnet. Auf ihrer Handfläche hatte ein Ring gelegen. Ein Ohrring mit einem defekten Verschluß. Der Ring, den Vera in jener Nacht am Strand verloren, den ich eingesteckt und dann auch verlegt, verdrängt, vergessen hatte.

»Du hast es also immer gewußt.«

»Erst habe ich es nur geahnt, weil ich diesen Ring in deinem Hemd gefunden habe. In deiner schmutzigen Wäsche sozusagen. Aber dann habe ich es auch gewußt, weil du es selber erzählt hast.«

»Ich? Erzählt? Dir?«

»Nein, mir hast du es nicht erzählt. Dafür warst du zu feige. Aber du hast es deinem alten Freund Feuerstein erzählt, hast damit angegeben bei einem eurer Besäufnisse. Und Feuerstein hat es mir erzählt.«

»Inkontinentes Arschloch!«

»Das Arschloch warst du. Kannst du dich daran erinnern, daß du nach deinem Bummstrip auf Sardinien für ein paar

Tage mit dem *KreaTiV-Team* nach Frankfurt gefahren bist, um den Deo-Spot zu schneiden?«

»Natürlich, war ziemlich kompliziert, weil Gellermann nämlich ...«

»Als du in Frankfurt warst, habe ich zufällig Feuerstein getroffen, auf einer Party bei Gerlinde. Er war schon reichlich abgefüllt, und er hat mich angebaggert, so unter dem Motto: If you can't be with the one you love, love the one ...«

»Muß das jetzt sein?«

»Ja. Feuerstein ist nicht grade der Mann meiner Träume, weder damals noch heute. Aber er hat mir eine Geschichte erzählt, eine Geschichte, die du ihm erzählt hast, eine Geschichte aus Sardinien, in die der Ohrring paßte wie, wie ... egal wie. Und mit dieser Geschichte hat Feuerstein es geschafft, daß ich diesen Song sozusagen, na ja, also mitgesungen habe. If you can't be with the one ...«

»Du hast mit Feuerstein gevögelt?« Aber meine Empörung war sogleich durch die Erinnerung an mein Teestündchen mit Lisa-Mette gedämpft worden. »Dann weißt du ja jetzt Bescheid. Ich meine, dann wußtest du damals also Bescheid.«

»Ja. Und ich hatte das Gefühl, daß wir damit mehr oder minder quitt waren. Aber ich wollte damit nicht leben. Ich wollte immer, daß wir uns aussprechen. Aber ich wußte nicht, wie. Ich habe Feuerstein gefragt, wie er das machen würde. Und du weißt ja, wie er auf so etwas reagiert.«

»Schreib's auf, hat er vermutlich gesagt.«

»Ja und nein. Er hat mich auf die Idee mit dem Brief gebracht. Der sollte dich dazu zwingen, daß du dich mit mir aussprichst und ...«

»Du hast ... du hast mir diesen Brief geschrieben?«

Sie hatte genickt. Und ihr Nicken hatte der Bewegung geglichen, mit der sie ihre Initialen unter die Aufsätze hieb. Und den Punkt daneben. »So haben wir also beide geschrieben«, hatte sie gesagt. »Ich dir diesen Brief. Und du mir diese Geschichte aus Sardinien.«

»Und was machen wir jetzt?«

»Jetzt fahren wir ins Elsaß.«

Und das war dann auch ein sehr schöner Urlaub zu zweit geworden – aber das wäre schon wieder eine ganz andere Geschichte.

When the autumn weather turns the leaves to flame, »gib mir doch mal das Opernglas«, wisperte ich Trudi zu, *one hasn't got time for the waiting game.* Und nun spielte Marie ihr Klarinettensolo, während ich an der Scharfeinstellung des Glases drehte. Als der junge Mann sein Saxophon an die Lippen setzte, hatte ich ihn voll im Visier, und als er Maries Melodiebogen aufnahm, gab es keinen Zweifel mehr. »Den kenne ich«, flüsterte ich.

»Ich weiß«, sagte Trudi.

Oh, the days dwindle down to a precious few.

»Und wieso weiß ich mal wieder von nichts?«

Trudi lächelte vor sich hin und machte »pst«. Klarinette und Saxophon ergänzten sich ganz wunderbar. Das war nicht zu bestreiten. *September, November.* Marie lächelte auch, als sie die Klarinette absetzte. Sie lächelte dem jungen Mann zu, der ein paar Takte solo blies. *And these few precious days I'll spend with you.* Dann spielten sie wieder gemeinsam. Es klang wirklich gut zusammen. *These precious days I'll spend with you.*

Schlußakkord. Beifallgeknatter. Die beiden Solisten verbeugten sich, lächelten sich zu. Sehr verliebt schon irgendwie. Marie und Daniel.

»Bist du nicht stolz auf deine Tochter?« sagte Trudi.

»Auf unsere«, sagte ich und nickte und klatschte. »Auf unsere Tochter.«

***

Einige Passagen des Romans verdanken sich der Lektüre des Buchs De Vergangkelijkheid (An allem nagt der Zahn der Zeit) *von Midas Dekkers.*

***

Geschrieben Herbst 2000 – Sommer 2001.

K. M.

Weitere Titel von Klaus Modick bei Kiepenheuer & Witsch

Weitere Titel von Klaus Modick bei Kiepenheuer & Witsch